Zu diesem Buch

«Man redet unentwegt von politischer Dichtung, von Engagement. Otto F. Walters neues Buch ist politisch, ist engagiert. Und ist Dichtung, gezeichnet von Sorge.» (Werner Weber in der «Neuen Zürcher Zeitung»)

«In den letzten Jahren hat es nicht allzu viele literarische Neuheiten gegeben, von denen sich wie von diesem Buch sagen läßt: Es geht jeden an.» (Wolfgang Werth im WDR)

Otto F. Walter, geboren am 5. Juni 1928 in Rickenbach/Schweiz, arbeitete zwei Jahrzehnte in maßgeblichen Funktionen in namenhaften Verlagen. Seit 1973 ist er als freier Schriftsteller tätig. Seinem erfolgreichen, in mehrere Sprachen übersetzten und für das Fensehen verfilmten Roman «Der Stumme» (Rowohlt 1983) folgten «Herr Tourel», «Die ersten Unruhen» (rororo Nr. 4452), «Wie wird Beton zu Gras. Fast eine Liebesgeschichte» (rororo Nr. 5060) und «Das Staunen der Schlafwandler am Ende der Nacht» (rororo Nr. 5780). Otto F. Walter schrieb ferner die Bühnenstücke «Elio oder Eine fröhliche Gesellschaft» (1965) und «Die Katze» (1967).

Otto F. Walter
Die Verwilderung

Roman

rororo

Rowohlt

23.–25. Tausend Februar 1993

Veröffentlicht im Rowohlt Taschenbuch Verlag GmbH,
Reinbek bei Hamburg, Dezember 1981

Umschlagentwurf Berndt Höppner
Gesamtherstellung Clausen & Bosse, Leck
Printed in Germany
1290-ISBN 3 499 14871 4

«. . . abermals ein Zeichen von der um sich greifenden Entsittlichung und Verwilderung der Leidenschaften.»
Gottfried Keller, Romeo und Julia auf dem Dorfe

Alle Personen und Ereignisse in diesem Buch sind, mit etwa drei Ausnahmen, frei erfunden.

Durch diese Buchstaben auf dem leeren Papier die alte Huppergrube behaupten und anfangen mit dem Fünfundzwanzigjährigen, wie er in der frühen Junihitze den Fußpfad in die Steilwand, die Westwand, der stillgelegten Grube hochgeht, fünf und acht und zwölf Meter über dem Spiegel des Grubensees aufwärts; wie er da oben beim kniehohen Strunk der abgesägten Steineiche ankommt und für einen Augenblick das weite Rund der Grube vor sich betrachtet, den schmalen Grubeneingang gradaus in dreihundert Meter Entfernung ganz unten, rechts in den Birken und Lärchen auf halber Höhe den Turm aus Eisengestänge der Huppermühle, den Wohnbau mit dem beschädigten Dach, dieses ganze von Birken und Ahorn und Eschen und Schwarzdornbüschen überwucherte Grubengelände, mit dem See nun direkt da unten, rund hundert auf hundert, drin die weißen Sommerwolken gespiegelt, und wie er sich zum Grubenrand hinter und über sich kurz umschaut, das Hemd, dann Turnschuhe und Hose auszieht und in der heißen Nachmittagssonne nackt auf die Strunkplatte vortritt, leicht in die Knie gehend die Arme nach hinten nimmt, und, fast schon waagerecht, vornüber abspringt und noch im Absprung die Arme vor sich ausbreitet und über die unter ihm ebenfalls vorspringende Steilwand hinausschießt und kopfüber in die Tiefe, und wie er dann aus dem grünen Wasser auftaucht und nach links aufs Ufer zucrawlt, auf die halb vermoderten Balken und die zwei Teerfässer der ehemaligen Lände zu.
Anfangen damit.

Teil 1

1

Ganz hinten in der Grube gab's ein Fuchsloch. Vom Barackendach aus hatte Rob schon in den ersten Maitagen früh um fünf herum ab und zu die Füchsin mit ihrem Jungen an der Grubenwand entlangstreifen sehen. Nachts hörte er manchmal ganz nah das halblaute, heisere Gebell, wenn er auf seiner Matratze im Dunkeln lag. Wochenlang waren die Füchse jetzt weggewesen. An diesem Abend, vielleicht kurz nach zehn, Rob lag auf dem Schlafsack auf dem Barackendach und schaute dem Wegglimmen des rötlichen Lichts hinten auf der Grubenwand zu, war das Gebell wieder zu hören, heiser, ganz nah. Rob hob langsam den Kopf, drehte ihn zum Schwarzdorn hinüber. Wieder jetzt, schon weiter dem Grubenkessel zu. Hell, fast überlaut, waren die Frösche zu hören, und Rob fiel erst jetzt auf, daß er auch sie die ganze Zeit über gehört hatte.
Halbrechts vorn gegen die Einfahrt zu blitzte in den Birken der Widerschein eines Scheinwerfers auf. Noch während Rob schätzte, ob von unten, vom geteerten Untersträßchen her ein Lichtkegel so hell bis hier heraufschwenken könnte – etwa ein Wagen, der wendet –, fiel der Schein sehr hell jetzt herunter, und dann sah man die beiden abgeblendeten Lichter, wie sie sich hinter den Büschen näher schoben. Der Wagen hielt.
Geruch von Huppererde, von warmem, modrigen Holz. Die Lichter ließen nach ihrem Verlöschen ein Flimmern in der dunkeldämmrigen Luft zurück. Wagentüren, lachende Männerstimmen, eine Frau, die vergnügt Unverständliches rief, dann zwei, dann drei, vier Gestalten, noch immer gut hundert Meter entfernt. Rob legte sich flach. Er schaute ihnen zu, wie sie – folgt ausführliche Beschreibung: unten vorbeigehen, am Rand oder Ufer des Grubensees zwei Holzfeuer machen, Bierflaschen und leere Büchsen aufstellen, immer lärmig und angetrunken, wie sie darauf zu schießen beginnen, erst noch

nach geradezu diszipliniertem Ritual, bald schon nur noch in besoffener – was? – fällt mir im Augenblick nicht ein, jedenfalls, später: eine Taschenlampe, dann, dicht unten an der Wand des Holzturms, beim Fenster, die Frauenstimme, wie sie «Jetzt schaut euch das an!» ruft. Hat Rob das Fenster offengelassen? Wie die Männer auch heran sind – einer singt noch immer, wenn auch ein bißchen atemlos vom Steigen, laut sein ewiges Laß-uns-nie-mehr-auseinandergehn-Lied –, die Rufe, das Gepolter: Jemand da? – Aufmachen! – Gelächter drüben an der Turmtür, die Schläge von Fäusten gegen die Karbolineum-Latten, und Rob springt auf. Augenblick, ruft er, aufhören! Augenblick, ich komm ja!
Er knipste das Küchenlicht an. Er zog den Riegel – die Schrauben der Halterung waren deutlich schon halb heraus – und machte auf. In einem solch verdammten Taschenlampenlicht konnte man überhaupt nichts sehen.
Die folgende Szene geschenkt. Es muß eine ganz schön lange Weile gedauert haben, bis Rob kapierte, warum er da in der Küchenecke neben dem Herd lag, wie draußen vor der offenen Tür Helle war, Morgenhelle, und daß diese Schmerzen von überall und nicht allein als tiefe Stiche vom Hinterkopf herkamen. Eine Viertelstunde später hatte er sich, mühsam genug, gewaschen, er schaute sein Gesicht im Spiegel an, Beulen, Flecken, das Blut am Mund war noch immer nicht ganz weg. Und plötzlich sah er das Gesicht des einen der Männer dann doch vor sich, diese halb von den Lidern zugedeckten Augen, dieses große, ein wenig Kinderarschgesicht, den kannte er doch, der war doch eine Größe bei den Stadtschützen in Jammers, über vierzig, Radio- und Fernsehhändler oder so etwas. Ringsum in der Küche alles kurz gehauen, alles klein gemacht, diese Sauhunde, und als er später mit größter Mühe die Leiter hochgeklettert war, sah er auch das zerwühlte Bett. Er schob die Decke drüber, das Würgen im Hals war jetzt so stark, daß er sich fallen ließ, in den Augen das Brennen und auf den Lippen auf einmal diesen Salzgeschmack.

Biografisches: Robert Allemann wurde am 9. 9. 1950 geboren. Der Vater Hilfsarbeiter in der Papierfabrik Jammers, Vorbeter in der hier, vor allem auf dem Land, noch recht zahlreich vertretenen Sekte der Ammoniter, «Stündeler» genannt; Suizid, als Rob neun Jahre alt war. Die Mutter als Kellnerin tätig in verschiedenen Kneipen der Gegend, vor allem und längere Zeit über in Schwarzhäusern im Restaurant Frohsinn, heiratet zwei Jahre nach dem Tod ihres Mannes einen Rentner in Bannwil, wo Rob das 6. und 7. Primarschuljahr absolviert. Mit vierzehn tritt er seine Lehre in der Papierfabrik Jammers an; er besteht drei Jahre später nur knapp die Abschlußprüfung an der Gewerbeschule. Er verläßt seine erste Stelle an einem Kalander der Papierfabrik Attisholz ohne Grund nach fünf Wochen und bleibt zunächst, gegen den Protest von Mutter und Stiefvater, zu Hause, wo er sich ein halbes Jahr fast ausschließlich der Hundezucht – einträgliches Hobby seines Stiefvaters – widmet. Abends macht er zusammen mit drei Gleichaltrigen und ausgerüstet mit einer alten NSU 350, die er seinem Stiefvater abgekauft und wieder fahrtüchtig gemacht hat, die Gegend unsicher und gilt bald als Raufbold und Schläger. Die folgenden anderthalb Jahre verbringt er bei seinem Onkel in Reussbühl bei Luzern bzw. arbeitet in dessen Werkstätte, die auf Reparatur von Auto-Karosserien spezialisiert ist. Nach der Entlassung aus der Rekrutenschule Mechaniker und Tankwart in der Garage/Reparaturwerkstätte Stocker an der Ausfahrtstraße Jammers-Süd.

Ballade von der Herbeiführung erträglicher Lebensbedingungen für alle 1: Noch vor dem Jahr 2000 fingen die Menschen an, miteinander über das zu reden, was sie täglich erlebten, in ihren Familien, in den Fabriken und Büros und Schulen und auf den Straßen, und sagten zueinander: das alles wollen wir nicht mehr. Viele von ihnen taten sich zusammen, suchten nach Wohngelegenheiten in stillgelegten Fabriken, in leeren Häusern, Wohnungen, Schuppen, Scheunen, und beschlossen, nach Gesetzen, die sie für sich selber machten, zusammen zu leben und zusammen zu arbeiten. Ihr wichtigstes Gesetz war, daß sie, um einander brüderlich und schwesterlich zugetan sein zu können, Eigentum allein noch als gemeinsamen Besitz gelten ließen; jeder und jede behielt nur noch die persönliche Habe.

Neues vom Tag 1: Aufruf der Dreihundert. Wie erst heute bekannt wird, wurde eine «Freiwillige Aktion zur Sicherung der Schweiz, ASS» am vergangenen Wochenende in Rapperswil gegründet, anläßlich einer Tagung, zu der, wie verlautet, ein «Komitee Rütli» eingeladen hatte. Die 300 Tagungsteilnehmer, vornehmlich Wirtschaftskapitäne und hohe Militärs, stimmten einmütig einer Plattform zu und verabschiedeten den folgenden Appell an «Bundesrat, Parlament und Schweizer Volk», den wir im Wortlaut wiedergeben: «Wir alle, die wir in der freien Schweiz leben, erinnern uns voller Bedrängnis und Scham der schweren Ausschreitungen, die, ausgehend von den Unruhen in Jammers, Solothurn, vor rund drei Jahren unser Land heimgesucht haben. Dank dem entschlossenen Einsatz unserer Armee konnte die Gefahr fürs erste gebannt werden. Die Armeeführung hat die ihr damals übertragenen und aus der Situation heraus zugewachsenen Befugnisse nach getaner Arbeit unverzüglich an die zivilen Behörden zurückgegeben. Dies geschah allerdings ausdrücklich auf der Grundlage eines Memorandums, in welchem gleichzeitig eine Reihe namhafter militärischer Verantwortlicher den Bundesrat um energische Schritte und Garantien gegen alle unseren Staat und unsere Eigenart gefährdenden Elemente gebeten hatte.
Diese Schritte und Garantien sind bisher ausgeblieben. Angesichts der wachsenden Unsicherheiten, denen sich Bevölkerung und Wirtschaft in unserem Land ausgesetzt sehen, fordern die Unterzeichneten Regierung und Par-

lament hiermit auf, unverzüglich die entsprechenden Maßnahmen einzuleiten. Der Worte sind genug gewechselt.» Es folgen die Unterschriften.
Die ASS kündigt die Gründung von lokalen Sektionen in zahlreichen Städten der Schweiz an.[6]

Einführung einer anderen Hauptfigur, versuchsweise: Möglich, er ist oder war Journalist, geschieden, siebenunddreißig; zwei Kinder – Sohn und Tochter – leben bei ihrer Mutter in Luzern. Seit der Scheidung vor sechs Jahren wohnt er in Zürich, in Paris, in Annecy und unterwegs, auch in der BRD, meist bei Frauen. Er nennt sie seine Freundinnen. Leben, zumeist schlecht leben, tut er von Reportagen, von einem mittleren Bucherfolg seiner Untersuchung unter dem Titel «Chronik einer Provinz», ab und zu einem Auftrag für Studio Zürich. Im Gepäck schleppt er ein seit drei Jahren wachsendes, ziemlich wirres Bündel beschriebenen Papiers mit. Diese Arbeit leidet vermutlich darunter, daß er unfähig ist, sich zwischen Roman und Autobiographie zu entscheiden. Bisher sind nichts weiter bei diesem Schriftstellereiversuch herausgekommen als Anfänge, Notizen, Anfänge, einzelne Szenen. In der linken Jackentasche trägt er ein Notizbuch mit herum, sein «Skizzenbuch»; hier hält er seine gelegentlichen Einfälle zum Manuskript jeweils schnell, und bevor sie weg sind, fest. Selten, daß einer davon nachher, beim Schreibversuch, etwas taugt. Immerhin, diese ziemlich nutzlose Skizzenbuchschreiberei gibt ihm das von ihm durchaus durchschaute Gefühl, wie ein richtiger Profi vorzugehen. Das stützt ihn behelfsmäßig, wenn er ab und zu in seiner frühmorgendlichen Schreibtherapie keinen anderen Sinn als den mehr sieht, daß sie sein bewährtestes Schlafmittel ist. Davon später.
Außerdem möglich: er wäre vor einer knappen Stunde auf seiner Tauschbeute hier eingetroffen, einer nicht mehr neuen, aber gut erhaltenen Suzuki 750 ccm. Anzunehmen ist, daß er auf der Fahrt von Bern nach Zürich

neben der Ausfahrt Jammers West seine Maschine zum Stehen brachte, bei laufendem Motor den Sturzhelm vom Kopf nahm, sich den Schweiß vom Nacken wischte. In Zürich erwartete ihn heute niemand mehr. Einen Abstecher nach Jammers hinein: warum eigentlich nicht. Zwar, hier wartete auch niemand. Acht Jahre. Alte Schulkollegen aufsuchen, – nein, er mochte nicht. Die Huppergrube. Für eine Sekunde sah er sie scharf vor sich. Dieser Lärm hier. Er stellte den Motor ab. Dieser Autobahngeruch. Diese Julihitze jetzt, kaum, daß der Fahrtwind weg war. Er schaute auf die Uhr. Fünf. Zu früh und zu spät. Er trat den Ofen wieder an und fuhr aus.
Diese Verwandten, da mußte doch noch. Nein. Ob's in der Altstadt das kleine Hotel noch gab. Weißes Kreuz. Oder bei Ursula einfach schellen? Als er über die Brücke rollte, kam ihm alles hier vor wie aus dem ersten Leben, vom dritten aus gesehen. Sicher, gebaut hatten die hier ja ganz schön munter. Er wird Helm und Jacke auf das Bett geworfen, seine Tasche, übrigens mit Peters Walther-Pistole drin, in den Schrank weggesperrt und eine Zeitlang auf die Sternengasse hinuntergeschaut haben. Bonsoir, Jammers-les-Bains. Unverändert. Selbst jetzt. Insgesamt unverändert. Höchstens und allerdings, daß jetzt vermutlich auch hier, gerade hier, wo die Uhrenbranche-Gegend anfing, etwa jeder achte da unten – wer von ihnen? – arbeitslos war. Aussichtslos. Er hob den schweren Colt, er spürte sekundenlang die kalte Mündung an der Schläfe, er erschoß sich, dann holte er langsam das Skizzenbuch aus der Jackentasche auf dem Bett. Auf dem Bettrand sitzend notierte er wahrscheinlich jetzt: Die Durchsetzung einer neuen Gesellschaft setzt die Befreiung voraus, die sie verheißt.
Blumer – nennen wir ihn so – steckte das kleine Buch weg. Auch unten, als er in die gutbesetzte Gaststube trat, die «Solothurner Zeitung» vom Haken nahm und sich eine Flasche Bier bestellte, war, jedenfalls von seinem Tisch aus, von Befreiung keine Spur zu sehen.

2

Wie Rob zwei Tage später in Jammers zum Arzt geht, wie der ihm die Schnittwunde am Hinterkopf mit Klammern zumacht, wie Rob im Kopfverband ausschaut, wie er in seiner Schlafkammer liegt, wie er einen kurzen Brief an Stocker schreibt – bin von der Leiter gefallen, Hinterkopf verletzt, beiliegend Arztzeugnis –, wie er an das lange Mädchen mit dem Fiat 124 denkt und die Nummer ihres Wagens auf seinem Zettel immer wieder betrachtet: SO 138 640 wie dann aber Margot ihn besuchen kommt, wie sie ihn küßt, wie ihre Haut ihn wieder wahnsinnig macht, Margot mit ihren dreißig Jahren und diesen plötzlich schon strengen Zügen einer Fünfundvierzigjährigen; wie er, wieder zwei Tage später, den Schlagring sucht und dann morgens um halb neun auf seiner Honda losfährt und in der Löwengasse parkt, hundert Schritt vom Radio- und Fernseh-Fachgeschäft Kuhn entfernt.

Dann also jene Szene, dann die Zeugen auftreten lassen, ihre unpräzisen, wichtigtuerischen Aussagen fingieren, ihr Gerede vom Typ: Und wie ich aus der Feinbäckerei Stampfli gekommen bin, hab ich ihn gesehen, er mit seinem Kopfverband schnurstracks auf die Ladentür zu und also dieses Gesicht, richtig zum Fürchten, und ich kann Ihnen sagen, richtig ein Mördergesicht, – ihre Aussagen, die sich widersprechen und decken und jedenfalls keinen Zweifel an dem Tatverlauf lassen, jedenfalls nicht für den Untersuchungsrichter.

Der Untersuchungsrichter. Er ist groß, ist dünn, hat fleischig-durchgeistigte Hände, ist alt, jung, mittel, ist beleibt, ist klein, er schaut aus wie – zur Auswahl stehen die Tiervergleiche oder Schauspielernamen oder originelle Einfälle. Wichtig für die Geschichte ist lediglich, daß Robert Allemann wegen schwerer Körperverletzung – immerhin nicht versuchter Tötung wegen – zu 60 Tagen

Strafanstalt unter Anrechnung der zwanzig Tage Untersuchungshaft verurteilt wurde.

Block B, 9. Stock: Also da war erst einmal sein Gebrüll. Ich natürlich hinaus an die Wohnungstür und mach einen Spalt weit auf.
Er hat etwas von Sauerei geschrien, dann war nur noch zu hören, wie er die Treppe herunterkam. Sein rotes Gesicht, wie er da vor der Tür vorbei und weiter hinunterging. Von drüben ist dann Frau Mangold auch herausgekommen. Zusammen haben wir am Geländer gestanden und ihm nachgeschaut. Die Schritte hat man gehört. Man hat gehört, wie überall die Türen aufgingen, und auf einmal jetzt von oben ihre Stimme. Nicht einmal besonders laut, – Schorsch, hat sie gesagt, und er ist da unten auf dem Treppenabsatz im 2. Stock stehengeblieben und hat heraufgeschaut, an uns vorbei hinauf, und wieder sie in diese Stille hinein, dieses Treppenhaus, das hallt doch so, und: Schorsch, nicht mal laut: Wir haben uns verrechnet. Und er: bist du verrückt, doch nicht hier! Verschwinde!
Doch, hat sie gesagt. Hier. Jetzt. Verstehst du? Ich mach nämlich die Beine nicht mehr breit. So nicht. Nur weil Samstag ist und du willst und nur weil ich deine Frau bin und das Gesetz. Sie hat richtig klar und deutlich jedes Wort so gesagt, wir konnten sie natürlich da oben über unseren Köpfen auf ihrem Treppenabsatz nicht sehen, und jetzt haben alle draußen auf den Treppenabsätzen gestanden, und wieder sie: So doch nicht, Schorschi. Nur weil ich nichts gelernt hab und auf die Miete angewiesen bin und Kleider brauche manchmal und nur wegen meinem Lebensunterhalt. Du vögelst mich zweimal, Mittwoch und Samstag, und du zahlst bar, Essen, Miete, Kleider, meine Hausarbeit noch abgerechnet, macht 250,– pro Mal. Leistung gegen Leistung. Gut bezahlt. Brauchst gar nicht weiß zu werden, das weißt du doch alles auch und ihr da unten und ihr und ihr, hat sie gesagt

und ich denk immer, also jetzt rotiert die durch, die ist ja wahnsinnig und mit dieser also überhaupt nicht mal lauten Stimme, nicht etwa geschrien, nur so, und jeder konnte sie verstehen.
Nein nein, ich werf dir ja gar nichts vor. Ich will nur nicht mehr. Und ich will das jetzt hier sagen, und die sollen ruhig alle mithören, das geht die auch an, und daß nach zwei drei Jahren plötzlich das Wichtigste weg ist, einfach keine Liebe mehr da, fort, in die Luft oder sonstwohin, jedenfalls, das wissen die alle doch auch, daß eure Männer Hurenböcke sind und es mit euch machen und ihr macht die Beine breit für Geld und Essen und einen Namen und weil wir wenigstens versorgt sein wollen und das bißchen Taschengeld.
Eigentlich wollten wir etwas anderes, und jetzt haben wir uns verrechnet und wenn du um sieben zurückkommst, bin ich nur einfach nicht mehr da.
Man hörte einen Moment lang überhaupt nichts, dann die Tür oben, wie sie ins Schloß geht, und aus den Wohnzimmern die Uhren, wie sie vier Uhr schlagen, und dann die Wohnungstüren oben und unten, und Frau Mangold hatte ganz wäßrige Augen, als sie unter der Tür noch mal herüberschaute. Schorsch ist gegen sieben Uhr zurückgekommen. Kein Ton ist mehr oben zu hören gewesen.

Skizzenbuch: Klar, meine, unsere Sympathie liegt im Zweifel auf der Seite der nicht Angepaßten, der Rocker, der Säufer, der Nepalpilger, der Jointies, der Rektoratsbesetzer, der Konsumverweigerer, der Psychotiker. Unser Hochleistungssystem, auf liberale Demokratie kapitalistischer Machtordnung gegründet, ist im Prinzip veränderbar, durch Revolution oder durch Reform. Veränderung – wohin? Im Namen wovon bin ich auf der Seite der nicht Angepaßten? Das, wogegen sie sind, halte auch ich für nicht menschenwürdig. Und das, wofür sie sind, zumeist unreflektiert, stimmt auch für mich – nicht im einzelnen, Alkohol, Opiate, Religionsversuche – aber als

Richtung: elementares Erleben, Freiheit, Liebe, Solidarität, Überwindung der Entfremdung. Aber erst jetzt beginnt – noch vor der Frage, *wie* das Ziel zu erreichen wäre, ob etwa Revolution sinnvoll sei, jetzt sinnvoll – die Schwierigkeit. Im Namen wovon wäre ich legitimiert, einen Neunzehn-, einen Zweiundzwanzigjährigen zur radikalen Opposition zu ermuntern? Im Namen der Überwindung eben jener Entfremdung, die uns kaputtmacht? Gut, ja. Praktisch kommt das aber auf die Plattitüde hinaus: Los, los, überwinde jetzt schön die Entfremdung. Das reicht ja wohl nicht.

Da hat einer behauptet, die Menschen sind, wie sie sind. Waren sie schon immer, wie sie sind? Und wenn sie mal anders waren: wie werden sie sein? Menschenähnlicher? Wie z. B. kamen die Urahnen Robs, Lenis, Blumers etc. dazu, mit dem Denken anzufangen? – Die Frage, welche Ursache die stereoskopische Raumwahrnehmung aus der archaischeren monokularen (einäugigen) Sehweise hervorgehen ließ, ist ein Schulbeispiel für die Urfrage aller Evolution. Was hat die langsame Wanderung der Augen aus einer seitlichen in eine frontale Stellung im Schädel veranlaßt? Was also ist der Grund dafür gewesen, daß sich die Augen bei unseren noch vormenschlichen Urahnen zu einer langen, Tausende von Generationen währenden Wanderung im Schädel in Bewegung setzten? Worin kann der Vorteil bestanden haben, wenn ihre Augen sich so nach vorn verlagerten, daß deren Gesichtsfelder sich mehr und mehr überlappten? (. . .)
1972 veröffentlichte der englische Wissenschaftler John Fremlin eine überzeugende Erklärung: Die zunehmende Überschneidung der Gesichtsfelder beider Augen erlaubte aus physikalischen Gründen eine Steigerung ihrer Lichtempfindlichkeit um rund das Zehnfache. Daraus aber resultieren für nachtaktive Lebewesen selbstverständlich entscheidende Überlebensvorteile. (. . .)
Nachdem das Subjekt auf diese Weise in den Besitz der

unmittelbaren Raumerfahrung gelangt war, konnte die Evolution abermals zu einem revolutionären und gänzlich unvorhersehbaren Schritt ansetzen. Sie bediente sich jetzt der – einer realen Handlung in diesem äußeren Raum vorangehenden – inneren Vorgänge. Durch die Ablösung der bloßen Intention zum Handeln vom konkreten motorischen Vollzug ließ sie im Bewußtsein des Subjekts einen «inneren», einen Vorstellungsraum entstehen. In diesem konnte eine Handlung in der bloßen Vorstellung auf ihre Konsequenzen überprüft werden, bevor diese real hingenommen werden mußten. Dieser innere Vorstellungsraum ist der Ursprung allen «Denkens».[1]

Für Liebhaber von Geographie: Vom Stadtzentrum von Jammers aus (42 000 Einwohner, Kanton Solothurn) sind es ostwärts bis hinaus zur Überbauung Brunnmatt mit dem Wagen keine sieben Minuten. Schon unterwegs lösen die geschlossenen Häuserfronten sich auf. Vorgärten, Garagen, Einfamilienhäuser; Denners Einkaufs-Center; gleich anschließend jetzt die beiden hochgezogenen Wohnblocks. Die ganze Überbauung war ursprünglich auf elf Blocks geplant gewesen. Die Niederlassung der Schweizerischen Bankgesellschaft Jammers soll dann abgewunken haben. Gleich hinter der Überbauung Brunnmatt beginnt das offene Gelände der Doggerebene, diese Mischung aus verwahrlosten Spekulationsgrundstücken, drei Lagerbaracken, Juuli Jehebs ehemaliger Bier- und Benzinstation, heute unbewohnt, im Herbst 74 noch begonnenen und inzwischen anscheinend vergessenen Fertigelement-Bauten, für die das Kapital auch ausging. Beim Kelleraushub wurde übrigens letztes Jahr eine verscharrte Leiche gefunden; angeblich ein Erdrosselter, den bis heute keiner vermißt.
Die Überbauung Brunnmatt besteht aus den Blocks A und B, zu je 27 Wohneinheiten. Vermieter: Grund- und Boden AG Jammers. Sich melden bei der Verwaltung Herrn Andreas Blaser. Drei-Zimmer-Wohnung: 600,–

Franken, Vier-Zimmer-Wohnung: 800,– Franken, zur Zeit.
Hinter der Überbauung hört der Teerbelag auf. Geschotterte Straße noch, Schlaglöcher, noch weiter der Huppergrube zu nur noch die hartgetrockneten Reifenspuren. Tagsüber sind hier Kindertrupps unterwegs; sie verschwinden hinter dem brennesselüberwucherten Bauschutt. Oder ein Lastwagen fährt durchs Gelände, hält neben einer der Baracken, irgendwann später muß er zurück oder dem Wald zu gefahren sein. Ab und zu ein Rentner aus der Überbauung, wie er unauffällig von Markstein zu Markstein ein Grundstück abschreitet. 800 Quadratmeter müßten es eigentlich sein. Aber zu 60,– Franken? Das ist der Kostenpunkt. Oder die Liebespaare, angekommen mit Honda oder Opel, auch nachts. Auch nachts um drei an einem der Fenster der Überbauung da vorn ein Gesicht, ein Schlaf- oder Arbeitslosengesicht.
Fährt einer bis ganz nach hinten, so stellt er fest, daß der Feldweg plötzlich abwärts führt. Unten hat er die Kreuzung vor sich: rechts ab geht's ans Aareufer, 100 Meter. Gradaus verschwindet der Weg im Hardwald. Links ist Schuttablagerung polizeilich verboten; am Schild vorbei führt dieser Weg oder Pfad leicht wieder ansteigend unter die hohen Ahorne. Hier, wieder links, steht die rostzerfressene Eisenstangenkonstruktion. Hier haben sie früher unter dem weitgespannten Blechdach den Hupper getrocknet und gelagert. Und von hier aus erst öffnet sich das große, das 300 Meter lange und fast ebenso breite Rund der stillgelegten Grube.

3

Da ist Thorberg, im flachen Land, dem Seeland. Da ist Rob, wie er schläft, wie er Papiertüten klebt, wie er, längst ist Sommer, den Wohnbau und die Grube zeichnet, wie er in der Kolonne aufs Feld marschiert, wie er Kollegen mag oder nicht mag, schwere und leichte Fälle. Er liest jenen Zettel wieder: Solothurner Autonummer 138640. Er schafft es, durch einen Anruf beim Sekretariat des Touring Club Bern, ausnahmsweise bewilligt, die Besitzerin des Fiat 124 und deren Adresse zu erfahren. Während er in der Zelle sitzt und schreibt, sieht er sie kurz, dann verschwimmt sie wieder, – langes, dunkles Haar, ihre langgewachsene Mädchenfigur mit dem Lederjäckchen, die Tankstelle bei Langenthal: er mit seiner Honda, wie er tanken läßt und zuschaut, wie sie aus dem Fiat 124 steigt, – jedenfalls: er macht sich noch eben am Vorderreifen der Honda zu schaffen, um sie anschauen zu können, und im Augenblick, da sie wieder einsteigt, sieht er die Sonnenbrille. Sie liegt auf dem Dach des Fiat. Er steht, leicht atemlos, neben ihrem offenen Wagenfenster. Augenblick. Er reicht ihr die Brille hinein. Er lacht. Besser, du setzt die auf. Jetzt, da sie ihn anlacht, der Mund, ihre Augen, alles, ist sie schön. Merci, du, die hätt ich vergessen, – du, wirklich, prima. Und schon während sie anfährt wieder gegen die Straße hinaus, sagt er, selber überrascht: Das kostet einen Kuß, nächstesmal! – Klar! Sie winkt noch, schon fünfzig Meter weit weg jetzt und schnell mehr, mit dem aus dem Wagenfenster gestreckten Arm. SO 138640. Gut, hat sie gesagt.
Rob schreibt an sie. Und ob sie ihn besuchen komme? Er schreibt ihr seine Geschichte. Sechs Seiten. Nach vier Tagen schon, er wagt bis zur Pause nach dem Mittagessen den Brief nicht zu öffnen, weiß er dann, daß sie kommen wird, um vier, am Sonntag.

Blocks A/B: Das ist ja geschenkt! Da kommt einer von denen her, schlägt Kuhn mit dem Schlagring bewußtlos, am hellichten Tag, ohne jeden Grund. Ganze zwei Monate! Diese Schlägertypen werden ja geradezu ermuntert. Der ist doch gar nicht, die sind doch alle brutal, so richtige Rockertypen, die gehören abgeschreckt fürs Leben. Zwei Monate! Geschenkt ist das, ermuntert ist das, da wird doch der Bürger zum Freiwild erklärt. Racheakt, was heißt hier Rache? Erstens gibt's keinen Beweis, daß Kuhn überhaupt dabei war, zweitens was ist denen eigentlich die Aussage eines Bürgers und Gewerbetreibenden wert, und überhaupt, haben sie den etwa gefunden, der die kleine Leutwyler geschändet hat? Und der Einbruch, letzte Woche, in der Post in Wiedlisbach? Nicht zu vergessen den alten Berger, wer hat den an die Aarebrücke gebunden, mit dem Kopf nach unten, im Frühjahr? – Zwei Monate! Mildernde Umstände? – Das nennt sich heute Justiz!

Du kannst zwar behaupten, nichts prägt dich stärker als die Familie. Gut, aber wo kommt denn die her? Vom Himmel gefallen? Von Gott erfunden? Und wenn nicht, von wem sonst? Und was hat das alles mit Blumer und dir und mir und, sagen wir, dem Fernsehhändler Kuhn zu tun? Morgan, der den größten Teil seines Lebens bei den amerikanischen Irokesen verbrachte, machte zum ersten Male die Entdeckung von der Entwicklung der heutigen Familienform aus einigen Vorstufen der Familie, ferner stellte er die universelle Organisation der Primitiven in Gentes (= Clans) mit ursprünglicher Erbfolge der mütterlichen Linie (natürliche Mutterfolge oder «Mutterrecht») fest. Vor ihm hatte schon Bachofen 1861 aus der griechischen und römischen Mythologie seine Lehre des ursprünglichen «Mutterrechts» abgeleitet. Die Bachofensche Lehre postuliert:

1. schrankenlosen Geschlechtsverkehr in der Urzeit, den sogenannten Hetairismus;

2. unsichere Vaterschaft, daher Abstammungsfolge in der Mutterlinie;
3. bevorzugte Stellung der Frauen (Gynaikokratie);
4. Übergang zur Einzelehe durch Verletzung eines uralten Religionsgebotes, wonach alle Männer auf ein und dieselbe Frau Anspruch haben; diese Verletzung wurde erkauft durch eine zeitweilige beschränkte Preisgebung der Frau («heilige Prostitution»).

Engels vermerkt, daß die Bachofensche Ableitung des Vaterrechts aus dem Mutterrecht zwar historisch richtig, aber, insofern sie diesen Übergang aus einer Entwicklung der religiösen Vorstellungen begreift, falsch ist.

Im Gegensatz zu dem englischen Forscher MacLennan, der 1886 seine «Studies in Ancient History» veröffentlichte, wo er zwei Urformen der menschlichen Organisation, «exogame» und «endogame» Stämme, unterschied, fand Morgan die Irokesen organisiert in endogame Stämme, die sich aus exogamen Gentes zusammensetzen. In diesen mutterrechtlich organisierten Gentes, innerhalb deren Paarungen ausgeschlossen waren, erblickte Morgan die Urform, aus der sich dann später die vaterrechtlich organisierten Gentes der Römer und Griechen entwickelten (...), schließlich die zwangsmonogame Familie des endgültigen Patriarchats.[2]

Zwar fehlt für das folgende jeglicher Beweis, aber Rob hörte, als er nach der Entlassung vor seinem Zuhause in der Grube ankam, wieder die Füchsin. Sie bellte. Er schaute ihr zu, wie sie langsam drüben durch die Büsche und Lärchenstämme herunterkam, und als sie dann etwa zwölf Meter von ihm entfernt an der Biegung des Fußpfades, der hier heraufführt, auftauchte, sah er, daß sie groß und braungolden war, von der Größe eines Schafs vielleicht. Nein, größer; groß wie ein Bernhardiner, wie ein junges Kalb. Struppiges, von der Sonne rot und braun gesprenkeltes Fell.

Oder, auch wenn das nicht ganz hierher paßt, die Landzunge, Rob am Wasser, die Grubenwände und das alles einmal weg, das gegenüberliegende Ufer verschwunden. Helle; südliches Mittagslicht auf der Wasserebene vor ihm, möglicherweise sehr ferne Berge oder Wolken, die Berge von Australien oder Marokko hinter dem Meer. Rob sitzt am Strand. Er wartet.
Nach seiner Entlassung, wie gesagt, hatte er sich mit Helen in Jammers getroffen. Wieder erzählte er ihr von seiner Grube; daß er nur halbtags in der Tankstelle bei Stocker arbeite; daß er leben wolle. Nicht dauernd nur diese Geldverdienerei.
Sie werde, hatte Leni noch gesagt, einmal bei ihm vorbeischauen. Er hatte ihr einen Lageplan gezeichnet. Sie werde ihn bestimmt finden. Als er jetzt wartete und an sie dachte, spürte er auf einmal wieder die Pulsschläge im Hals; sie waren fast so laut wie sein Transistor, der neben ihm lärmte.

Aus einer alten Geschichte 1: . . . doch immer, sobald sie getrennt wurden, suchte Sali alsobald wieder neben Vrenchen zu gelangen, und dieses wußte desgleichen immer vergnügt lächelnd zu ihm zu schlüpfen, und es war beiden Kreaturen, wie wenn dieser herrliche Tag nie enden müßte und könnte. Doch der alte Manz kam gegen Abend herbei, um zu sehen, was sie ausgerichtet, und obgleich sie fertig waren, so schalt er doch ob dieser Lustbarkeit und scheuchte die Gesellschaft auseinander. Zugleich zeigte sich Marti auf seinem Grund und Boden und, seine Tochter gewahrend, pfiff er derselben schrill und gebieterisch durch den Finger, daß sie erschrocken hineilte, und er gab ihr, ohne zu wissen warum, einige Ohrfeigen, also daß beide Kinder in großer Traurigkeit und weinend nach Hause gingen, und sie wußten jetzt eigentlich so wenig, warum sie so traurig waren, als warum sie vorhin so vergnügt waren; denn die Rauheit der Väter, an sich ziemlich neu, war von den arglosen Geschöpfen noch nicht begriffen und konnte sie nicht tiefer bewegen.[3]

Kalendergeschichten Mai 75

Wegen schlechter Arbeitsmoral will der Schraubenfabrik Kyburz, Zug, im Monat Mai 10 Prozent der Löhne zurückhalten. Der zurückbehaltene Lohn soll erst dann ausbezahlt werden, wenn die Qualität besser geworden sei.
Die größte Uhrenfabrik Europas, die SSIH in Biel, hat für ihre Arbeiter und Arbeiterinnen Löhne und Arbeitszeit um zwischen 5 und 15 Prozent gekürzt.
Die Zigarettenfabrik Vautier in Yverdon, die der «British Tobacco» gehört, macht zu. Der Konzern hat, um in der EG besser verkaufen zu können, ein Werk in Holland gebaut.
Der deutsche Professor Frank Deppe durfte an der Berner Uni nicht über «Funktion und Rolle des Antikommunismus» sprechen. Die Veranstaltung mußte kurzfristig in ein anderes Lokal verlegt werden.
Nur knapp haben die Genfer Typographen, nach Intervention des Zentralvorstandes, einen Solidaritätsstreik mit den Arbeitern des Verlages Nagel abgelehnt.
Gegen den neuen chilenischen Botschafter, General Desiderio Garcia, liege nichts vor, was die Akkreditierung hätte verunmöglichen können. – Der General ist für verschiedene Erschießungsaktionen in chilenischen Arbeitersiedlungen verantwortlich.
Luzerner Lehrer protestieren gegen Berufsverbote. Ein ad hoc gebildetes Lehrerkomitee hat die von den Liberalen durchgesetzte Nichtanstellung von vier Lehrern, die mit der Poch sympathisieren, verurteilt und eine Petition lanciert.
Die General Motors in Biel schließt die Montageabteilung. Die gesamte Belegschaft wird entlassen.

250 Arbeiter in Zürich auf der Straße. Die Kleiderfabrik PKZ stellt die Produktion ein.
Die Möbelfabrik Bacciarini SA in Sementina hat die Hälfte ihrer Belegschaft – 35 Arbeiter – entlassen.
Vom Konkursbeamten erfuhr die Belegschaft des Baugeschäftes Chopard in Belp, daß ihr Unternehmer bereits eine Woche früher Konkurs angemeldet hat. Für Mai erhalten die Arbeiter keinen Lohn.
Arbeiter von Oxymetal organisieren sich. Die Belegschaft fordert eine Rückgängigmachung der Entlassungen und legt Dokumente vor, denen zufolge ein Weiterexistieren der Firma durchaus möglich wäre.
26 Arbeiter in St. Prex auf der Straße. Betroffen wurden ausschließlich weibliche ausländische Arbeiterinnen der Glashütte Vetropack.
Typographen gründen Kampffonds. Damit sollen die ständig zunehmenden Angriffe der Unternehmer auf die Errungenschaften der Arbeiter abgewehrt werden.
Demonstration gegen Lehrlingsarbeitslosigkeit in Lugano. Über 300 Lehrlinge verlangten auf einer Kundgebung eine Arbeitsplatzgarantie von mindestens sechs Monaten.[4]

4

Ein Sommernachmittag; über der Grube, über der Aaregegend helle Wolken. Rob, wie er vor dem Bau die Ölleitung seiner Honda festmacht. Das Geräusch eines Autos vom Grubeneingang her. Durch die Büsche herauf Schritte. Ein Mädchen, Leni, taucht auf. Begrüßung, Besichtigung des Wohntrakts, und Leni, wie sie dann sagt: ich könnt ja schon ein paar Tage bleiben?
Rob zieht sie an sich. Ich werde verrückt! Sie löst sich. Sie holt dann aus dem Fiat ihre Sachen, Reisetasche, Schlafsack. Rob überläßt ihr den Schlafraum über der Küche. Er verlegt seinen Schlafplatz in die Küchenecke. Die Luke oben wird Rob mit einem Fensterflügel versehen. Um sieben, das Licht wechselt ins stark Gelbliche hinüber, gehen die beiden den Pfad durch die Büsche grad hinunter und auf den Grubensee zu. Rob zeigt ihr den Ländesteg. Sie wagt nicht, auch drauf zu stehen. Sie wandern rechts herum gegen die hintere Grubenwand.
Wie sie stehenblieben, versuchten sie, sich so in die tiefliegende Sonne zu stellen, daß ihre Schatten an der Grubenwand nebeneinanderlagen. Wer ist größer? Sie standen Schulter an Schulter, vor sich die beiden langen Schatten an der Wand, die hier schon steil war. Sie lachten die Schatten an. Ich! Nein, ich! Rob legte den Arm um ihr Nackenhaar.
In diesem Augenblick sah er oben den Mann. Ein Alter mit Hut. Er stand schräg rechts über ihnen am Grubenrand, halb verdeckt vom buschig überhängenden Dürrgras, das rötlich glänzte in der Sonne. Er schaute herunter. Rob zog Leni am Handgelenk den Fußweg weiter.

Skizzenbuch: Dieses ewige Bedürfnis nach Elementarem. In mir drin, um mich her, überall spürbar. Bedürfnis nach einem Erleben, das mich, das uns aus dem Alleinsein herausholt. Das uns in engste Verbindung, in Berührung mit anderen ähnlichen Lebewesen bringt? Freude, Schmerz, Lust, Lachen bis zum Umfallen, zusammen mit anderen. Geruch von Holzfeuer, von heißem Teer. Verliebtheit, Eifersucht. Berühren weiblicher Haut. Koitus. Erschütterung, Tränen. Alles das, ohne daß mein und unser Bewußtsein ausgelöscht würde. Dieses Bedürfnis und daß es – beinah – unstillbar ist: ist es das, was mir die Tränen hochkommen läßt, wenn ich Siebenjährige sehe, wie sie Hand in Hand in die Schule marschieren, in die Dressur, in die Große Abgewöhnungskur?

Oder so: Die beiden jetzt ganz hinten, dort, wo die Grubenwand am höchsten und so steil war, daß der Pfad nicht weiterführen konnte. Der Sitzplatz, auf einer von oben kommenden Wandrippe, angelegt auf dem halbvermoderten Strunk der längst in den See abgebrochenen Steineiche, festgetrampelter Lehm darauf und Hupper. Sie mußten sich ganz eng nebeneinander hinsetzen; die beiden Beinpaare aufgewinkelt, jedes umfaßte seine Knie.

Guter Platz, sagte Leni. Man konnte von da oben aus wirklich das ganze weite Rund des Grubenkessels überblicken. Zwölf Meter gerade unter ihnen der Wasserspiegel, rechts und links die abfallenden, nach dem Eingang zu immer flacher werdenden Grubenwände, drüben alles überwachsen, Birken, Erlen, Lärchen, Ahorn, Schwarzdorn, bis ans Wasser heran, nur direkt gegenüber war die Lände mit den beiden Fässern zu sehen, dahinter das Riedstück, dann fing das Gebüsch an, der Fußweg dazwischen, der langsam hinunter zum Grubeneingang führte. Von hier aus rechts auf halber Höhe der Turm der alten Huppermühle mit dem Wohnbau in den Bäumen. Ein guter Platz.

Rob zeigte links zu den hellen Birkenstämmen hinunter. Siehst du die U-Bahnstation? Und da: der Marktplatz. Das Jelmoli-Center gleich hier. Und dort der Polizist auf der Verkehrsinsel?

Leni: Hast du das gesehen? Der Eiscreme-Verkäufer wäre fast unter die Räder gekommen.
Rob: Bei Rot über die Straße! Der ist wohl verrückt? Mit seinem Wägelchen – so ein Sonnendach hätt' ich längst gern auf dem Dach dort.
Leni: Du, der kommt hier herauf. Wie der schwitzt!
Rob: Könnte ruhig ein bißchen weniger Eiscreme fressen, mit so einem Bauch. Und jetzt rammt er auch noch die Ampel.
Leni: Schön, diese Autoschlangen so dicht nebeneinander.
Rob: Mit der Honda da so im Slalom durchfräsen, – mach ich bei schönem Wetter fast jeden Abend!
Leni: Angeber! – Hallo, Eiscreme! Hier herauf! Ach, der will ja gar nichts verkaufen?
Rob: Versprichst du mir, es nicht weiterzusagen? – Der ist nämlich gar kein Eis-Verkäufer. Der ist ein Detektiv und sucht nach entlaufenen jungen Mädchen.
Und noch ehe Leni in seinen Schopf fassen konnte, ließ er sich lachend den Steilhang hinuntergleiten; wo die Wand überhing, sprang er ins Freie ab und ließ sich, die Füße voran, in das gründunkle Wasser fallen. Leni war aufgesprungen. Schon tauchte er unten wieder auf, er winkte, schrie etwas, ein vergnügtes Echogemisch hallte nach. Er crawlte links hinüber ans Ufer.

Biografisches: Helen Bloch wurde am 9. 8. 1952 geboren. Vater: Eugen Bloch, Techniker, Angestellter (Gehaltsklasse 2) beim Tiefbauamt des Kantons Solothurn. Mutter: geb. Ferro, Elisabeth, aus Jammers. Zwei Schwestern; ein Bruder, der 9 Jahre älter ist als Leni. Die Familie Bloch bewohnt ein Einfamilienhaus an der Schützenstraße in Jammers-Süd. – Nach der Primarschule besuchte Helen das Gymnasium der Kantonsschule Solothurn. Maturitätsabschluß 1973. Seit Oktober des gleichen Jahres Studentin der philologischen Fakultät (Geschichte, Ethnologie, Psychologie). «Schon im Sommer 73 hatte ich auf einmal das Gefühl, daß das alles keinen rechten Sinn hat. Ich wollte weg, damals, irgendwohin weg. Meine Kommilitonen? – Sie wollten alle etwas Höheres werden. Ich versteh nicht, was das sein soll. Als ich Aschi kennenlernte – am 2. Tag an der Uni in Bern –, gab ich die alten Verbindungen alle auf. Aschi studierte seit 6 Semestern Ethnologie. Von ihm habe ich viel gelernt. Ich hatte plötzlich keine Lust mehr. Wir sind zwei Jahre zusammengewesen. Aber dann hatte ich keine Lust mehr.» – Leni bekam von den Eltern 400,– Franken im Monat. Sie hatte eine 1-Zimmer-Altwohnung bewohnt. Seit Anfang Juli, mit Beginn der Semesterferien, hatte sie die Wohnung für 250,– Franken untervermieten können, an einen türkischen Studenten.

Jetzt hört doch endlich mit diesen ewigen Theorien auf. Was soll diese Fragerei? Demokratie, das hat schließlich jeder einmal gelernt, heißt Herrschaft des Volkes, die haben wir hier, du kannst du doch jetzt nicht kommen und einfach so – Wer sind die Herren des Systems in der Schweiz? Wer ist – hierzulande – die Oligarchie?
Die Oligarchie als vorherrschende Gesellschaftsform des hegemonistischen Kapitalismus entsteht in der letzten Phase der Überakkumulation, der vollendeten Gewinnmaximierung und der beschleunigten Ausbeutung des Mehrwerts. Sie schließt diejenigen unter den Kapitalisten zu einer Gruppe zusammen, die dank ihres Anteils an den Produktionsmitteln und dank ihres persönlichen Reichtums unwidersprochen über Wahl und Ausrichtung des Akkumulationsprozesses gebieten. In der Schweiz sind diese Oligarchen fast ausnahmslos aus Patrizierfamilien hervorgegangen, deren Reichtümer noch aus den Anfängen der Akkumulation stammen. Schauen wir uns die beiden tragenden Säulen der Oligarchie näher an. Erstens: Die Oligarchie ist im Besitz der überwiegenden Mehrheit der Produktionsmittel. Zweitens: Zwischen den Verwaltern der multinationalen Imperien in

der Schweiz und deren Besitzern (Schmiedheiny, Abegg, Wille, Schwarzenbach u. a.) verläuft eine klare Grenze. Beispiel: der mächtigste pharmazeutische Konzern der Welt, die Hoffmann-La Roche AG, Basel, befindet sich in den Händen dreier Familien: der Hoffmann, Oeri und Sacher. Diese drei Familien kassieren jährlich allein an Dividenden 16 Millionen Schweizer Franken. Nicht einer ihrer Söhne bekleidet einen Direktionsposten innerhalb des Unternehmens. Generaldirektor ist Adolf W. Jann. Aber die Chefs der drei Familien sitzen im Verwaltungsrat. Dank diesem System wird ein Manager, so ehrgeizig er auch sein mag, niemals ihre Allgewalt in Frage stellen können. Selbst wenn er ein astronomisch hohes Gehalt bezieht, bleibt der Manager immer der einfache Angestellte der herrschenden Familie (. . .)
Das schweizerische Vermögen in der Schweiz beläuft sich auf 226 Milliarden Franken. 3,3 % der Bevölkerung kontrollieren allein mehr als die Hälfte dieser Reichtümer.[5]

Blumer dürfte nach einer halben Stunde wieder auf sein Zimmer gegangen sein. Er hatte zum Bier zwei Steinhäger getrunken. Er legte sich aufs Bett. Durchs offene Fenster waren deutlich die Schritte auch einzelner Leute unten auf der Gasse zu hören. Er wollte sie nicht hören, war aber zu faul, um zum Fenster zu gehen und es zu schließen. Immerhin strich endlich eine etwas kühlere Luft herein. Er wollte auch nicht denken, was er registrierte, – Worte wie «Fußgängerzone», «früher», «Hupergrube» – er wollte nichts weiter als abschalten, ein Schläfchen vielleicht, er verpaßte nichts heute, und er ärgerte sich bereits, daß er den Abstecher hier herüber in seine Heimatstadt – was für ein Wort! – gemacht hatte.
Sieben. In etwa zwei Stunden käme die Panik über ihn, er wußte es. Ins Loch fallen, nannte er das bei sich. Sowie er allein war ohne zumindest die Möglichkeit, mit einer Frau zusammen zu sein, fiel er jeweils spätestens um halb

neun ins Loch. Da halfen dann nur Schnäpse, mindestens sechs oder acht, oder schwere Schlafmittel, allenfalls Leute, mit denen er reden, vor allem von sich, reden konnte. Wo könnte er hier die Frau jetzt auftreiben, wo er doch erst noch, wenigstens solange er nicht betrunken war, gewisse Ansprüche stellte an ihr Aussehen, an ihre Intelligenz. Ursula? Bestimmt müßte er sich erst einmal ihre Vorwürfe anhören, – zu Recht, zu Recht, ja, gewiß. Nein, sie wäre jetzt nicht das Richtige.
Er mußte in Halbschlaf gesunken sein. Oder Gerda? Sie müßte nur dasein, hier oder neben ihm auf einem Bummel durch die Straßen, und sicher, irgendwann später vielleicht auch ganz nah mit ihm unter dieser Decke. Er hatte aufgegeben, sich über seine kindische Abhängigkeit zu ärgern. Er wußte, er würde jedenfalls in diesem Punkt nie schaffen, wirklich erwachsen zu sein. Die Panik käme wieder. Wieder.

Nicht Gerda. Auch sie für ihn eigentlich eine Niederlage. Hatten nicht fast alle seine Niederlagen nach dem ähnlichen Muster funktioniert? Immer wieder waren erst einmal seine ins Gigantische gesteigerten Erwartungen dagewesen. Immer wieder hatte er die Objekte dieser Erwartungen – Frauen, dann auch politische Ereignisse, den Einfluß seiner Arbeit in der Redaktion, politische Gruppierungen – überfordert. Und war, wenn sich die Erwartungen nicht rascht genug erfüllten, verzweifelt. Seine Resignation – heute, sich selbst und seinen Schreibereien gegenüber, – genau dieses Muster und Folge des verdammten Zwangs darin im Schädel, seine Welt umzuträumen in die eine, reine Gestalt, die es dann doch nicht geben konnte. Nicht einmal Einsicht half.
Für einen Augenblick kam ihm sein großer Entschluß in den Sinn. Ja, er würde dabei bleiben. Das Buch noch. Wenn er denn schon nichts weiter hinterließe als die beiden Kinder, und die hatten ihn offensichtlich vergessen, – das Buch würde er noch schreiben, sein Testament

sozusagen, diese Kerbe, Killroy, diese Spur wenigstens würde er zurücklassen, bevor er endgültig über den Jordan ginge, aus eigenem Entschluß. So viel stand fest. Oder doch nicht? – Doch nicht. Sinnlos.

Ärgerlich bloß, daß er sich da im Bündel seiner Papiere noch immer nicht, und er stand schon auf der hundertfünfzigsten seiner eng beschriebenen Seiten, noch immer nicht entscheiden konnte zwischen unverhüllt autobiografischem Bericht und Erfindung. Immer wenn er mit dem Ich-Bericht neu ansetzte, bekam er über kurz oder lang den Eindruck, er erfinde. Und sowie er daran ging, den Romanversuch fortzusetzen, war ihm dann doch peinlich zu sehen, wieviel in diesen Figuren und ihrer Geschichte von ihm selbst kaum verhüllt drin war. Wann endlich gelänge ihm, hier Klarheit zu schaffen?

Ich stand auf. Vor dem Spiegel hob ich den schweren 9-mm-Colt an die Schläfe und beobachtete, wie ich mich erschoß, während ich mit der Zunge das «Klick» imitierte. Dann warf ich mir die Jacke über die Schulter und ging hinunter. Noch war's hell, als ich aus dem «Weißen Kreuz» auf die ruhige Gasse trat.

5

Vermutlich brieten sie zusammen auf dem Holzherd Bratwürste, Rob tischte dazu Tomaten, Käse und Brot auf, und es ist anzunehmen, daß sie noch bis gegen Mitternacht bei Chianti zusammensaßen, vor der offenen Tür. Vermutlich auch fiel Leni auf, wie sie beide jetzt merkwürdig schweigsam waren oder wie jedenfalls jeder Versuch von ihr oder auch von Rob, ein Gespräch in Gang zu bringen, sich wieder im Schweigen verlief.
Später, Leni war nach oben geklettert, sie legte sich auf der Matratze auf die zusammengetragenen Decken, schlüpfte mit den bloßen Füßen in ihren Schlafsack und knipste die kleine Lampe aus, – hörte sie, wie Rob unten noch herumhantierte, hörte die Stille von der offenen Luke her, sie sah im Bodenrechteck das abgedunkelte Hell, und als Rob plötzlich husten mußte und nach einer Weile herauf sagte: Du, soll ich noch ein wenig zu dir kommen? hörte sie auch, im Dunkeln jetzt halb aufgerichtet, wie ihr Herzschlag pochte. Sie sagte: lieber jetzt noch nicht. Geh auch schlafen, dann legte sie sich wohl wieder hin.
Und noch einmal, sie hatte schon beinah geschlafen, hob sie den Kopf vom Kissen ab und horchte. Rob, wie er sich auf der Leiter deutlich Mühe gab, das Knarren der Sprossen zu vermeiden. Ganz langsam kam er im Dunkeln herauf. Sie würde nach seinem Gesicht tasten, sie würde ihn umarmen, und ihn ganz zu sich heranziehen, der Schlafsack wäre weg und sie würde das Gesicht an seinen Hals pressen und seine nackte Haut riechen und sie küssen und an Widerstand überhaupt nicht mehr denken, überhaupt nicht mehr denken.
Jetzt knarrte eine Scharniere. Leni hörte Rob halblaut vor sich hinfluchen, dann war's still. Sie spürte den leichten und kühlen Luftzug vom Bodenrechteck zur mondhellen Luke hin.
Sie flüsterte: du, – he du! Rob! – Nichts mehr zu hören.

Jetzt stand sie schnell auf. Als sie vorsichtig das Bodenrechteck erreicht hatte, sah sie, die Tür zum Dach hinaus war auf. Sie ging leise zwei drei Sprossen hinunter, beugte sich vor und spähte aus der offenen Tür.
Rob war deutlich zu sehen. Er saß da draußen auf der Dachpappe mit angewinkelten Knien. Erst allmählich kapierte Leni, daß dieses Rohr, das er in den Händen hielt und das im Licht des Halbmonds matt glänzte, seine Schrotflinte war. Eine ganze Weile lang schaute sie ihm zu, wie er dasaß und seine Wache hielt. Wieder hätte sie ihn umarmen mögen.
Sie ging dann zurück und legte sich wieder hin.

Ich weiß nicht. Ich bin noch immer ein wenig durcheinander. Diese zwei Jahre mit Aschi zusammen. Zuerst hat mir das alles ungeheuer imponiert. Er weiß einfach fast alles, politisch mein ich. Wir von diesem blöden Gymnasium hatten ja auch wirklich keine Ahnung, aber die hier, hab ich am Anfang gedacht, Aschi eben und André besonders, die machen ernst, hab ich gedacht. Jeden Abend wurde diskutiert, Lenin und Trotzkj und der Spanische Bürgerkrieg und der Ursprung der Familie und die Mehrwerttheorie, nochmal und nochmal. Gearbeitet haben die, das schon. Ich mußte dann einfach auch mit Lesen anfangen, wenn ich mithalten wollte. Fast täglich sechs und acht Stunden, Aschi hat mich manchmal richtig verhört, an der Uni bin ich kaum noch aufgetaucht, und abends mit den Genossen zusammen: reden, reden. Wir waren in der ganzen Gruppe höchstens zwölf, manchmal nur unserer sechs oder sieben. Aber je länger je mehr redeten nur noch Aschi und André. Wir anderen durften nicken. Ich hatte allmählich das Gefühl, da ging's um eine Art von Schachspiel oder Boxkampf, da ging es darum, wer wen mit welchem Argument ausmanövriert. Die Büffelei die Tage über war nur noch eine Suche nach dem noch stärkeren Argument. Aschi wurde immer fanatischer. Ich hatte geglaubt, es geht uns ums Glück, ums

Glück für alle. Jetzt hatte ich keine Lust mehr. Und ich mochte jetzt auch nicht mehr nach Island mitfahren. Ich bin dann fast froh gewesen, daß Rob mich angehauen hat. Und als sein Brief kam und als er mir diese ganze Geschichte, hab ich gedacht, vielleicht. Natürlich kannte ich Rob damals nicht. Aber ich überlegte mir, ob er nicht vielleicht eine gute Formel gefunden hat mit dem Floß, das er sich da zimmert. Vielleicht sollten wir alle aussteigen. Aschi und André würden Rob naiv nennen. Ich glaube auch, das ist er. Und gerade das ist auch ein Teil seiner Chance. Mich interessiert das Theoretische schon, auch jetzt noch ein wenig. Aber ich werde mich hüten. Rob ist wenigstens schon fast frei. Rob will die Luft und das Wasser schmecken, er mag Holzfeuer und Fischen und an der Sonne liegen. Er nimmt dafür fünf Stunden seiner Lohnarbeit in Kauf. Er weiß, daß Glück einen Preis hat. Ich mag ihn. Ich glaube, ich will bei ihm bleiben.

Die Firma Stocker, Tankstation und Carosserie-Reparaturen, Jammers. Sie besteht aus dem Wohnhaus, dem Büro, der überdachten Tankstelle davor und der geräumigen angebauten Werkstatt, ausgestattet mit vier Kipptoren auf den Vorplatz und die Straße hin. Westwärts neben der Werkstatt stehen jeweils zwischen acht und etwa fünfzehn Occasionswagen. Mit Stocker (54), Jekker, Pietro Peduzzi, Gassmann, Rob Allemann und dem Stift Schang zählt die Equipe sechs Mann. Jecker ist gelernter Automechaniker, Rob unter den Angelernten der einzige mit abgeschlossener Lehre. Frau Stocker macht die Buchhaltung. Die Einrichtung kann als zeitgemäß gelten, vom Schraubstock über die Drehbank bis zum elektrischen Wagenheber, der Grube und dem Preßluft-Mutterndreher Marke Black + Decker ist alles da. Pneulager, Spritzraum und Waschanlage liegen südwärts hinter der Halle. Der 12000-Liter-Tank und die vier Tanksäulen wurden von der Firma Texaco großzügig eingebaut, kostenlos. Zum Brennen und Polieren werden die frisch gespritzten Wagen nach Schwarzhäusern in die Anlage von Lisibach & Söhne gefahren. Rob arbeitet täglich von 7 bis 12.

Block B, 2. Stock: Heute hatte er es ihr endlich sagen wollen. Er hielt das nicht mehr aus. Allein schon die Angst, die könnten es den Lesern des «Tagblatt» in einer Hausmitteilung bekanntgeben. Seit fünf Wochen jetzt. Heute. Er hatte mit «Leider» anfangen wollen. Leider etwas Unerfreuliches, Lydia. Gleich nach dem Essen. Vor der Tagesschau. Aber da war sie schon in der Küche gewesen, und in diesem Geschirrspüllärm konnte man wirklich nicht reden. Die technische Entwicklung, hätte er sagen wollen. Man kann's ja verstehen. Nur, leider. Aber jetzt blieben noch ganze 6 Minuten bis zur Tagesschau, und auf das Spiel ohne Grenzen hatte sie sich schon gestern gefreut. Gestern war sie überhaupt gut aufgelegt gewesen; immer, wenn Markus schrieb. Da hatte er nicht noch mit so etwas ankommen wollen. Noch fünfeinhalb. Und nach dem Spiel ohne Grenzen wär's dann fast zehn, und gleich so vor dem Schlafengehen konnte man ihr ja wirklich nicht noch so etwas sagen. Leider, etwas sehr Unerfreuliches. Mein Beruf, verstehst du. Fünfunddreißig Jahre lang bist du Setzer in einundderselben Firma, zwanzig davon an der Linotype. Terminals nennen sie das. Drei Terminals werden nächste Woche angeliefert, hat Bohrer gesagt. Ja, fast so wie ein Fernseher sehen die aus. Die werden in der Redaktion an den Terminals sitzen und ihre Befehle eingeben, und bei uns unten braucht's dann keine Setzer mehr. Fotosatz, alles elektronisch gesteuert, verstehst du? Soll ich den Fortschritt aufhalten, wie stellst du dir das vor? Man muß die verstehen. Der elektronische Fotosatz, hat Bohrer uns gesagt, ist dreihundertmal schneller als der schnellste von euch. Und, verstehst du, fehlerfrei, hat er zu mir gesagt.

Lydia, versteh doch: die brauchen nicht allein mich nicht mehr. Die brauchen keine Setzer mehr. Überhaupt keine. Drei von uns werden umgeschult, und dem Bernie haben sie im Archiv die Stelle angeboten. Für alle anderen ist Schluß. Noch acht Wochen. Noch zwei Minuten. Leider, und: nein, wie soll ich das wissen? Wie soll einer mit 56 noch wissen, was für ein Beruf sonst? In den «Nachrichten» stellen sie nächstes Jahr auch um, und die ganze Anlage wird von Zürich aus gesteuert. Da werden sogar achtzehn Mann überflüssig.
Siehst du, Lydia, so schaut ein Terminal aus. Noch 8 Sekunden. Heute.

So tun, als gäbe es diese Huppermühle mit dem Wohntrakt dreißig Meter daneben in Wirklichkeit. Teile der ehemaligen Ziegelei in Hägendorf dafür verwenden; auch dort gab's diese an sich logische Teilung einer ganzen Anlage in technischen und (kleineren) Wohntrakt. Drin hausten seinerzeit, als das Ganze noch in Betrieb war, die Italiener. Schreiben: Wer durch den Grubeneingang heraufkommt, hat links auf halber Höhe die ganze stillgelegte Anlage. Ausführlich werden. Genaue Sätze für diese verwinkelte Architektur suchen, dieses ganze, ein wenig dilettantisch selbstgebastelte Gestänge des Turms, der ist längst windschief, und immerhin zugeben, das hat alles einmal Jahre und Jahre lang funktioniert. Den Mann, der ins Räderwerk des Aufzugs geriet, und nur in Einzelteilen kam sein Körper auf der anderen Seite wieder herunter, blutige Teile eines jungen Italieners, diesen Mann für heute seiner ewigen Ruhe nicht entreißen. Vom dieselmotorgetriebenen Aufzug lief die Trosse bis oben zur Transmission unter dem heute abgedeckten Turmdach, von dort weit hinab bis über den See hin. Interessiert das noch jemand? Am unteren Ende der Stahltrosse war so eine Art von Baggerschaufel festgemacht. Und die wiederum hing unter zwei Rädern an dem durch das Turmdach hindurchlaufenden, von Verankerung zu Verankerung quer über die Grube gespannten Trag-Stahlseil, sie konnte vom Maschinisten auf dem Turmpodest bis auf den Grund des Sees fallen gelassen und dann, mit Huppererde gefüllt und triefend von Wasser, mit dem lärmigen Motor heraufgezogen werden bis über den Trichter, der vor dem Turm gestanden haben und irgendwann später abgesoffen sein muß. Nur noch Trümmer davon. Unter dem Trichter aus Balken gezimmert die Halterung des Mahlwerks, damals. Längst abmontiert, wegtransportiert, verkauft an welche Konkurrenz?

Aber also der Wohnbau, wie wir das nennen wollen. Nimm aus deiner Erinnerung eine Schuhschachtel, stell sie auf den Fenstersims im 3 × 3-Meter-Zimmer, dann hast du ungefähr die Proportionen zwischen der Weite der Grube und diesem merkwürdigen Bauwerk. Das sehr flache Satteldach drauf, mit Dachpappe abgedeckt, die hat erstaunlicherweise überdauert. Jetzt brauchst du nur noch die Wörter, die den zweistöckigen Vorbau machen, hier ist die Küche drin, die Sprossentreppe führt nach oben, hier ist jetzt Lenis Zimmer; dessen obere Hälfte mit dem Flachdach drauf überragt das Satteldach vielleicht um anderthalb Meter. Durch die Innenwand der Küche führt eine Tür in die Schlafräume der Italiener, mehr Zellen als Zimmer, zwölf Stück, plus WC und ehemals Dusche, je durch Holzwände voneinander getrennt. Dazu ein paar Worte über das Material und den Zustand des Backsteinmauerwerks und die Wasserflekken und das bißchen Holzofen im langen Flur, über den abgebröckelten Putz etc. etc., und wie Rob mit Leni zusammen das alles repariert. Ein paar gemurmelte Worte auch noch gegen diese Trauer heute, ein paar Flüche notfalls, und weg und nach Jammers hinein, in die Altstadt. Bätzi nennt sich hier der Obstschnaps, Apfel und Birne verschnitten. Drei Doppelte reichen.

Im übrigen, wie gesagt, nachts jetzt ein Augusthimmel, der dunkler und rostig und allmählich dieses schwarze All über den Sternen wurde.

Skizzenbuch: Hupper. – Ich kann nirgendwo herausfinden, wo das Wort herkommt, sicher ist, es bezeichnet – möglicherweise nur als Dialekt-Ausdruck aus unserer Gegend – eine Art von Tonerde. Sie kommt auch hier bei uns nicht in Mengen vor. Sie kommt geologisch eingelagert vor zwischen Lehm- und Moränenablagerungs-Schichten, wird oder wurde – heute wirtschaftlich kaum mehr lohnend – in Tagbau gewonnen, gesiebt, gemahlen und in kleinstkörnigem Zustand zur Herstellung von gebrannten Tonsachen verwendet, Ofen-Hupperkacheln vor allem. Die galten als Wärmespeicher.

Neues vom Tag 2: Presse-Konzentration – das Karussell dreht sich weiter! Wie bereits gemeldet, ist die Mehrheitsbeteiligung am zweitgrößten Presse-Konzern der Schweiz, der Jean Klein AG, Zofingen, letzte Woche von der Firma Publicada, Vaduz (Liechtenstein), übernommen worden.
Inzwischen wurden auch die geheim geführten Verhandlungen der Publicada mit der Axel Gross AG «positiv abgeschlossen» – so der Sprecher der Publicada in der gestrigen Pressekonferenz in Zürich. Damit ist nun die Aktienmehrheit auch des größten Presseunternehmens unseres Landes an die Publicada übergegangen. Nachdem Jean Klein und Axel Gross bisher je rund 35 % der regionalen und überregionalen Tages- und Wochenblätter kontrollierten (plus das entsprechende Druckvolumen), läßt sich nach dem neuesten Abschluß von einer grundsätzlichen Veränderung der Kräfte im Pressewesen der Schweiz sprechen.
Wer steht hinter der Publicada? Bestätigt wurde in Zürich lediglich, daß es sich um eine Tochter der Multipress Ltd. handelt, die als Holding in Nassau (Bahamas) residiert. Dem Vernehmen nach soll diese Firma eine Gründung der US-Giganten Dow Chemical und ITT sowie der schweizerischen Konzerne Ciba-Geigy, Hoffmann-La Roche und Nestlé Alimentana sein.

Nach dieser neuesten Konzentrationsbewegung kontrolliert die Publicada GmbH nun rund 74 % der Schweizer Presse. Der «Verein der Schweizer Zeitungsverleger» hat in einem Communiqué seine «ernste Sorge» über diese Tatsache ausgedrückt. Wie das Kartellamt in Bern auf Anfrage mitteilt, werden durch den Abschluß jedoch keine schweizerischen Gesetze verletzt; das Amt vertraut weiterhin dem freien Spiel der Marktkräfte.
Das Gerücht, wonach noch im Verlauf dieses Jahres die Arbeitsplätze von rund 100 Journalisten (Redaktoren, freie Mitarbeiter) aus Rationalisierungsgründen gestrichen werden sollen, wurde vom Sprecher der Publicada energisch dementiert.

6

Rob und Leni auf Holzsuche, auf der Südseite des Grubensees. Rob war schon vor einer Stunde losgegangen. Leni hatte Mühe, im Dickicht voranzukommen. Sie hörte Rob, wie er weiter rechts drüben dürre Äste am See zerhackte. Dem Ufer entlang und dann auf dem Pfad zurück ließe sich das lange Dürrholz noch am leichtesten zur Baracke schleppen. Leni suchte vor allem nach dürren Stämmen; sie brauchten für den Winter kräftige Scheiter, langbrennende Harthölzer – Ahorn, Buchiges, hatte Rob gesagt.
Als sie aus dem Unterholz heraus auf die sandige Lichtung am Ufer kam, sah sie Rob. Er war anscheinend damit beschäftigt, Astbengel von je etwa einem Meter Länge auf dem Wasser zu einer Art von Floß zu schichten. Erst im Nähergehen bemerkte sie dann auch die beiden Schwimmer, – zwei dicke, knapp unter dem Wasser schwimmende oder aufliegende Knüppel. Schon wollte sie sich bemerkbar machen, aha, der Herr Allemann amüsiert sich, als ihr die merkwürdig verbissene Eile und der Ernst auffielen, mit denen Rob da sein komisches Spielzeug baute. Sie blieb stehen. Und ging wieder, – er hatte sie noch nicht entdeckt, – Schritt für Schritt ins Unterholz zurück. Was mochte das denn nur werden. Gedeckt durch Erlenzweige schaute sie zu, wie er mit dem Fuß schräggestellte, zwei Finger dicke Äste zerbrach, immer wieder auf die im Wasser liegenden Steine trat und die Bengel zu einem pyramidenartigen Bau türmte, sechs oder sieben Lagen einigermaßen im Quadrat gelegter Äste übereinander. In diesen Bau hinein steckte Rob jetzt behutsam Reisig. Als er sich aufrichtete und sich umschaute, sah sie den fast wütenden Ausdruck in seinem Gesicht. Kinder schauten manchmal, wenn sie sich allein glaubten und irgend eine sich selber gestellte schwierige Aufgabe zu lösen hatten, so ernst, so selbstvergessen aus. Er kam von den Steinen zurück und

hob ein Aststück vom Boden auf, keine zehn Meter von ihr entfernt. An dem Aststück war mit Schnur ein graugrünes Bündel festgemacht. Leni erschrak. Das bewegte sich ja. Das war ein Tier, eine Kröte, ein Frosch oder so etwas. Oder ein Vogel? Rob trug das Holzstück zu seinem aufgeschichteten, etwa einen halben Meter hohen Holzstoß zurück, legte es drauf, und dann sah Leni, wie er mit seinem Feuerzeug einen dürren Zweig ansteckte und vorsichtig knapp über dem Wasserspiegel in den Holzstapel steckte. Für einen Augenblick sah es so aus, als wäre das winzige Feuer erstickt. Dann kamen die Flämmchen langsam hoch, die Rauchfahne aus dem Holzstoß wurde grau und immer dicker. Rob verschwand für Sekunden fast ganz darin, er bückte sich wieder und schob den ganzen Bau mit sanftem Stoß auf die glatte Fläche hinaus. Der Rauch war auf einmal weg. Das Ganze brannte lichterloh. Rob hockte auf dem sandigen Uferstreifen, er bewegte sich nicht. Er ist verrückt, dachte Leni. Noch immer war sie unfähig, sich zu rühren. Er verbrennt, nein, er opfert ein Tier, eine irre kultische Aktion, er war wirklich verrückt. Sie spürte, es wäre falsch, wenn sie sich da einmischte.

Langsam ging sie auf ihn zu. Neben ihm blieb sie stehen. Er schaute dem brennenden Holz nach, es hatte beinahe die Mitte des Grubensees erreicht. Von oben sah sie, daß sein Gesicht noch immer diesen ernsten Ausdruck hatte. Er bemerkte sie anscheinend nicht. Er atmete schnell.

Man hörte das Aufzischen, wenn die Bengel jetzt brennend auseinanderzufallen begannen. Und langsam hob Rob den Kopf und schaute zu Leni auf. Die Starre löste sich. Er lächelte sogar. Ich wußte nicht, sagte er, daß du da bist.

Rob, was ist los! Leni forschte in seinem Gesicht. Du verbrennst doch nicht etwa Tiere? Er stand auf. Du bist in der Stadt aufgewachsen. Das ist nicht für dich. Komm.

Ich will's jetzt wirklich wissen!

Er zögerte. Ich weiß nicht. Ein Zeichen. Irgendwie so.

Ich mußte es einfach machen. Komm jetzt. Er nahm sie am Handgelenk. Auf dem Grubensee war kein Feuer mehr zu sehen. Ein paar angekohlte Aststücke weit draußen, das war alles.

Aber jetzt kommen wir ja wirklich vom Hundertsten ins Tausendste. Was gehen uns deine uralten Dichter und Denker an? Ob ich Chinese bin oder Schwede, das ist doch in diesem Punkt egal und übrigens meine ganz private Angelegenheit, da können mich die alten Mythen . . . Wenn das wirklich die Gründe für den merkwürdigen Widerspruch sind, der im zwölften Jahrhundert zwischen Lehre und Sitte erscheint, so können wir schon jetzt eine erste Folgerung formulieren:
Die leidenschaftliche Liebe ist im Abendland als eine der Nachwirkungen des Christentums (und insbesondere seiner Lehre von der Ehe) in den Herzen der Menschen, in denen noch ein natürliches oder ererbtes Heidentum lebte, aufgetaucht.
All das bliebe aber recht theoretisch und anfechtbar, wenn es nicht gelänge, die historischen Wege und Mittel dieser Renaissance des Eros exakt zu beschreiben. Die Zeit des ersten Auftretens dieser Renaissance haben wir schon bestimmt: Sie liegt um die Mitte des zwölften Jahrhunderts. Das ist die Zeit der Geburt der leidenschaftlichen Liebe. Wir werden nun aufzeigen, daß sie einen auch schon recht bekannten Namen trägt: cortezia, die höfische Liebe.
Niemand kann mehr daran zweifeln, daß die gesamte europäische Dichtung aus der Dichtung der Troubadoure des zwölften Jahrhunderts hervorgegangen ist (. . .) Und was ist eigentlich die Dichtung der Troubadoure? Eine Verherrlichung der unglücklichen Liebe.[7]

Werkstattszene 1: Stocker, mit Schweißerbrille, in der Grube, mit dem Zuschweißen eines Risses am Auspuff-

topf eines Citroën GS beschäftigt; Allemann, gemeinsam mit Schang, versuchte den selben Wagen mit einer neuen Heckscheibe zu versehen, die Gummilager sind jedoch ausgetrocknet, der Gummi ist hart geworden; Jecker schleift an der Drehbank irgend einen Bolzen spitz, und Pietro wuchtet hinten auf Platz 4 die beiden Vorderreifen eines VW-Kombi aus. In der Verbindungstür zum Wohnhaus Frau Stocker: Allemann! Sie winkt ihn im Lärm der Drehbank heran. Wie er bei ihr steht, zeigt sie auf den Laufzettel, den sie ihm hinhält. Rob nimmt ihn, erkennt den Auftrag wieder – SO 38 453, die hintere Stoßstange hatte ersetzt werden müssen. Sie: Und die Schrauben? Da drauf fehlt doch das ganze Kleinmaterial? Er: Ja, – 6 Stück, Zwölferschrauben. Doch, ja. Tut mir leid. Er schaut die Rechnung an, die dranhängt; Frau Stocker hat sie seinetwegen nicht fertig ausschreiben können.
Sie: Da kommen doch mindestens 9 Franken dazu? Füllen Sie die Laufzettel künftig bitte vollständig aus!
Noch immer blickt er auf die angefangene Faktura. Die Stoßstange, die ich montiert habe, war aber nicht neu, sagte er. Hier steht: neu.
Frau Stocker: Sie ist neuwertig, darauf kommt's an! Rob: Aber die haben wir doch vom Unfall-Fiat genommen und einfach schnell aufpoliert. In Ordnung ist die, das schon. Aber doch nicht neu. Hier steht: «Stoßstange, neu, 290 Franken». Die hat uns doch keine 60 gekostet, mit der Arbeit – Frau Stocker nimmt ihm Rechnung und Laufzettel wieder aus der Hand. Sie verschwindet. Er steht einen Augenblick da, überlegt, ob er mit dem Chef oder überhaupt auch mit seinen Kollegen drüber reden soll. Er geht zum Citroën zurück. Sie machen weiter.

Kalendergeschichten Juli 75

Ursprünglich wollte die Uhrenfabrik Aetos Watch SA in Genf über 100 Arbeiter entlassen. Auf Grund der Inter-

vention der Gewerkschaft wurde die Zahl reduziert, dafür in weiteren Bereichen Kurzarbeit eingeführt.
Lohnkürzungen für 1000 Arbeiter in Dornach. Für Juli und August haben die Metallwerke die Arbeitszeit um 12,4 Prozent und die Löhne um nur 10 Prozent gekürzt. Zwei Monate davor war die Dividende erhöht worden.
Journalisten und Typographen gehen gemeinsam vor. Sie verlangen von den Verlagen der «Basler Nachrichten» und der «National-Zeitung» Verhandlungen über die geplanten Entlassungen von 14 bzw. 20 Angestellten und Arbeitern.
Berufsverbot im Kanton Zürich. Der Zürcher Mathematiklehrer Jürg Jost wird, wie Erziehungsdirektor Alfred Gilgen (LdU) auf einer Pressekonferenz erklärt, aus politischen Gründen nicht gewählt. Jost hatte an verschiedenen Demonstrationen teilgenommen.
Der Sekundarlehrer Erwin Steiner erhält im Kanton Zürich keine Stelle, weil er Kriegsdienstverweigerer ist.
Während einer Woche, vom 7. bis zum 11. Juli, legten die Arbeiter der Uhrengläserfabrik Solinox in La Chaux-de-Fonds regelmäßig für eine Stunde die Arbeit nieder. So wurde das Unternehmen gezwungen, die ungesetzlich zurückbehaltenen Löhne einer Lohnkürzung um zwischen 10 und 25 Prozent rückgängig zu machen.
Armeelobby setzt Schubladisierung des Friedensinstituts durch. Der Bundesrat stellt die Botschaft über die Errichtung des Instituts vorläufig zurück. Die Konfliktforschung soll vermehrt von der Privatwirtschaft betrieben werden.
Die Schweizer Gesellschaften der Öl-Multis haben die «Krise nicht ausgenützt, um unabhängige Firmen zu übernehmen» oder «unbegründete Kostenerhöhungen» vorzunehmen. Schuld an der Preisexplosion waren, neben Spekulanten, «hauptsächlich Verbraucher», die sich in Panik aufs Erdöl stürzten. Zu diesem Schluß kam die Kartellkommission nach Überprüfung der Geschäftsbücher der Schweizer Niederlassungen; die der Hauptsitze bekam die Kommission nicht zu sehen.

Petition gegen politische Entlassungen in Emmen. Über 1000 Unterschriften kamen zusammen unter einen Protest gegen die Entlassung von vier Lehrern in Emmen, die einen Wahlaufruf der linkssozialistischen POCH unterstützt hatten.
103 Arbeiter in Altdorf auf der Straße. Rund weitere 100 hat die Daetwyler AG bereits im vergangenen Jahr entlassen.
50 Arbeiter in Biel auf der Straße. Das Bauunternehmen Schwartz + Cie entläßt den größten Teil seiner Belegschaft.

Blumer hatte sich im Aarhof erst einmal einen Aperitif genehmigt. Er bummelte dann über die untere Brücke. Nach eingehender Lektüre der Speisekarte vor dem roten Turm entschloß er sich, drin zu Abend zu essen, ein Steak, vom Grill, Fr. 12.80, mit Pommes-frites und Salat, dazu einen halben Gamay. Eine Frau, die in Frage gekommen wäre, ließ sich nicht blicken beziehungsweise in den beiden Fällen, die ihn für ein paar Sekunden hoffen ließen, hatte er nicht den richtigen Mut, Blamagen waren vorauszusehen gewesen. Er hatte heute keine Reserven, das wußte er. Im «City« leistete er sich dann den Kaffee und wieder zwei Steinhäger. Auf der ganzen Tour kein bekanntes Gesicht, nicht eins. Die hatten hier sogar die Bevölkerung ausgewechselt. Oder lag's an ihm? Und daran, daß er entweder das Gedächtnis an diese heimatlichen Gesichter verloren oder daß etwas in ihm drin beschlossen hatte, hier niemanden mehr zu kennen? Der hagere Mensch gegenüber erzählte ihm die Geschichte seiner Frau. Ausgeflogen, sagte er, mit einem Fisch. Unglaublich. Einem Schleierfisch. Sie betreibe jetzt in Genf ein Importgeschäft, Zierfische en gros. Eine unglaubliche Person. Ausgeflogen. Er war sichtlich amüsiert, er war stolz auf Erna, der Engros-Handel gedeihe, eine der in der Krise sichersten Branchen, wissen Sie, je mehr die Leute allein sind, um so mehr Zierfische kaufen sie. Und er beugte sich, Blumer näher heranwinkend, über den

Tisch. Angst, wissen Sie. Einen Schleierfisch, und du bist sie los. Träume, sagte er. Schleierfische.
Blumer nickte. Er verzichtete darauf, diese Mitteilungen ganz verstehen zu wollen. Jeder von uns hat ein Anrecht auf seine eigene Variante von Wahnsinn. Er überlegte, ob er den Satz im Skizzenbuch vielleicht festhalten sollte. Nein. So gut war er nun auch wieder nicht.
Jedenfalls, Blumer war dann auch nicht eigentlich überrascht, als er den Fischgeier später in der Waadtländer Halle wiedertraf. Der winkte, und als Blumer am Tisch vorbeiging, lächelte er und kniff ein Auge zu. Sie hatten jetzt ein Geheimnis zusammen. Blumer nahm ganz hinten rechts am bereits gut besetzten Ecktisch Platz. Recht gemischt, Angestellte, Arbeiter, auch ein paar Frauen waren dabei, Junge flipperten vorn neben der Tür, irgendwo wurde bereits gesungen «. . . s esch nömme dië Zit».
Bier und Steinhäger. Blumer spürte die Schwere in den Gliedern. Durchs Gehirn zogen die ersten Nebelfetzen. Ihm schräg gegenüber saß einer, der hob in der gleichen Sekunde wie er das Bierglas, beide tranken sie, und wieder gleichzeitig stellte der drüben das Glas wieder vor sich hin. Vielleicht lag's an dieser sie beide für einen Moment verbindenden Gier, jedenfalls, Blumer wußte auf einmal, den kannte er, ja, den mußte er kennen. Schwägli. Kein Zweifel. Der lustige Schwägli. Gleicher Jahrgang wie er. Gleiches Schulzimmer, und wie sie zusammen die gleiche Strafe absitzen mußten. Oder draußen in der Huppergrube, Julihitze, sie dösten langgestreckt zu fünfen am Ufer des Grubensees in der Sonne, und nur ab und zu richtete Schwägli sich langsam auf und stieß halblaut und gierig Worte hervor, – «Manhattan!», oder: «Bu-sento!» oder: «Mon-roe!», langsame Anrufungen eines fernen wilden Glücks, Manhattan übrigens mit «m» an dritter Stelle, dann legte Schwägli für eine Weile sich wieder hin; bis er den Fußpfad in die Westwand hinaufspurtete, oben auf dem Strunk der Steineiche stand und kopfüber die zwölf Meter herunter ins Wasser

ging. Der lustige Schwägli. Blumer starrte ihn an. Was hatten die mit ihm gemacht. Er war's. Für eine Sekunde dieser üble Reflex: wie ließe eine solche Trostlosigkeit, wie das Kaputte dieses Gesichts sich beschreiben? Irgendwann war Schwägli nicht mehr in die Schule gekommen. Er sei jetzt Hilfsarbeiter im Gaswerk. Danach hatte jedenfalls Blumer nie mehr von ihm gehört noch sich an ihn erinnert. Er war's, vielleicht noch immer Hilfsarbeiter irgendwo, sicher manuell tätig, das war seinen Händen, der Haltung des breit gewordenen Oberkörpers, seiner Montur abzulesen. In diesem Gesicht des lustigen Schwägli war etwas zertrümmert worden. Aus seinen Augen hatten sie den Glanz und jegliche Lustigkeit vertrieben. Irgendwer hatte dieses Gesicht krank vor Enttäuschung gemacht, es war ins ungeheuer Trostlose verrutscht worden. Der Ehering an der Faust ums Glas änderte nichts an der Vermutung, daß es auch bei Schwäglis zu Hause keine Spur von Lustigsein mehr gäbe. Schwägli blickte stur an Blumer vorbei in den Vorhang vor dem Fenster. Er rief «Mamhattan» wahrscheinlich schon lange nicht mehr an. Wahrscheinlich nie mehr. In eine Wut hineinzusaufen, war Blumer noch selten gut bekommen. Er hatte den Eindruck, alle diese Gesichter am Tisch schauten ihn an. Nur Schwägli hielt die Augen jetzt geschlossen, vermutlich schlief er. Aber wie gesagt, diese anderen da, die Krawattenträger, die mit der Pensionskassenaussicht, mit dem Teuerungsausgleich und der neuen Zuwachsratengewißheit im Gesicht, die reizten ihn. Ja, irgendwie so vermutlich.
Jedenfalls muß Blumer dann zu reden begonnen haben, auf welchen Anlaß hin, ist unwichtig und längst nicht mehr nachprüfbar, zumal er selber am nächsten Tag sich nur noch fragmentarisch an den Schluß des Abends erinnerte. Nein, kein Übergang, Blumer sagte, und noch überhaupt nicht laut:
Ja, er sei tatsächlich viel unterwegs gewesen in den letzten Jahren. Paris, sagte er, Frankfurt, Berlin, auch Zürich. Da lerne man manches dazu. Und ihr, fragte er und muß,

geschätzt, sekundenlang noch gespürt haben, wie die Wut jetzt hochkam, habt wohl auch dazugelernt? Wie? Die Krise hat's euch jetzt beigebracht, oder etwa nicht? Wie das Ding funktioniert? Wer wen warum verschaukelt? Nicht? Er schaute sie an. Er war nicht mehr in der Lage wahrzunehmen, wie sie keine Ahnung hatten, wovon der da redete, oder gar warum er's tat, und daß er sich möglicherweise in der Adresse irrte. Der mußte anscheinend etwas loswerden, soll er halt. Es wurde ruhig.
Nehmt Mai 68! Ich war dabei! Boulevard Saint-Germain. Den Namen Cohn-Bendit schon mal gehört? Ich, sagte er, das bin ich. Mit dem Megafon hab ich auf der Treppe des Odéon gestanden. Die neue Gesellschaft, hab ich geschrien, ist da! Nieder mit der repressiven Toleranz, zum Teufel mit dem Präventivfaschismus, es lebe die Kreativität – er stolperte – es lebe die freie Assoziation befreiter Individuen. Das war am Abend. Und in der Nacht kam's zu den ersten Barrikadenkämpfen. Und ihr? Habt in die Mattscheiben geglotzt? Oder ob etwa auch nur einer von ihnen auf die Idee gekommen sei, gleich nach der Tagesschau sein Zeug zu packen und nach Paris zu fahren? Fünf Stunden, – sei ihnen anscheinend zuviel gewesen? Und in Paris – ein bißchen zu heiß? C'est la lutte finale.
Jemand am Tisch sagte: Du, was hat der eigentlich. Blumer stand auf. Er fuhr fort, ob sie wüßten, was sie da versäumt, ja, verraten hätten? Die Befreiung, rief er, ihr Lebensversicherten aller Länder, die Freiheit, rief er und nahm, reichlich besoffen jetzt, kaum wahr, wie vorn auch der Hagere aufstand und begeistert herüberwinkte und «Träume» rief, «Freiheit und Träume!», Blumer redete wieder ruhiger: Von der Polizei niedergeknüppelt, jawohl, verschaukelt, verraten. Aber dann mußte de Gaulle dann doch gehen, wir machten weiter, in Berlin, sie nannten mich Dutschke, drei Kugeln, aber ich, Rudi, machte weiter, in Frankfurt, in Bern, wo seid ihr gewesen, als wir das Institut besetzten? Als wir in Frankfurt den Rüegg und habt ihr den Namen Adorno schon mal gehört, ihr

Nichtswisser, ihr Inhaber warmer Füße, ihr Sozialpartner der 2. Säule, wo wart ihr, als sie uns vor dem Globus mit den Gummiknüppeln und Tränengas? Ich war dabei, in Frankfurt, in Zürich, überall, wo's losging damals, ich wußte –
Einer sagte laut: So allmählich reicht's.
– wußte, jetzt passiert's, jetzt geht's los in Europa, jetzt machen wir reinen Tisch und fangen mit der Neuen Gesellschaft gleich heute an, das war drin – nur, wo seid ihr geblieben? Warum seid ihr nicht gleich in der Nacht noch losgefahren, ihr europäischen Arbeiter und Bauern und Eigenheimbesitzer? Habt ihr geschlafen, hier vor dem Bier in eurem Spitzenverdienerkaff? Das waren Zeiten! Alles war möglich, alles!
Wahrscheinlich war's nichts weiter als diese Besessenheit, mit der er redete, was die Zuhörer und auch den Wirt an der Theke vorerst abwarten ließ. Wahrscheinlich spürten sie sogar, da drehte einer nur einfach deshalb durch, weil eine für ihn ungeheuer wichtige Sache schiefgegangen war. Mai 68? Nie gehört oder längst vergessen. Hatten da nicht ein paar unzufriedene Studenten so lange randaliert, bis Polizei eingreifen mußte? Schnee vom vorletzten Jahr. Laß den doch reden.
Der Wirt kam um die Theke herum. Davor blieb er stehen, nahm der Serviertochter, als sie vorbeiging, ein Bier vom Tablett. Er sagte, in die Ruhe hinein und sah zu Blumer herüber: Noch etwas? – Er trank.
Ich – Blumer suchte nach Worten: ich war dabei, versteht ihr? Ich war eigentlich nur neugierig, bin Journalist, ich hab Reportagen drüber geschrieben, ich – ja, und – ich glaube, ich hab jetzt ein bißchen den Faden verloren.
Außer ihm, Blumer, lachte niemand.
Den Eindruck hab ich auch, sagte der Wirt. Ich denke, das wär's dann? Edith, der Herr da will zahlen.
In seinem jetzt tatsächlich konfusen Gehirn muß Blumer immerhin registriert haben, wie allein er war. Er setzte sich, langsam; er duckte sich beinah auf die Tischplatte hinunter, als er Edith die Zwanzigernote zuschob. Dann

stand er auf, nicht ohne Mühe. Schwägli gegenüber hatte die Augen offen. Salü, Fredu, sagte er. Er lächelte nicht dabei.
Blumer nahm die Jacke von der Stuhllehne. Tschau, sagte er zu Schwägli hinüber, und unsicher ging er am Wirt vorbei und zwischen den ihm zugewandten Gesichtern der Gäste hindurch zur Tür. Die Nachtluft kühlte kaum. Ein paar Schritte noch gehen, das würde ihm guttun. Irgendwas hatte er da drin wieder falsch gemacht. Keine Ahnung. Nicht die geringste Ahnung hatten die. Warum nur war er nach Hause gekommen. Er ging die Bastiangasse abwärts, nur einfach so abwärts, das tat immerhin gut.
Erste Tropfen, gleich drauf ein Donnerschlag da oben über den Dächern. Nur zu. Ihm war alles recht. Warum nur zurückgekommen! Die Huppergrube? Ach was. Da mußte schon die Alte Brücke sein. Für einen Augenblick, der Regen schlug ihm jetzt in den Nacken, versuchte er, über die Brüstung gelehnt das Wasser da unten zu sehen. Und erst jetzt, als er es sah, jedenfalls dies da unten vorbeischießende Schwarz mit dem Glitzern und den Schaumschiffchen drauf sah, hatte er das Gefühl, besoffen zu sein. Und noch ein Gefühl kam hoch da drin und das würgte in der Kehle und er dachte auf einmal gleichzeitig zwei Dinge, – wie sie damals gelacht hatten, wenn das Wasser sie hier unter der Brücke durchgerissen hatte, ja, das lustige Lachen damals an den Pfeilern vorbei, – Mam-hattan! – das Winken der Leute, und gleichzeitig, jetzt, – daß er an einem Ende war, angekommen war am Ende dieser ganzen Reihe von Jahren seit damals bis heute, Lachen und Ende, gleichzeitig da. Er war, als er unsicher weiterging, nicht einmal mehr fähig herauszufinden, ob diese Nässe im Gesicht allein vom Regen kam.

7

Leni fuhr ihren Fiat rechts vom Grubeneingang in die «Garage», – eine Art Höhle im Unterholz, die Rob freigeholzt hatte. Zum erstenmal seit über einer Woche, daß sie wieder einmal weggefahren war; nach Bern ins Seminar, um sich fürs Wintersemester einzuschreiben. Zwei-, allenfalls dreimal in der Woche würde sie jetzt jeweils hinfahren. Sie hatte die Vorlesungen und Seminarstunden so belegt, daß sie normalerweise mit zwei Tagen, von etwa 10 bis 17 Uhr, durchkäme. Der Turm der Huppermühle stand genau im Gegenlicht der Oktobersonne, als sie den Pfad hoch aus den Schwarzdornsträuchern heraus auf den Vorplatz kam, – eine unglaubliche, eine goldene Halle. Sie sah nur ausgefranste Umrisse, die Sonne hinter dem Turm fraß auch die Konturen der Föhrenwipfel und Sträucher dahinter weg, sie durchlöcherte sie mit ihrem glitzernden Licht, und Leni zog noch im Nähergehen die Jacke aus. Sie rief «Rob», zweimal. Nichts rührte sich. Erst als sie in den langen Turmschatten kam, sah sie die Honda in ihrem Verschlag links neben dem Wohnbau stehen.

Und dann sah sie auch den hinter den Sträuchern halb verdeckten Kopf Robs und seine erhobene Hand, wie sie ihr winkte näher zu kommen. Sie ging die zwanzig Schritt bis zu ihm hin. Noch bevor sie ganz heran war, machte er ihr mit der Hand das Zeichen, das sie verstand als Bitte, sich leise näher zu bewegen.

Er saß, die Absätze in die abfallende Böschung eingehackt, ganz außen und schaute mit vorgebeugtem Kopf zwischen seinen Knien hinunter. Sie bückte sich und schlich sich langsam zu ihm hin, so nahe, daß sie jetzt von hinten über seine Schulter ebenfalls über die Böschung hinunterschauen konnte. Föhren- und Lärchenstämme, Birken, bis ganz hinunter, vereinzelt kleine Sträucher, in vier fünf Stufen fiel hier der Hang bis zum Fußweg hin

ab. Auf den Bodenstücken dazwischen die hellen Lichtflecken. Leni kannte das alles. Was ist? flüsterte sie neben Robs Ohr.
Er lehnte sich ein wenig zu ihr zurück. Nichts weiter, sagte er halblaut. Ich zähle nur die Tierchen da unten, in diesem Ausschnitt: gleich hier, unten, siehst du, vom Stein dort bis zum Stamm und zurück bis auf die Linie der Böschung da zwischen meinen Absätzen, etwa einen Quadratmeter. Siebenundzwanzig – er schaute auf die Uhr – in neun Minuten. Eine Fliege flog in sein Beobachtungsfeld ein und setzte sich an einen vereinzelten Grashalm. Achtundzwanzig.
Jetzt sah Leni den Hirschkäfer; er schob mit seinen Zangen eine tote Wespe vor sich her. In einem der Lichtflekken dicht neben dem Stamm schwebten drei Mücken auf und ab.
Siehst du die Eidechse? Rob flüsterte. Auf dem dunklen Stein gleich da unten. Nur der Kopf, gleich da, siehst du? Und dort die beiden kleinen Schnecken? Aber siebenundzwanzig? Leni kam, auch wenn sie fünf Ameisen dazuzählte, auf höchstens fünfzehn Lebewesen.
Eine Kreuzspinne, da, neben dem hellen Birkenblatt grad noch zu sehen. Und hier, neben dem Spitzgrasbüschel, das fingerdicke Loch: da hockt auch ein Käfer drin, eine Art, die ich nicht kenne. Da! Siehst du? Diese winzige Heuschrecke? Jetzt ist sie weg. Unter diesem Stein: mindestens zwei Asseln oder soetwas, die eine schwarz, die andere grau. Hier die graue, da läuft sie.
Ein merkwürdig langgezogener Körper, halb Raupe, halb Tausendfüßler, grün behaart, etwa zwei Zentimeter lang, schob sich von unten her ins Blickfeld und raste plötzlich unter einen der handgroßen Steine in Deckung. Neunundzwanzig, – und die zehn Minuten sind um. Rob lachte, er schaute Leni jetzt an, lachte.
Sie umschlang seinen Hals. Und du bist der Dreißigste! Du Träumer! Zusammen fielen sie hintenüber. Leni war schneller, sie kniete schräg über ihm und umschloß mit der einen Hand seine Gurgel, mit der anderen das Hand-

gelenk seiner Rechten. Du Nichtstuer! Du mein Faulpelz!
Aber er hatte mit der freien Linken nun in ihr Haar gegriffen und zog ihren Kopf zu sich herunter. Laß los, du Aas! Er keuchte.
Laß du los! Leni lachte und drückte seinen Hals fester. Los! Er bekam seine Rechte frei, schlang den Arm um ihren Hals und zog ihr Gesicht so nah zu sich herunter, daß sie ihn losließ und er ihren Mund plötzlich mit seinen Lippen verschloß. Sie überkugelten sich, Leni schrie leise auf, sie wehrte sich, hatte sich auf einmal jetzt losgerissen, sprintete zehn Meter weg, lachte, während er dasaß, noch immer nahe der Böschung im versteppten Gras, lachte und fing auf eine Kinderliedmelodie zu singen an: «Du bist ein Träumer, du bist ein Taugenichts», zu singen und sich zu drehen, während er, überrascht über ihre Fröhlichkeit, ihr zuschaute, wie sie jetzt tatsächlich in dieser Sonne zu ihrem Singsang zu tanzen begann und gleichzeitig ihre Bluse öffnete, auszog, wegwarf, dann die Jeans, und weiter, bis sie nackt weitertanzte, weiterlachte, weitersang.
Anscheinend erschöpft ließ sie sich auf die Knie fallen. Sie sammelte ihre Kleider ein. Während sie sich anzog, hielt sie inne und sagte mit einer Stimme, der die gespielte Gleichgültigkeit anzumerken war: Du riechst übrigens nach einer Frau.

Block B, 5. Stock: Jesu Blut und Gerechtigkeit ist mein Schutz und Ehrenkleid.

Aus einer alten Geschichte 2: . . . und von diesem Tage an lagen die zwei Bauern im Prozeß miteinander und ruhten nicht, ehe sie beide zugrunde gerichtet waren.
Die Gedanken der sonst so wohlweisen Männer waren nun so kurz geschnitten wie Häcksel; der beschränkteste Rechtssinn von der Welt erfüllte jeden von ihnen, indem keiner begreifen konnte noch wollte, wie der andere so

offenbar unrechtmäßig und willkürlich den fraglichen unbedeutenden Ackerzipfel an sich reißen könne. Bei Manz kam noch ein wunderbarer Sinn für Symmetrie und parallele Linien hinzu, und er fühlte sich wahrhaft gekränkt durch den aberwitzigen Eigensinn, mit welchem Marti auf dem Dasein des unsinnigsten und mutwilligsten Schnörkels beharrte. Beide aber trafen zusammen in der Überzeugung, daß der andere, den anderen so frech und plump übervorteilend, ihn notwendig für einen verächtlichen Dummkopf halten müsse, da man dergleichen etwa einem armen haltlosen Teufel, nicht aber einem aufrechten, klugen und wehrhaften Manne gegenüber sich erlauben könne, und jeder sah sich in seiner wunderlichen Ehre gekränkt und gab sich rückhaltlos der Leidenschaft des Streites und dem daraus erfolgenden Verfalle hin, und ihr Leben glich fortan der träumerischen Qual zweier Verdammten, welche, auf einem schmalen Brette einen dunklen Strom hinabtreibend, sich befehden, in die Luft hauen und sich selber anpacken und vernichten, in der Meinung, sie hätten ihr Unglück gefaßt.

So viel, daß Blumer Schwierigkeiten mit der Liebe hatte, ist inzwischen bekannt. Neuer Ärger dürfte dazu kommen. Wenn man nur schon an Leni denkt. Ist die Art, wie ein Mensch sagen wir einmal eifersüchtig ist oder eben possessiv, einfach Natur? Wie, wenn unsere Gattung auch in der Liebe sich einmal anders verhalten hätte? Und wenn ja: warum?

Die patriarchalischen Auffassungen der Urgeschichte haben auch logischerweise zu der Annahme geführt, daß die Zwangsmonogamie bzw. das heutige Vorrecht des Mannes auf mehrere Frauen, die Eifersucht, die Unterdrückung der Frau usw. biologisch begründet seien. (...) Eine grundlegende Theorie über die Verbindung von wirtschaftlicher Ur-Arbeitsdemokratie und Mutterrecht liegt bei Morgan vor, der sie als allgemein vorkommenden Urzustand zuerst erwiesen hat. Roheim gab eine Zusammenstellung der arbeitsdemokratisch organisierten Stämme, jedoch ohne Inbeziehungsetzung der Wirtschaftsformen zu ihrer Organisation der Geschlechterfolge. Die gemeinsamen Tatbestände sind: Gemeineigentum an Boden und Hütten, gemeinsame Arbeit und Produktenverteilung, Privateigentum nur an Werkzeugen, Schmuck, Kleidungsstücken usw., so bei den Kuli, den Lengua-Indianern, den Eskimos, den Ureinwohnern von Brasilien, den Bakairi, in Australien ganz allgemein, in Tasmanien, bei den Komanchen, Siouxindianern, den indochinesischen Völkern, auf den Salomoninseln (...) Eine der Feststellungen Roheims leitet zu unserem Kernproblem, dem Mechanismus des Heiratsgutes über. Roheim behauptet, daß das Eigentum bei vielen Stämmen einer erotischen Bindung gleichkomme, und führt als Beweis an, daß die Gattinnen bei bestimmten Zeremonien an der gleichen Stelle auftreten, an der sich das Landeigentum befindet. Wenn zutrifft, daß das Heiratsgut durch die Gattin in den Besitz des Gatten und seines Clans übergeht – da es sich doch immer um exogame Clans handelt –, so begreifen wir den Ritus der erotisierenden Symbolik: Das Eigentum wird mit Hilfe von geschlechtlichen Interessen übertragen. Roheim erwähnt von verschiedenen Stämmen, bei denen Urkommunismus herrscht, daß der Besitzer zu seinem «Eigentum» mehr in einem formalen und zeremoniellen als in einem praktischen Verhältnis steht. Das gleiche hörten wir von Malinowski über den Privatbesitz an Kanus bei den Trobriandern. Diese und ähnliche Feststellungen ethnologischer Forscher, die sich mit den Tatbeständen bei den Trobriandern decken, gestatten, dem Heiratsgut als dem Grundmechanismus der Überleitung vom Mutterrecht zum Vaterrecht, von der gentilen Ur-Arbeitsdemokratie zur Anhäufung von Reichtum in einer Familie, daher auch von der ursprünglichen Sexualbejahung zur Sexualunterdrückung, eine allgemeinere Bedeutung zuzuschreiben.[2]

Skizzenbuch: Warum nicht Ich sagen? Warum Blumer vorschieben mit seiner zur Hälfte erfundenen, zu einem Viertel von N. M., zu einem weiteren Viertel von mir weggeholten Biografie, mit Gefühlen und Gedanken versehen, die – längst nicht alle – die meinen sind? Ich bin Blumer; ich bin auch Leni, auch Rob, auch der Radio- und Fernseh-Händler Kuhn. Sie alle vorschieben als Verkörperungen meiner eigenen Angst, meiner Hoffnungen, meiner Verletzungen, meines eigenen erfahrenen Sprach- und Lebensstoffs, in den auch die anderen gehören. Sie vorschieben, um freier operieren zu können?
Blumer und die anderen vorschieben; diese Feigheit in Kauf nehmen, damit ich durch sie hindurch ganz bestimmte Sachen freier zu sagen den Mut hätte.

Interessiert es dich? Rob saß am Tisch, sie hatten das Licht schon angemacht, Leni stellte eine Platte Spaghetti auf den Tisch und ging zum Herd zurück. Sag doch. Bist du traurig?
Leni brachte die kleine Pfanne mit der Tomatensauce. Sie setzte sich her, und während Rob ihren Teller füllte, sagte sie: Du, ich weiß nicht. Ja, doch. Wahrscheinlich.
Hat's mit Margot zu tun?
Und während sie kurz nickte und Rob zu essen begann, war wieder diese leere Gaststubenstimmung da, Nachmittag, Margot hatte sich zu ihm gesetzt, sie trank ein Gläschen mit, und als sie ihm zuprostete, sagte er zweimal «Verdammich!», – Margot, wie sie lachte, wie sie ihm die Hand auf den Arm legte und meinte, er solle es vergessen. Übrigens, sie müsse sich aber jetzt ausruhen gehen, Zimmerstunde, jeden Abend bis halb eins, er wisse, und später: er hinter ihr die Treppe hinauf, später ihre Küsse, ihr Mulattinnengesicht, ihre Schenkel, die ihn umschlossen; er, wie er ungeschickt war; wie sie dann wieder lachte; und Leni, wie sie fragte, ob er Margot sehr gern habe.
Ich glaube, sie ist prima. Mehr ist da nicht.
Und Leni plötzlich: Du komm. Entschuldige. Eigentlich wollte ich grad das nicht. Ich hab heute in Bern gedacht: diese Gesichter alle, – wir wollen hier wirklich neu anfangen, – aber: anfangen und gleich Eifersuchtsszenen und schon sind wir mitten wieder in der Gefühlsbuchhalterei drin, – soviel Soll, soviel Haben, – nein. Auch wenn's natürlich weh tut für einen Augenblick. Schließlich, wir sind geimpft mit dieser Art von Denken und Gefühl, das schon. Sie schob ihm die Platte zu: nimm, los.
Übrigens: was war denn heute, warum warst du verärgert? Es war wieder etwas mit Stocker, nicht mehr als sonst. Aber irgendwie hatte die Sache Rob heute ganz besonders sauer gemacht. Ein Citroën ID hätte bis halb

zwölf unbedingt fertig sein müssen, – Auswechseln der Kupplungsbeläge, – halb zwölf. Rob hatte es dem Kunden wirklich fest zugesagt. Er hatte für die Arbeit, zugegeben: knappe anderthalb Stunden gerechnet und also um zehn Uhr endlich drangehen können. Aber kaum hatte er mit dem Ausbau begonnen, kam Stocker und sagte: Allemann, der Kombi da drüben wird um elf abgeholt. Los, kommen Sie. Rob hatte schon vorher beobachtet, wie der Alte nervös an der Zündung herumgebastelt hatte. Der Kombiwagen gehörte Schenker + Co., Wurstwaren en gros, Stocker war mit dem älteren der beiden Schenker im Kleinkaliber-Club.
Erst müssen hier die neuen Beläge drauf, Rob deutete auf die Kupplung. Der kommt um halb zwölf. Stocker ging zum Kombi zurück. Dort blieb er stehen. Plötzlich schrie er: Wird's bald, Allemann? Verdammich!
Ich hab's dem Kunden aber doch zugesagt.
Gottverdammich, Allemann, wenn Sie jetzt nicht sofort anschwirren, ist der Erste der Letzte gewesen!
Da war er also mit dem Schraubenzieher hinübergegangen. Die ganze elektrische Anlage hatten sie abklopfen müssen, bis der Fehlkontakt gefunden war. Es war jetzt halb zwölf. Also denn, sagte Stocker. Er wollte die Sache jetzt wohl doch herunterschrauben. Chef, sagte Rob, mit Kündigung droht man mir nur einmal, und ging an seinen Citroën zurück.
Jedenfalls, der Textilvertreter kam, und als Rob erklärte, so ungefähr eine Stunde werde das wohl schon noch dauern, war dann der Nerv gerissen. Rob wollte Stocker heranrufen, aber der war jetzt natürlich nirgends zu sehen, und der Kunde führte einen Tanz auf, also wie ein Verrückter. Aber kurz und gut, und das war dann noch ganz besonders fein: als Rob Stocker aus dem Büro endlich hatte heranholen können, fiel dem doch wirklich nichts anderes ein, als von Mangel an qualifizierten Kräften zu reden, – «wissen Sie, gelernte Mechaniker sind eben heutzutage schon wieder Mangelware».
Chef, jetzt hören Sie aber auf! Und zu dem Kunden sagte

Rob: da drüben, den VW könne er, wenn der's ihm tue, bis zwei Uhr mitnehmen. Bis dann habe er die Zitrone mit Sicherheit fertig, und er bringe sie ihm zum «Löwen» hinauf. Stocker hatte kein Wort mehr gesagt.
Und das Schlimmste ist, du kannst nichts dagegen tun. Den ganzen Krempel hinschmeißen? Stocker weiß sehr genau, daß ich so leicht eine Halbtagsstelle wie die nicht finde. Vor einem Jahr noch wär's kein Problem gewesen, aber heute? Nie kannst du die Arbeit so machen, so einteilen, wie du's für richtig hältst! Wenn du reklamierst, so fliegst du, – das ist die ganze schöne Freiheit, die wir haben. Ein Scheißdreck ist das. Und das Schlimmste, du kannst nichts tun dagegen. Das versaut dir auch noch die ganze übrige Zeit, kein Spaß mehr an nichts. Weißt du, manchmal möcht ich nur einfach saufen. Oder auf irgend einen Schädel eindreschen. Irgendwie –
Leni: Und was sagen denn die andern dazu?
Rob: Ach die!
Leni: Ob du nicht doch einmal mit ihnen reden solltest? Vielleicht, daß ihr zusammen – sie verstummte.
Rob: Weißt du, was die sagen? Bei Frey oder Pfluger oder in Aarburg drüben ist's noch schlechter. Und wir haben immerhin 30 Rappen mehr Stundenlohn – mehr fällt denen auch nicht ein. Komm, lassen wir's.
Leni zog mit dem umgekehrten Löffel eine Acht ins Kunststoff-Tischtuch. Übrigens, sagte sie dann, wir sollten eine Regel für uns aufstellen: Jeder, der den anderen als seinen Besitz behandelt, auf welche Weise auch immer, muß zur Strafe – was? Was schlägst du vor?
Rob lachte: Zum Beispiel – mir einen Kuß geben.
Nein nein, Leni war für eine richtige Strafe.
Also, sagte Rob, – den Hecht fangen, den alten Hecht da hinten im See – einverstanden?

Block A, 8. Stock: Sie steht am Fenster. Sie beugt sich leicht vor. Er wird aus der Tiefgarage gleich auftauchen; von der Stadt herüber ist der eine Glockenschlag deutlich

zu hören. Westwind. Viertel nach 8. Heute fährt Masli mit, er bringt Masli mittwochs in die Schule. Jetzt taucht er auf, fährt die Rampe hoch, hält, winkt herauf, Masli ist nicht zu sehen, jetzt startet er. Es ist wahr, der Escort hat wirklich eine Beschleunigung. Phantastisch. Er funkelt richtig in der Sonne. Gestern abend die erste Fahrt, sie beide vorn, Masli und die Kleine hinten. 170 Spitze. Sie winkt.
Sie macht das Fenster zu. Die Kleine schläft wieder. Von der Küche her ist der Kühlschrank für einen Augenblick deutlich zu hören. Jetzt steht sie in der Zimmermitte. Der Kühlschrank schaltet aus. Jetzt ist, außer ihrem eigenen schnelleren Atem, nichts mehr zu hören.

Für Liebhaber von Theoretischem –: Selbstverwaltung:
Menschliche Befreiung ist gewiß unvorstellbar ohne das Recht jeden Individuums, am sozialen Entscheidungsprozeß teilzunehmen. (. . .)
Arbeiterräte in den Betrieben und die Räte lokaler Gemeinschaften sind nicht isolierte Atome, sondern Elemente eines ganzen Netzwerkes auf verschiedenen Ebenen (vom territorialen Gesichtspunkt aus: lokal – regional – föderativ; vom beruflichen Standpunkt aus: Basiseinheit – der ganze Betrieb – die Branche – die Gemeinschaft aller Produzenten).
Jedes Individuum hat unmittelbar Entscheidungsgewalt in den Basiseinheiten, in denen es arbeitet und lebt, und zusätzlich hat es eine indirekte Entscheidungsgewalt auf den höheren Stufen durch seine Delegierten (die frei gewählt, auf beschränkte Zeit im Amt, jederzeit ersetzbar und ihm verantwortlich sind). Jede Einheit hat alle notwendige Autonomie und Verantwortlichkeit für die Entscheidung über Angelegenheiten, die sie besonders betreffen. (. . .)
Die Organe auf höherer Stufe der Selbstverwaltung unterscheiden sich gewaltig von den Staatsorganen, insoweit als sie nicht Instrumente irgendeiner herrschenden

Klasse sind; sie unterdrücken nicht und versuchen, die Einmischung auf ein Minimum zu beschränken. Aber in Angelegenheiten von allgemeinem Interesse müssen ihre Entscheidungen bindend sein, nachdem eine bestimmte Politik umfassend diskutiert und angenommen wurde[8].

9

Es gab drei Türen. Die erste, die eigentliche Haustür. Man kam durch sie gleich in den Wohn- und Kochraum. Ihr gegenüber die Tür, die hinter dem kleinen Eßtisch in den langgezogenen Schlaftrakt nebenan ging. Und drittens der Durchschlupf, 120 × 60, den Rob oben in die Turmwand gesägt hatte; direkt von der Leiter, die in Lenis Obergeschoß führte, konnte man durch die Öffnung aufs Dach aussteigen. Tagelang hatte Rob jetzt an den Türen herumlaboriert. Leni hatte nur, wenn sie am Tisch von ihrer Arbeit aufschaute – fürs Seminar präparierte sie Zitate aus der Geschichte archaischer Familienstrukturen heraus – beobachtet, wie er mit Schraubenschlüssel, Säge, Blechzange, Eisensäge hantierend einmal an der einen, dann an der anderen Tür beschäftigt war. Jetzt erst – es ging schon auf elf – durfte sie die Arbeit besichtigen. Drei querlaufende T-Eisenschienen an jeder Tür, Winkeleisen in den Türrahmen, Zweitschlösser, außerdem armdicke Vorlege-Balken, die frei in zwei festverschraubte Eisenlager rechts und links neben den Türen eingeschoben werden konnten. Solide wie Gefängnistüren, sagte sie. Sie staunte.

Eben nicht, sagte Rob, im Gegenteil: Festungstüren sind das jetzt. Jedenfalls da wird, wenn wir nicht wollen, so schnell keiner mehr hereinkommen.

Wenig später, Leni hatte den einen Fuß schon auf die unterste Leitersprosse gesetzt, während Rob sich am Spülbecken mit nacktem Oberkörper Wasser über die Arme laufen ließ, sagte sie: Du, am ersten Abend nach meiner Ankunft hast du – ich bin schon oben gewesen – gefragt, ob du zu mir kommen kannst. Warum hast du seither nie mehr etwas davon gesagt, – ich meine davon, bei mir zu schlafen?

Rob drehte den Wasserhahn zu. Für einen Moment war's still.

Nur der Wind draußen in den halbentlaubten Bäumen

war plötzlich zu hören, in den Bäumen und auch ganz oben im Dach, wie er hohl rauschte. Über die Schulter zurück sagte Rob: Ich weiß eigentlich auch nicht so recht.
Eigentlich, glaub ich, sagte Leni, weißt du's ziemlich genau. Komm, sag's. Hast du Angst?
Rob: Es ist vielleicht einfach so, daß ich tatsächlich Angst habe. Vielleicht – er redete stockend und weiterhin ohne sich Leni zuzudrehen – würde etwas kaputtgehen, hab ich gedacht. Ich möchte, daß alles so zwischen uns bleibt wie jetzt. So gut wie jetzt, sagte er.

Aus einer alten Geschichte 3: Obgleich es kaum eine Viertelstunde währte, bis Vrenchen nachkam, und er an nichts anderes dachte als an sein Glück und dessen Namen, stand es doch plötzlich und unverhofft vor ihm, auf ihn niederlächelnd, und froh erschreckt sprang er auf. «Vreeli!» rief er, und dieses gab ihm still und lächelnd beide Hände, und Hand in Hand gingen sie nun das flüsternde Korn entlang bis gegen den Fluß hinunter und wieder zurück, ohne viel zu reden; sie legten zwei- und dreimal den Hin- und Herweg zurück, still, glückselig und ruhig, so daß dieses einige Paar nun auch einem Sternbilde glich, welches über die sonnige Rundung der Anhöhe und hinter derselben niederging, wie einst die sicher gehenden Pflugzüge ihrer Väter. Als sie aber einsmals die Augen von den blauen Kornblumen aufschlugen, an denen sie gehaftet, sahen sie plötzlich einen andern dunklen Stern vor sich her gehen, einen schwärzlichen Kerl, von dem sie nicht wußten, woher er so unversehens gekommen. Er mußte im Korne gelegen haben; Vrenchen zuckte zusammen, und Sali sagte erschreckt: «Der schwarze Geiger!» In der Tat trug der Kerl, der vor ihnen her strich, eine Geige mit dem Bogen unter dem Arm und . . .

Block A, 3. Stock: Sicher, grad so da draußen vor dem Fenster, das könnte man sich schöner vorstellen, die sind eben mit der Planung noch nicht soweit. Aber dahinter, diese Aussicht auf den Wald! Tut richtig gut. Manchmal, so etwa am Sonntag, wenn schönes Wetter ist: man hätte direkt Lust, wieder einmal einen richtigen Waldbummel zu machen. Nur eben diese alte Grube. Daß die auch noch immer nicht aufgefüllt ist. Aber der, dem sie gehört, soll ein Spinner sein. Der will nicht. Der will, daß alles so verkommt, wie's schon ist. Da könnten die doch Bauschutt ablagern fünf Jahre lang, da wären riesige Bauplätze gewonnen. Aber so! Jetzt haust Gesindel draußen. Dieser Bursche mit seiner Honda, – jeden Morgen vor sieben hinein, um zwölf, halb eins wieder hinaus, und nachmittags um drei vier, wenn normale Menschen arbeiten, kannst du ihn sehen, wie er nackt oder fast an der Sonne liegt. Nicht mehr lange, und da draußen werden Dutzende von diesen Rockertypen hausen. Gewettet, das geht nicht mehr lange? Dann gute Nacht.

Ballade von der Herbeiführung erträglicher Lebensbedingungen für alle 2: Es gab damals noch das Initiativrecht des schweizerischen Volkes. Die Unterschriften von 50000 Bürgern und Bürgerinnen unter den Text einer Initiative zwangen Regierung und Parlament, diesen Text dem Volk zur Abstimmung vorzulegen. Über 5000 Kooperativen waren im Land entstanden. Sie waren untereinander freundschaftlich verbunden. Jede Kooperative verpflichtete sich, mindestens 20 Unterschriften zu sammeln. Nur Tage dauerte es, bis weit über 100000 Bürger und Bürgerinnen durch ihre Unterschrift forderten, es müsse folgende Frage dem Schweizer Volk zur Entscheidung vorgelegt werden: «Wollt ihr alle auf wirtschaftlichen Nutzen ausgerichteten Unternehmen in der Schweiz, deren Umsatz 10 Millionen jährlich übersteigt, unter Entschädigung an die Inhaber in Lohnprozenten in 12 Jahresraten, in die Selbstverwaltung durch alle

Angestellten, Arbeiterinnen und Arbeiter der einzelnen Firmen überführen?»

Es wird einer aus der Bahn geworfen. Es ist einer k.o., am Ende, erledigt, ausgezählt. Lächerlich wäre die Behauptung, Blumer sei lediglich durch jenen Blick von der Alten Brücke ins schwarze glitzernde Aarewasser in diesen Zustand geraten. Klar, aber der Anblick des nächtlichen Wassers war anscheinend das wenige gewesen, das noch gefehlt hatte.

Vielleicht eine halbe Stunde lang war er inzwischen durch irgendwelche Straßen gegangen. Die Gleichgewichtsstörung durch den Alkohol wenigstens war wieder einigermaßen weg. Als er schräg vor sich das erleuchtete Schild «Nachtglocke» sah, blieb er stehen. Apotheke Dr. Susann Heim. Er drückte den Knopf. Drei Minuten später stand er im Laden. Ein älterer Mann in Hosenträgern, mit Spätprogrammaugen, gab ihm ohne Frage oder Kommentar die beiden verlangten Saridon-Döschen. Enttäuscht, Susann Heim nun nicht kennengelernt zu haben, zahlte er. In einer Beiz hinter dem Bahnhof kaufte er eine Flasche Trester.

Die Art, wie er weiterging, auf der Straße neben dem Bahndamm, durch eine Unterführung und beschleunigt weiter, hätte wahrscheinlich immer deutlicher darauf schließen lassen, daß da einer ein Ziel hatte. Ihm selber war das nicht klar, ja, er fragte sich wahrscheinlich, jetzt, da er seine Gedanken wenigstens einigermaßen wieder versammeln konnte, was ist mit mir eigentlich los, wohin marschier ich da, spinnst du oder sind das da drüben die Zementwerktürme und du bist hier irgendwo in deiner sagen wir Heimatstadt unterwegs in Richtung Doggerebene, – irgendwie so vermutlich und einer vagen Ahnung entlang, von einem ihm nicht bewußten Wunsch gesteuert.

Was passiert in einem drin, der, wie Blumer eben, zurückkommt? Mit einiger Wahrscheinlichkeit ist er ent-

täuscht. Er sucht etwas, das es nicht (mehr) gibt. Er wird durch Gerüche, durch die Dialektfärbung von Stimmen, durch den Anblick von Straßen etc. zurückgeschoben. Er ist der Erwachsene seiner Jahre und gleichzeitig um alle diese langen Jahre zurückversetzt, das vergessene Selbstgefühl von damals ist mit einemmal wieder da und bedringt diese so mühsam erlangte Balance, die sich Erwachsensein nennt. Möglich, daß sie kippt, und dich überflutet dieses Gemisch der sich bekämpfenden Gefühle. Du bist ziellos erregt, du bist durcheinander.
Eine mögliche biografische Notiz über den nächtlichen Fußgänger – das Gewitter hatte sich westwärts weitergerollt – könnte so aussehen: Geboren 1938 als Sohn eines Druckereibesitzers und einer ebenfalls katholischen ehemaligen Lehrerin. Behütete Kindheit, wie man so sagt, im großen elterlichen Haus. Nach normalen Schuljahren Schwierigkeiten im Gymnasium, die parallel mit der Entwicklung des Vaters zum Alkoholiker rasch wachsen. Wirtschaftlicher Ruin der Eltern, Berufslehre in einem Werbebüro in Zürich. Arbeit als Texter, Militärdienst, später, mit vierundzwanzig, allmählicher Übergang vom freien Mitarbeiter zum Angestellten der Lokalredaktion. Schreiben über Modeschauen, Firmeneröffnungen, Firmenjubiläen, Vereinsausflüge, Haus und Garten. Mit siebenundzwanzig erste eigentliche Reportage «Straßenbau im Jura: Wie Arbeiter leben», für Radio Studio Zürich. Seither freischaffender Journalist. 1963 Heirat, 1969 Scheidung; ein Sohn, eine Tochter.
Jedenfalls, diese Geschichte verlangt, daß seine Mutter dem Großbürgertum, der Vater dem Kleinbürgertum zugehörte, er im übrigen nach einer halben Stunde den Eingang zur Huppergrube erreichte, daß er sich einem Schlafwandler ähnlich bei schwachem Mondlicht tatsächlich bis zum Grubensee durchschlug, daß er sich rechts dem See entlang auf dem ansteigenden Pfad weiterbewegte und auf etwa halber Höhe zum Sitzplatz, der, wie er sich auf einmal jetzt deutlich erinnerte, da vorn über der schwarzen Steilwand lag, hier also, auf halber

Höhe, hinsetzte. Er war erschöpft.
Erst mit den Zähnen gelang ihm, den Korken aus der Schnapsflasche zu ziehen. Er trank.
Auch das gab's also noch? Um eine Spur verwachsener, verwilderter, aber dennoch: die Grube war da, ihr dunkles Rund umgab ihn, da unten glitzerte im Mondlicht das Wasser. War's vor hundert, vor fünfhundert Jahren gewesen? Sie lagen, zu fünft, zu sieben unter den Erlenbüschen im Gras am Ufer, die Fahrräder hinter sich im Unterholz, und da vorn, oben auf der Schnittfläche der abgesägten Steineiche, stand Schwägli. Er winkte, er schrie, «Manhattan», er sprang, im Absprung breitete er die Arme aus, kam kopfvoran über die Steilwand herunter und tauchte weg. Für drei vier Sekunden war Stille da, bis sein lachendes Gesicht vor dem Ufer aus dem grünen Wasser hochkam. Wer machte ihm das nach? Dino war der nächste, dann Nick, dann Thuri, und er, Fredu, spüte, wie die Angst wuchs, als auch er dann aufstehen und als letzter hier den Fußpfad zum Sitzplatz hinaufgehen mußte. Wie er endlich dann oben stand, wie er auf einmal diese Zwölfmetertiefe vor sich hatte, den grünen Himmelsspiegel mit den hellen Sommerwolken da unten vor sich, links, sehr klein und sehr deutlich, die Gesichter der Genossen, sie schauten herauf, und wie dieses Zittern aus den Kniekehlen hochkam. Das Schlimmste war, daß man erst einmal jene etwa zwei Meter in der Weite überspringen mußte, um die sich unterhalb der Plattform die Grubenwand noch über den See vorschob, bevor man senkrecht, parallel zur Steilwand in die Tiefe schösse. Er zitterte. Los, Fredu! Nein. Nein, er konnte nicht, das nicht. Er zog sich zurück, er setzte sich an die Grubenwand, er schloß die Augen. Irgendwann später die Rufe von unten, und wieder später dann Schwäglis Gesicht über ihm, Schwägli, wie er sagte, du, wir gehen heim, komm jetzt. Ohne jeden Vorwurf, ohne Verachtung sagte Schwägli das zu ihm. Erst jetzt wagte er, hinter Schwägli zu Fuß hinunterzugehen, das Hemd überzuziehen und das Velo hinter den anderen drein durch die

Büsche zum Grubeneingang hinunterzuschieben. Noch war ihm, er spüre die warmen Gummipedalen an den nackten Füßen, als sie in Richtung Stadt loskurbelten, er mit zehn Metern Abstand hinterher.
Am Tag drauf fuhr er allein hinaus. Er ging den Fußpfad hoch. Er machte die Augen zu. Dann sprang er. Zwar, dieser Schlag auf den Schädel, der mächtige Druck auf die Ohren und das Rauschen, als er halbbetäubt auftauchte; und als er am Ufer war, schmerzte ihn der Rücken, und die Arme hatte er im Flug auch nicht auszubreiten gewagt, dennoch, das alles zählte nicht, als er sich ins Gras legte. Nein, vielmehr nahm er jetzt auf einmal die glitzernden Erlenzweige über sich wahr, er sah drüber die weißen Wolken durch den Himmel fahren, er sah die Mückenschwärme in den Baumkronen da oben, er sah und hörte die Elstern und drüben im Schilf die Bleßhühner, und er sah den verschachtelten Bau der Huppermühle mit dem rostigen Turmgestänge, weiter drüben den Wohnbau, alles hundertmal schon gesehen und jetzt doch zum erstenmal wahrgenommen in einem ungeheuren, einem bisher so noch nie verspürten Gefühl von Einssein mit allem, was da stand, flog und pfiff, fuhr, lebte, – ein Gefühl von Glück.
Blumer trank. War es das, was er diese ganzen Jahre über wiederzufinden gehofft hatte? Was für ein Wahnsinn, in dieser tristensten Nacht hier herauszukommen. Hier waren die Startlöcher gewesen, von hier war er losgegangen. Er hätte wissen müssen, daß es keinen Neustart gab.
Der See da unten war blind, vor die verschleierte Mondplatte wälzten sich wieder die Wolkenbrocken. Das Gewitter kam zurück. Und selbst wenn es so etwas wie einen Neustart gäbe, er hätte nicht dran gehen können. Keine Frage der Kraft, eine Sache der totalen Abwesenheit von Hoffnung. Nein, da gab's nichts mehr neu anzufangen, gerade hier und gerade für ihn nicht. Er war ausgezählt. Er hätte es wissen müssen. Er hatte es gewußt. Deshalb saß er hier, trank, klaubte zwei Saridon-Tabletten heraus, schluckte sie, trank, schluckte die

nächste Dosis, und er wußte jetzt auch, daß das eine ziemlich feige Art war, wie er sich da aus dem Leben ins tödliche Unbekannte verzog, – besoffen und so betäubt, daß er nur grad noch auf das eine sich konzentrieren mußte, darauf nämlich, sich hier vom Trampelpfad aus vorzuschieben und im richtigen Augenblick sich wegrutschen zu lassen, diese vielleicht fünf Meter kargen Steilhangs hinab und bewußtlos ins Wasser.
Nehmen wir einmal an, selbst das wäre ihm, weil er den Augenblick zwischen Nurbesoffensein und Betäubung nicht erwischt hätte, mißlungen. Und er wäre irgendwann gegen Mittag aus einer Narkose, die tief war wie der Huppergrubensee da unten, aufgetaucht, zurückgerutscht, aufgetaucht, benommen, betäubt und aufgetaucht, zurückgerufen von einer Stimme, einer Frauenstimme, Mädchenstimme über sich, die nicht aufgehört hätte mit ihrem ewigen «Hören Sie endlich, – aufwachen! Hören Sie?» Mit ihrem «He, wach auf!»

Skizzenbuch: Klarheit schaffen über die Zeit-Verhältnisse. Da ist einmal die Gegenwart. Darin sind die Gestalten dargestellt, zusammen mit dem sagen wir Umfeld und dessen (ökonomischen, politischen) Kräften. Das wäre zeitlich die Horizontale. Da fehlt etwas. Da fehlt die Vertikale, – dieser kaum denkbare, unermeßliche Raum hinter, unter ihnen: die Historie. Andeuten zumindest, daß sie deren Produkte sind? Andeuten dadurch, daß ich meiner Geschichte von Leni und Rob, von Blumer und allen anderen, die noch dazukommen sollen, zeitlich zurückverweisendes Material «unterlege»? Versuchsweise? – Versuchsweise aus dem 19. Jahrhundert unterlegen die wunderbare «Romeo und Julia auf dem Dorfe»-Novelle, von deren schon gebrochenem Mythos ein vielleicht allerletzter, säkularisierter Rest beiläufig herüberwirkt in die Gegenwart: sie zitieren, auszugsweise; auch als Hommage. Auch auf den Ursprung des Mythos, dieses tödlich abendländischen, im 12. Jahrhundert zurück verweisen, und aber immer noch weiter zeitlich in der Vertikale «zurück», hinunter, bis auf den dunklen Ursprung hin, aus dem wir als Gattung kommen; aus dem unser Denken kommt; aus dem die uns bis aufs Knochenmark bestimmende Institution Familie kommt – diese Institution, deren Prägung die Gruppe meiner Hauptfiguren nicht entkommt. Andeuten durch Zitate, als eine Art von Spots, die für Augenblicke in die Geschichte hinunterleuchten – so etwa?

10

Liebe Leni, ich muß Dir mitteilen, daß Deine Mutter und ich sehr beunruhigt sind. Seit über zwei Monaten nun schon, so stellt sich heraus, wohnst Du nicht mehr mit Deiner Freundin Monika in Bern, wie sie uns bei unserem jüngsten Besuch bestätigt hat. Gerüchte, wonach Du mit einem jungen Mann wild zusammenlebst, lassen uns befürchten, daß Du alle Grundsätze der Moral und des Anstandes über Bord geworfen hast. Seit drei Monaten haben wir Dich zu Hause nicht mehr gesehen. Zwei Anrufe, sonst nichts. Ich habe mich entschlossen, ab sofort Dein Geld zurückzulegen und es Dir nur auszuhändigen, sofern Du unverzüglich zu Sitte und Anstand zurückkehrst. – In großer Sorge! Dein Vater.

Alltage, späte Tage im August, der Ausbau der Küche und des Raumes darüber war jetzt vorerst abgeschlossen. Hier ließ sich auch überwintern. Am Morgen war's jetzt schon wieder so kühl, daß man den Pullover anziehen mußte.

Halb zwei nachmittags. Leni und Rob auf dem Dach in der Sonne.

Rob sagte: Vergiß das doch.

und Leni: Ich überlege noch immer, was ich zurückschreiben soll.

Rob: Also ich würde überhaupt nichts tun. Das ist doch Erpressung. Du bist erwachsen, du machst allein dein Studium weiter, und ob du in Bern in einem Dachzimmer oder hier –

Leni: Mit deinen 700 Franken kommen wir nicht weit. Ich könnte wahrscheinlich mit Nachhilfestunden ein wenig dazu verdienen. Zum Beispiel Französisch-Stunden für Gymnasiasten.

Rob: Was verdient man da?

Leni: Monika hat letztes Jahr 12,– Franken bekommen. Wenn ich ein Inserat aufgebe im «Jammerser Anzeiger», vielleicht so zwei Schüler, zweimal die Woche, – vielleicht kann ich es sogar so richten, daß ich sie beide gleichzeitig habe.

Rob: Du, nicht schlecht. Fast 200 Peseten im Monat dazu. Nicht schlecht. Nur: wir müssen trotzdem noch unabhängiger werden. Was ist, wenn ich bei Stocker fliege? Gut, vielleicht, daß ich anderswo, aber – du, heute?

Leni: Was heißt: unabhängiger?

Rob: Kartoffeln. Apfelbäume. Eine Kuh, warum nicht? Ein Schwein – warum lachst du?

Leni: Ich seh uns schon Schafe züchten und ich am großen Webstuhl. Und du töpferst in der Freizeit unser Eßgeschirr. Dazu keimfreies Gemüse – ich weiß nicht – nein!

Rob: Richtig unabhängig. Keiner kann uns mehr erpressen. Dann erst sind wir frei.

Leni: Das fängt doch schon mit Kneubühler an. Wenn der morgen nicht mehr will, müssen wir hier ausziehen. Oder er verkauft die Grube, er braucht Geld und verkauft, was tun wir dann? Wir dann mit unseren Herden?

Rob: Ich rede mit Kneubühler. Wir machen einen Mietvertrag für 7 Jahre. Unkündbar. Vielleicht ist er einverstanden?

Leni: Man müßte es versuchen. Sieben Jahre, – ob's uns dann noch gibt? Du bist in sieben Jahren in Mexiko verheiratet, und ich?

Rob: Wir bleiben. Da gibt's nichts! Oder etwa doch?

Leni: Bleiben – auch wenn wir uns jeden Tag verdreschen?

Rob: Du bekommst nächstens Redeverbot. – Laß sofort los! Verdammte Katze! – Also. Du im Ernst: unabhängig müssen wir sein, sonst – ich weiß nicht.

Leni: Gut, ja. Nur, ich überleg die ganze Zeit: wozu? Nein, nein, mach jetzt nicht gleich deine Schlitzaugen. Sicher, unabhängig, damit wir frei tun können, was wir wollen. Aber was wollen wir tun? Uns selbst versorgen: gut. Uns mit uns selbst beschäftigen, uns selbst verwirklichen, – sicher, ja, das ist schön und wichtig. Ich meine nur, es wäre vielleicht auch wichtig, daß wir – schau jetzt: zum Beispiel, wirklich jetzt nur so hingesagt: nehmen wir einmal an, wir wären hier nicht allein zu zweit, wir wären zwölf oder dreißig, alle in unserem Alter, oder meinetwegen einige mit Kindern, und zwei ganze Alte, wir würden alles hier unten noch ausbauen, das gibt da im Wohntrakt noch Platz für mindestens neun Leute. Wir würden zusammen vielleicht auch noch 3 oder 4 Blockhäuser bauen. Wir hätten eine gemeinsame Küche, wir legen das Geld jeden Monat zusammen, eine richtige Kooperative, eine, man könnte fast sagen, eine richtige eigene Republik. Ein Staat. Darin stellen wir alle zusammen unsere eigenen Gesetze auf. Und das Hauptgesetz heißt: Brüderlichkeit. Oder wenn du willst Schwesterlichkeit. Verstehst du? Jedenfalls –

Rob sagte jetzt langsam: Ich genüge dir wohl nicht mehr?

Leni: Ich mein halt, wenn wir schon aus dieser ganzen verdammten Gesellschaft ausziehen, müßte das irgendwie zurückwirken. Müßte das eine Aufgabe sein, ein Ziel, das über uns selber hinausgeht. Alles andere ist doch Selbstbefriedigung. Gut. Nichts dagegen, nur: sie müßte nicht nur Selbstzweck sein. Sie müßte eigentlich, sie müßte die Voraussetzung sein. Für etwas, das mehr ist als nur dein und mein mögliches Glück.

Rob: Kapiert. Und was ist, wenn ich bei Stocker fliege?

Leni: Was ist eigentlich los? Habt ihr wieder Streit gehabt?

Rob: Er soll zu Jecker gesagt haben: wer wie ein Herumtreiber lebt und noch dazu mit einer Hure zusammen, für den habe ich kein Geld. Sowieso, einer sei zuviel.

Was sind das für Zeiten! Was sind das für Zeiten? Und wenn das Krisenzeiten sind, worin Rob und Leni und Blumer und die Bewohner der «Überbauung Brunnmatt» existieren, warum sind sie Krisenzeiten? Was besagt ein Satz wie: «Die Ursachen (für die Krise) sind vor allem konjunktureller, monetärer und struktureller Natur.» Worin unterscheidet sich diese Analyse von Sätzen der Meteorologie? Und was hat das alles mit der Psyche der Genannten zu tun? – Begriffe wie Arbeitszeitverkürzung, Zwangsferien und Entlassungen waren den meisten schweizerischen Arbeitnehmern bisher fremd. Nur die Älteren erinnerten sich noch an die Arbeitslosigkeit der dreißiger Jahre.
Wenn man die Arbeitslosenquoten der verschiedenen Länder vergleicht, stellt man fest, daß die Schweiz besser dasteht als andere.
Während Ende 1974 die Arbeitslosenquote in den USA 8 %, in Westdeutschland 5 % und in Frankreich 3,5 % betrug, lag sie damals in unserem Land bloß bei 0,07 %. Allerdings (...) muß man hervorheben, daß die Schweiz einen Teil ihrer Arbeitslosen dadurch exportiert hat, daß etwa 40000 bis 50000 Saisonniers und Arbeiter mit einer Bewilligung als Jahresaufenthalter nach Hause zurückgekehrt sind. Wenn sie sich Ende 1974 bei den Arbeitsämtern als Stellenlose gemeldet hätten, so hätte die Arbeitslosenquote ungefähr 1,5 bis 2 % erreicht. Seit Anfang 1975 hingegen hat sich die Lage brüsk verändert. Die Meldungen über Kurzarbeit, Zwangsferien und Entlassungen – speziell aus der Uhren- und Textilbranche sowie dem Apparate- und Maschinenbau – mehrten sich. (Inzwischen sind rund 14 % aller Arbeitsplätze verlorengegangen. Anm. d. V.)
Wenn man den Ursachen nachgeht, die der gegenwärti-

gen Beschäftigungslage zugrunde liegen, läßt sich abschätzen, in welchem Maß die Verhältnisse in naher Zukunft umschlagen könnten.
Diese Ursachen sind vor allem konjunktureller, monetärer und struktureller Natur. Im konjunkturellen Bereich haben die Maßnahmen, welche seit 1972 von fast allen Ländern getroffen wurden, um die wachsende Inflation zu zügeln, eine starke Dämpfung der Konjunktur bewirkt. Auf dem monetären Sektor hat der unvorhersehbare Kursanstieg des Schweizer Franken im Vergleich zu anderen Währungen seit dem Übergang zum Floating vom Januar 1973 an unsere Exporte erschwert. Dies hatte entweder einen beträchtlichen Preisanstieg der Schweizer Produkte auf den ausländischen Märkten oder Verluste für die Exporteure zur Folge. Zum Beispiel hat der Kurssturz des amerikanischen Dollars zu einer 35prozentigen Verteuerung unserer in dieser Währung verkauften Erzeugnisse geführt. Allein wegen der teilweise zuungunsten des Schweizer Frankens eingetretenen Kursänderung sind zahlreiche Schweizer Produkte auf den ausländischen Märkten nicht mehr konkurrenzfähig.
(. . .)
Strukturelle Schwierigkeiten, die unabhängig von der heute herrschenden Situation ohnehin in gewissen Branchen, insbesondere im Bausektor zu finden waren, wurden noch verstärkt durch diese allgemeine Entwicklung.[9]

Möglich, daß Rob im «Anzeiger für den Bezirk Jammers», der einmal in der Woche, freitags, bei Stocker im Büro herumlag, die Kleinanzeige gelesen hatte. Und sicher hatte auch Leni gefunden, die Gelegenheit müsse man zumindest prüfen. Sie konnten nicht hoffen, für den Winter ohne zweiten Heizofen auszukommen.
Sie bauten an einem Nachmittag den hinteren Sitz des Fiat aus, und Rob fuhr los, – Bannwil und hinüber nach Walterswil, Dorfgasse 42, Jucker, Bäckerei. Er parkte und ging hinein. Die drei Kundinnen wurden

eine nach der anderen von der Verkäuferin – sicher die Frau des Bäckers – bedient, und als er an die Reihe kam und nach dem ausgeschriebenen Holzofen fragte, führte sie ihn nach hinten in die Backstube. Noch immer backten die hier die Brote wie früher, ein dürrer Kerl mit so einer richtigen Bäckerhaut im Gesicht, und als Rob also nach dem Ofen fragte, fragte der Bäcker zurück: wozu er einen solchen alten Ofen brauche.

Ja, er wohne halt in einem Haus ohne Heizung. Ob er den Ofen sehen könne?

Wo er denn wohne? Der Bäcker ging voraus und öffnete die Tür auf den kleinen Hof; drüben, sagte er. Und als er sich umdrehte und noch mal «wo denn?» fragte und Rob etwas von der Huppergrube sagte, schaute der Dürre weg, sein Gesicht zog sich um die Nase zusammen, und er sagte zum Schuppen hinüber: Ich hab nichts zu verkaufen.

Rob kam gar nicht mehr dazu, von der Anzeige zu reden und eben habe er doch noch usw. – der Bäcker sagte: nichts, hab ich gesagt, in fast gelangweilt wirkendem Ton und immer zum Schuppen hinüber, mitten auf dem Hof stehend und an Rob vorbei: nichts, – nichts für Herumtreiber und welche, die man noch länger, noch sehr viel länger einsperren müßte, und wer nicht redlich sein Brot verdienen wolle, habe hier nichts zu suchen, und, sagte er mit halb abgedrehtem Gesicht, und als wäre er gelangweilt: am besten, du haust jetzt ab, ich hole jetzt nämlich den Kaninchentöter, klar? und wischte sich die bleichen Hände an der mehligen Schürze. Klar? schrie er, als Rob schon die Ecke und die Hofausfahrt neben dem Haus erreicht hatte und nur noch, während er mühsam beherrscht zum Fiat hinging, die sich überschlagende Stimme des Bäckers Jucker hörte, wie sie irgend etwas von Hurenbock und Herumtreiber schrie, dann fuhr er schnell an und davon.

Welche Kino- und Fernseh-Filme hat Robert Allemann bisher bevorzugt? Vor zahlreichen – «etwa 200» – Westerns und sog. Aufklärungsfilmen unter den Streifen, die ihn besonders stark beeindruckt haben, nannte R. A.: Im Tod vereint**; Gräfin Walewska; Stärker als der Tod*; Romeo und Julia auf dem Dorfe; Keine Frau fürs Leben; Les enfants du paradis; Bonny and Clyde*; Kameliendame; Tristan.
Die hier mit Stern versehenen Filme hat er 2- und 3mal gesehen.

Block B, 3. Stock: Allmählich spinnen die hier alle. Jetzt haben doch die vom 1. Stock wörtlich gesagt, man muß mit Kneubühler reden, der soll die rauswerfen, das geht doch nicht, daß die zwei da draußen einfach so zusammenleben, eine wilde Ehe ist das, und kaum über zwanzig, wie die sind. – Aber das ist doch gesponnen. Das geht doch uns hier nichts an! Vielleicht, daß die beiden in ihrer Huppergrube sogar besser zusammenleben als die im 1. oder die im 5. und noch? Wie leben *die* denn zusammen?

Neues vom Tag 3: Wie in zahlreichen anderen Schweizer Städten hat sich nun auch in Jammers eine Gruppe von Bürgern in der «Freiwilligen Aktion zur Sicherung der Schweiz» organisiert. Ziel der ASS, Sektion Jammers, ist es, wie eine entsprechende Erklärung ausführt, «unsere freiheitliche demokratische Ordnung gegen jede Form von Subversion zu schützen». Wie weiter verlautet, zählt die Sektion bereits über siebzig Mitglieder, vornehmlich aus dem Kreis der «Stadtschützen», und umfaßt Vertreter aller bürgerlichen Parteien. Ihr Nahziel ist es, «Lehrer- und Beamtenschaft von unzuverlässigen Elementen zu säubern» und insbesondere «unsere Kinder vor einem verantwortungslosen, die Familie als Keimzelle unseres Staates verunglimpfenden Sexual-Unterricht» zu schützen. Eine entsprechende Eingabe an das Erziehungsdepartement Solothurn ist geplant; notfalls sollen Aufrufe an die Eltern der betroffenen Kinder zu einem Schulstreik folgen. Beabsichtigt ist ferner, der wachsenden Flut von Schriften, Artikeln und Sendungen im Buchhandel, in Presse, Film und Fernsehen, in denen Ehe und väterliche Autorität schamlos in den Schmutz gezerrt werden, durch öffentlichen Druck auf die Verantwortlichen zu steuern.

11

Das Mädchen hatte sich gebückt und ihm dann die Saridondose überreicht. Sie hatte «Kommen Sie» gesagt, und in der schon heißen Mittagssonne war sie vor ihm hergegangen. Zu schnell übrigens. Ab und zu hatte sie gewartet, bis er heranwar. Im Aufstieg da herauf hatte er sich zweimal hinsetzen müssen, und gleich war er wieder eingenickt.

Vom Herd herüber endlich jetzt wieder ihre Stimme.

Warum will man sich umbringen? – Ja, sagte er. Und sie: was: ja? – Er machte eine Handbewegung, so als wiese er gegen den See hin. Ja, warum? sagte er.

Er solle trinken. Und während er den Kaffee schlürfte, hörte er sie erzählen. Rob, das sei ihr Freund, der werde von der Arbeit gleich zurückkommen. Erst als er auch eine zweite Tasse leergetrunken hatte, begann er sich, begann er auch sie, ihr Gesicht, das lange Haar, die Figur wahrzunehmen. Sie sehen gut aus, sagte er.

Und er, sagte sie, habe seinen Selbstmord verschlafen, und danach sehe er aus. – Wer sind Sie? Und irgendwann, während er noch erzählte und sie ihm gegenüber am Tisch saß, sagte sie, sie möge nicht, wenn er sie so anschaue. So einschätzend. So auf diese männliche Tour.

Blumer lachte ein wenig: Ob sie Feministin sei.

Sie: schon wie er das frage. Oder wie er eben von seinen Freundinnen erzählt habe. Sie schaute jetzt ernst aus. Er müsse verstehen, diese Sache sei für sie wichtig. Sie werde einfach gleich rasend, wenn sie merke, daß ein Mann sich ihr gegenüber als Jäger aufführe. Verführerische Blicke kotzten sie an. Sie wünsche nicht, und schon gar nicht durch Andeutungen, einen wie immer auch gearteten Platz von einem Mann zugewiesen zu erhalten. Sie hasse ebenso, angebetet wie auf den Hintern getätschelt zu werden. Das alles sei für sie gleich demütigend. Und entsprechend reagiere sie auch gleich sauer, sie gehe gleich aus jedem solchen System von Signalen sagen wir

männlicher Machtansprüche weg. Wahrscheinlich besser, sie sage das jetzt, Rob und sie könnten ihn ja wohl in diesem Zustand nicht verreisen lassen, sie wäre froh, wenn er das verstehe, und jetzt könnten sie, bis Rob eintreffe, von etwas anderem reden. Sie stand auf. Sie mache eine heiße Bouillon für sie drei. Und während sie Wasser in die Pfanne laufen ließ, fragte sie, wie er überhaupt in die Grube gekommen sei. Er kenne sie von früher her?
Blumer erinnerte sich nicht, je so klar und gleichzeitig auf so wenig verletzende Weise zurechtgewiesen worden zu sein. Warum bringt jemand wie Sie sich um? fragte sie wieder.
Wahrscheinlich der Umstand, daß sie so direkt von sich gesprochen hatte, – jedenfalls, er begann dann doch, ihr zu sagen, er sei fertig, er sei, ohne es zunächst recht zu gewahren, an einem Ende gelandet. K. o. Ausgepunktet. Hier, er deutete in Richtung Stadt, hier anzukommen und auf einmal dich zu erinnern, mit welchen Hoffnungen du damals von hier gestartet bist, und die immer neuen Hoffnungen seither – 68, sie wisse, und auch seither immer mit dieser idiotischen Hoffnung unterwegs und immer mit dieser Hoffnung schreiben, jetzt werde sich das alles endlich ändern lassen, und also zurückkommen und nichts weiter antreffen als kaputte Gesichter, als Zellenbaumentalität, Eigenheimbesitzergesichter, sie verstehe, nicht wahr, das habe ihn endgültig umgehauen. Nein, kein Selbstmord, wie man ihn sich so vorstellt, und wie er ihn eigentlich, so, wie er konstruiert sei, planen und timen und sauber durchführen müßte, mehr so ein etwas Schlittriges, eine improvisierte Sache, aus der Besoffenheit heraus improvisiert, aus dem Bauch heraus und nur von der Gewißheit gezogen, daß alles, was du da geschrieben und wofür du eingetreten und worauf du gehofft hast, – alles daneben, alles für den Mond. Halt verreckt. Ohne Sinn mehr: ob sie verstehe: ohne Sinn? Du mußt in irgendwas einen Sinn sehen, in etwas, das du tust, mußt du einen Sinn erkennen, etwas, das dir wichtig

ist und das über dich hinausweist, irgendso, – etwas, das weitergeht und dich wenigstens berechtigt, darauf zu setzen. Wenigstens das. Sonst?

Ja sagte sie. Ja. Klar. Nur, sie stand ihm am Tisch gegenüber: was tust du jetzt? Du bist einigermaßen aufgewacht von den Toten, bist wieder da, wo willst du jetzt den Sinn hernehmen, den du also zum Weiterleben brauchst? Und als er nichts erwiderte: weißt du, manchmal glaube ich, ihr erwartet die Antwort immer von irgendwelchen großen weisen Männern, immer von irgendeiner Instanz her, von außen. Und manchmal, wenn's ihr schlecht gehe und alles sich mit diesem Nebel im Gehirn überziehe und der ganze Körper wie zu sei, dann wisse sie, das müsse sie überdauern und allein schon eins helfe ihr, – zu wissen, manchmal liege der Sinn, jedenfalls für sie, allein schon darin, daß sie ihn, den Sinn, im Nebel suche. Wenigstens darin, sagte sie. Und schon nur das führt dich wieder aus dem Nebel wenigstens so weit heraus, daß du dich wieder spürst, dich und das allgemeine Leben um dich herum, und auf einmal erlebst du, daß du du selber sein kannst, für Augenblicke wenigstens du selber, und jetzt kannst du auch wieder Ziele sehen und dein winziges Stück dazu beitragen, daß sie wirklicher werden und näher kommen. Sinn? Sie schüttete das Bouillonpulver in den Teller, sie hob die Pfanne vom Herd, brachte sie herüber und ließ das kochende Wasser in den Teller fließen. Sie rührte mit der Gabel darin. Dann holte sie vom Gestell ein Ei, schlug's auf dem Rand auf und ließ den Dotter in den Teller gleiten.

Von der offenen Tür her war der ferne Lärm eines Motorrads zu hören. Rob kommt, sagte sie. Ich heiße übrigens Leni. Komm, iß.

Skizzenbuch: Und übrigens, wenn er ein Bauernhaus beschreiben würde, so sagte das über die Bauern und die Landwirtschaft etwas aus. Wenn er das Gebäude der Von Roll-Werke, der Versicherungsgesellschaft Helvetia oder

der IBM beschreiben würde, sagte das über diese Industrien und die Bewohner der Gebäude beinah nichts aus.

Block A, 9. Stock: Sie brachte die Worte nicht heraus. Wieder nicht. Im Dunkeln liegen zusammen, und ganz ohne Vorwürfe hätte sie es neben seinem Ohr mit ihrer döslichsten Stimme sagen wollen. Oder wenigstens noch einmal der Versuch, noch mal, noch mal, es ihn merken lassen und ihn spüren lassen: ja, so, und nicht nur technisch und noch zarter, du: ganz langsam und hier, noch zärtlicher und hier und wieder ganz ruhig nebeneinanderliegen und nur deine Fingerspitzen wären hier zu spüren und an der Schläfe. Streicheln. Flaumfeder. Flaum. Flocken berühren dein Haar und da, über die Brüste hin. Nicht nur technisch. Oder ganz still sein zusammen, und du hörst das Pochen dadrin und auch in dir ganz nah, und atmen zusammen, nur einfach zusammen atmen in dieser Stille, in dieser stillen dämmrigen Wärme und das döslige Gefühl und überhaupt kein Zu-sein-Gefühl mehr, allein noch seine Wimper fächelte hier an der Schläfe und wieder deine Zunge ganz zart an seinem Hals und zum Ohr hin. Atmen zusammen. Eine lange Zeit lang, und allmählich überhaupt keine Zeit mehr. Keine Angst, keine Schmerzen mehr und Angst, daß du mir weh tust, und du bist nicht mehr viel zu grob und ich muß keine Maschine sein und du faßt mich nicht mehr gleich so zielbewußt an, verstehst du? Zusammen. Zusammen von ganz innen her.
Warum hatte sie denn jetzt wieder einfach ihre zusammengesuchten Worte nicht mehr und ließ ihn halt und lag da und jetzt wußte sie auch schon wieder neu, das war nur wieder technisch und war eine Verletzung mehr, und wieder wäre das, was sie ja noch immer, nach allen diesen Jahren noch immer hier ganz zuinnerst spürte, nicht ermutigt und nicht befreit genug hervorzukommen und sich aufzutun und ihn in sich hereinzusaugen, ganz zärtlich und dennoch ein wenig heftiger jetzt, immer mehr

und noch mehr und ihm sich zu geben und ihn aufzunehmen in diesem Hinundherfluten, hin und zurück zwischen ihnen beiden, und jetzt erst wäre das Denken und wäre alles, was sie voneinander schiede, ausgelöscht. Nicht einmal Worte mehr. Nur dieses Gefühl jetzt, daß du weit weg bist.

Also 68. Okay. Ein bißchen Radau, die paar Wasserwerfer, – los, Blumer: was war denn nun wirklich los? Da schwärmt ihr noch heute, als wär's das Jahr des Heils gewesen. Und die Stones allein, das kann's doch auch nicht gewesen sein. Wie fing das denn an, damals? – Vier Tage später, am Freitag, dem 31. Mai 1968, dröhnte das Zürcher Hallenstadion von den wilden und aufreizenden Rhythmen der Rolling Stones wider. Tausende Jugendliche waren aus allen Teilen der deutschsprachigen Schweiz zum Monster-Pop-Konzert nach Oerlikon gefahren. Was bei andern Auftritten der Rolling Stones meist geschehen war und was nun auch in Zürich befürchtet wurde, trat ein: Burschen und Mädchen gerieten immer mehr in eine Art Raserei und reagierten ihre entfesselten Aggressionen an den Stühlen und anderen Gegenständen im Hallenstadion ab.
Als die aufgebotene Polizei eingriff und das Stadion räumte, brach innert kürzester Zeit die wildeste Schlägerei aus. Die Jugendlichen schleuderten Stühle, Steine, Flaschen und Eier, die Polizisten machten von ihren Gummiknütteln ausgiebig Gebrauch und ließen auch die mitgebrachten Hunde auf die wütenden Jugendlichen los (...)[10]
«29. Juni 68, 23 Uhr ... auf der Bahnhofbrücke eine Art Kampf zwischen Polizei und der Menge. Am Central angelangt, schien uns die Angelegenheit zu gefährlich zu sein. Auf der anderen Seite der Limmat war's ruhig. So begaben wir uns zur Tramstation Bahnhofbrücke. Jenseits der Brücke war die gegen die Polizei kämpfende Jugend bis zum Hotel Central zurückgedrängt worden.

Ich stand kaum 2–3 Min. da, als ein großer Polizist wie ein Rasender auf mich zukam, mich am Arm packte und wuchtig in die Menge stieß ... Er kam wieder auf mich zu, und in heller Empörung rief ich: «Ihri Frou möcht i au nöd sie, Sie Feigling!» Da packte er mich, drehte mir den Arm so um, daß ich in die Knie ging, und schob und zerrte mich dem Globus zu. Ich realisierte noch, wie die Umstehenden pfiffen, dann hörte und sah ich nichts mehr. Ich fühlte nur, wie ich, an einem Arm, den Körper am Boden, eine Treppe über allerlei Hindernisse hinuntergeschleift wurde. Zugleich erhielt ich ins Gesicht, auf Kopf, Ohren, Schläfen, den Mund unzählige Faustschläge ... mein Erstaunen, meine Empörung und mein Entsetzen müssen derart groß gewesen sein, daß ich bei vollem Bewußtsein blieb ... Es lagen etwa 5 oder 6 junge Männer, blutüberströmt, das Gesicht in Schmerzen verzerrt, neben mir am Boden. Einer versuchte den Kopf zu heben und mit der Hand das Blut aus den Augen zu wischen ... Plötzlich kam wieder Bewegung in die Reihe der Polizisten. Fast alle stürzten sich auf den Eingang des Kellers, wo soeben ein junger Mann, kopfvoran, hingeschleudert worden war. Mit Fäusten und Knüppeln schlugen 5 Polizisten miteinander auf den Unglücklichen ein; ... sie schienen übergeschnappt zu sein ... Ein neues Opfer wurde herbeigeschleift, und vor meinen Augen und vor den Augen der ungefähr 50 Polizisten begann dieselbe Prozedur ... Für mich, als einzige Frau, hatte man dann einen Extraplatz bereit. Nach kurzer Zeit schien dem Kommandanten des KZ Globuskeller genügend Fracht beisammen zu sein, um einen Polizeiwagen zu füllen.»[10a]

Noch immer und wieder Sommerwetter. Ein Gewitter am späten Vormittag. Blumer war zum erstenmal nach drei Tagen weg, zu Fuß war er verschwunden, – «meine Sachen holen». Leni hatte heute ihr erstes Geld verdient. Zwei Schüler, die kleine Anzeige im «Neuen Jammerser

Tagblatt» hatte sich gelohnt. Jeder zahlte für die Stunde Nachhilfeunterricht in Französisch 12,– Franken.
Rob: Du, was ist das für ein Vogel da draußen? Er legt den Hammer weg. Zusammen gehen sie vom Wohntrakt in die Küche und hinaus. Da, siehst du? Langsam gehen sie auf den Rand des Vorplatzes zu. Über die Wipfel der unten am Hang stehenden Bäume ist durch die Schneise die hintere Grubenwand, darunter ein kleines Stück See zu sehen. Seitliches Gegenlicht der leicht verschleierten Abendsonne. Leni legt, wie sie vorn sind, Rob die linke Hand von hinten auf die Schulter.
Jetzt, sagt sie halblaut. Wieder und deutlich diesmal ist der Vogel zu sehen, wie er hell, fast weiß, an der dunklen Grubenwand vorbeistreicht. Er schlägt langsam, in unruhigem Rhythmus, die mächtigen Flügel, verschwindet, und kurz darauf kreist er, näher jetzt, drüben wieder durch die Schneise. Er verschwindet erneut. Keine Ahnung, und: Du, ein solcher Apparat! Ein Kranich, verfrüht unterwegs von Nord nach Süden? Ein Storch kann es nicht sein, Störche in langsamem Flug sind schwerfälliger. Keine Eule, und: wie käme ein Flamingo hierher? Leni: Wie schön der ist. Was meinst du? Ein Bussard schon gar nicht.
Eine ganze Weile lang stehen sie so und schauen dem komischen mächtigen Vogel zu, wie er langgestreckt drüben kreist. Rob zieht Leni sanft mit. Vielleicht, daß man von unten her näher an den Grauweißen herankommt. Unter der Deckung der Birken, der Ahornkronen gehen sie den steilen Hang abwärts und gegen das Ufer hin vor. Dann kauern oder knien sie im hohen Dürrgras vor dem See, knapp noch getarnt durch das gelblich-rot gewordene, schüttere Laubdach.
Rob spürt auf einmal, wie Leni, leicht an ihn gelehnt, neben ihm atmet. Mit dem rechten Arm hält er sie um die Schulter. Er beugt sich zu ihr hin und beginnt mit den Lippen ganz behutsam ihre Schläfe und die Augenbraue und die Nasenwurzel zu berühren. Die Augen hat er fest zugemacht. Jetzt spürt er ihre Lippen. Die zarte Berüh-

rung macht seinen Atem stocken. Gleichzeitig öffnen sie beide, immer behutsam, die Lippen. Jetzt fühlt er Lenis warme Zunge an seiner Unterlippe, geht noch einige Millimeter näher, küßt sie, zieht sie an sich, küßt sie, küßt sie, läßt sich, seinen Mund fest auf Lenis Lippen, sich seitlich überdrehend, vor Leni ins hohe trockene Gras sinken und zieht sie, die sich niederbeugt, mit. Sie hat jetzt seinen Hals umschlungen. Über sich hat er ihr Gesicht, ihren Atem, darüber, wenn er die Augen kurz aufmacht, das Blättergewirr und für eine Sekunde, noch höher, den grauweißen, mit breiter Spannweite vorübersegelnden Vogel. Mit seiner Linken streichelt er zwischen Pullover und Jeans ihre Taille.
Noch immer im Knien zieht Leni den Pullover aus und legt sich links in seinen Arm. Später spürt sein behutsam tastender Finger diese heiße Feuchte zwischen ihren Schenkeln, das macht besinnungslos vor Glücklichsein und Lust, später ihre Wange neben seinem Gesicht und das Dunkle, in das er immer tiefer dringt. Der Geruch von Leni und von Dürrgras und Huppererde. Und der Leib Lenis unter sich, zärtlich, wie er sich langsam um Robs Glied schließt, und sich bewegt im langsam rascher werdenden Takt.
Leni könnte durch die Äste und Blätter den großen Vogel sehen, wie er über sie wegstreicht, Runde um Runde. Sie hat die Augen geschlossen.
Leni, Leni, und Ja und Ja und Jetzt und Einssein.

Teil 2

Skizzenbuch: Ein Zwischenspiel einschieben. Sagen wir unter dem Titel «Projekt Morneck».
Am Anfang und das heißt vor ein paar Wochen habe ich in einer zugegeben leichtsinnigen und ein wenig kraftmeierischen Phase einen Raupenbagger geleast und losgelegt. Der Trax ist ein Hydro-Modell 81 der Firma Johnson, Minnesota, in Lizenz in Jammers bei Stirnmann hergestellt, der größte Schaufeltyp auf dem Markt.
Zunächst planierte ich also die Gegend zwischen Dornach, Solothurn, Inkwil, Sälischlößli-Olten und Reigoldswil, ein Stück Schweiz in der geschätzten Distanz von 35 Kilometern Länge und 40 Kilometern Breite. Die Abtragung der Juraberge, besonders in der Gegend von Scheltenpass bis Balmberg und hinunter zur Bölchenfluh (ursprünglich 1100 Meter über Meer) gestaltete sich schwieriger, als ich am Morgen angenommen hatte. Immerhin, ich hatte jetzt diese saubere Basis, eine Ebene von 1400 Quadratkilometern, jetzt konnte ich, fürs nächste, ans Modellieren denken. Ich gab der Ebene den Namen «Bezirk Morneck», hängte den Himmel darüber und daran die Sterne etc. Alles in allem: es war o. k.
Am zweiten Tag, ich nannte ihn Dienstag, arrangierte ich das Ganze dann so, daß die Aare über Balsthal-Mümliswil nach Breitenbach-Thierstein fließt und direkt in den Rhein; ich gruppierte die einzelnen Höhenzüge des Jura derart, daß wir jetzt die Täler generell auf Nord-Süd ausgerichtet haben, forstete auf, verteilte Wald, Weiden, Ackerboden, plazierte die Dörfer neu, nicht zu ihrem Schaden, stellte die hierzulande üblichen meteorologischen und hydraulischen Verhältnisse her – allein die Grundwasserprobleme machten mir stundenlang zu schaffen –, dann kamen gleich die Straßen und Wege und Eisenbahnen, halt diese ganze Infrastrukturgeschichte, die wir hier in der Gegend nun einmal brauchen, ließ die

Sonne über allem scheinen, legte die Jahreszeit, September übrigens, fest, sorgte für Sonnenuntergang und Mondaufgang und ging schlafen. Nicht schlecht, dachte ich.
Am dritten, vierten, fünften Tag war eigentlich mein Hauptproblem, die Tiere, Käfer und Vögel zu erschaffen, das heißt, ihnen je irgendwelche vernünftigen Namen zu geben, auch das ging gut, und am sechsten Tag rief ich Fische und ein paar Juravipern etc. herbei, machte den Menschenschlag meines Bezirks, aus Staub und Huppererde, gab ihm das Weib zur Seite, legte seine Instinkte, sein Denkvermögen und seine absolute Freiheit fest. Der neue Mensch war endlich da. Als politisches System verhängte ich, – das jedenfalls war meine Absicht – eine Räterepublik, gab 8000 Jahre Geschichte und Emanzipation dazu, nichts Besonderes, und wähnte mich jetzt, am Abend des sechsten Tages, glücklich, eine Ausgangslage für meine Geschichte, die sich hier nun ereignen sollte, hergestellt zu haben. Leider hatte ich einiges trotz allem übersehen. Darüber später. Am siebten Tag, Sonntag, ruhte ich mich vorerst aus.
Ach, ich habe diese Schreiberei so satt, so satt. Ich wollte aus dem Schreibzwang heraus, ich wollte, auf *einen* Schlag, diesen ewigen Riß zwischen Papier und Welt überspringen, sozusagen, ich wollte, mit einem Wort, mein Hauptwerk hinter mich bringen, um endlich dann Ruhe zu haben: ein Paradies schaffen, ein *wirkliches*, und dann Schluß. Nicht, daß ich mir alles nicht genau überlegt hätte. 1400 Quadratkilometer, Bezirk Morneck, und hier hätte eine menschenwürdige, ich meine: eine befreite Miniwelt mit befreiten Menschen und der Liebe als dominierendem Prinzip existiert. Ihr, die ihr hier eintretet, seht alle eure Hoffnung erfüllt. Zugegeben, das Verfahren war reichlich autoritär. Aber wie denn anders? Wie, wenn nicht so, ist Befreiung für alle durchzusetzen? Stalin in uns.
Jetzt also: dasitzen und wieder schreiben. Eine Riesenpleite. Schwächere Naturen als ich wären auch seelisch

dabei draufgegangen. Ich schreibe. Ich muß damit fertig werden.
Mein «Projekt Morneck»! Mein Hauptwerk! Meine Pleite! Das eine Problem wäre zu regeln gewesen. Es ging da lediglich darum, daß im Gebiet der Bölchenfluh geologische Überraschungen auftauchten. Der Fels ist dort nicht Kalkstein, das heißt, in der ersten, der oberen Schicht schon, aber darunter: alles Granit. Da bin ich mit einer Traxschaufel festgefahren. Gut, schön: Sprengen. Es wäre zu regeln gewesen. Übrigens auch der Rückstau des Wassers vom Paßweg her durch die Klus in die Gäu-Ebene, – eine Panne, – korrigierbar. Nein. Gescheitert bin ich lediglich an folgendem: der Staub, aus dem ich die Menschen machte, war von der ganzen bisherigen Geschichte unseres Geschlechts so durchtränkt, sozusagen, daß auch die ganzen Programmierungs-Koeffizienten des alten auf das neue Modell gewissermaßen durchschlugen. Und meine Menschen erinnerten sich entsprechend. Das ist der Punkt. Sie erinnerten sich, und was wohl fiel ihnen gleich wieder ein? Die Verträge. Die Grundbücher. Pacht-, Miet-, Eigentums-, Ehe-Verträge. Besitzverhältnisse. Das war es. Testamente. Unglaublich. Das, ich meine: die Kraft, die in soetwas steckt. Diese Überlebenskraft, die hatte ich übersehen. Die Gerichte machen jetzt Überstunden. Meine Anwälte werden reich. Man wird mich pfänden. Nun gut. Fruchtlos. Das ist es nicht. Materiell ist es mir immer eher bescheiden gegangen.
Jetzt schreib ich halt wieder. Hab ich das schon gesagt?

Aus einer alten Geschichte 4: So saß es und stützte den Kopf in die Hände, als jemand durch die offenstehende Tür hereinkam. «Sali!» rief Vrenchen, als es aufsah, und fiel ihm um den Hals; dann sahen sich aber beide erschrocken an und sagten: «Wie siehst du elend aus!» Denn Sali sah nicht minder als Vrenchen bleich und abgezehrt aus. Alles vergessend zog es ihn zu sich auf den

Herd und sagte: «Bist du krank gewesen, oder ist es dir auch so schlimm gegangen?» Sali antwortete: «Nein, ich bin gerade nicht krank, außer vor Heimweh nach dir! Bei uns geht es jetzt hoch und herrlich zu; der Vater hat einen Einzug und Unterschleif von auswärtigem Gesindel, und ich glaube, soviel ich merke, ist er ein Diebshehler geworden. Deshalb ist jetzt einstweilen Hülle und Fülle in unserer Taverne, solang es geht und bis es ein Ende mit Schrecken nimmt. Die Mutter hilft dazu, aus bitterlicher Gier, nur etwas im Hause zu sehen, und glaubt den Unfug noch durch eine gewisse Aufsicht und Ordnung annehmlich und nützlich zu machen! Mich fragt man nicht, und ich konnte mich nicht viel darum kümmern; denn ich kann nur an dich denken Tag und Nacht. Da allerlei Landstreicher bei uns einkehren, so haben wir alle Tage gehört, was bei euch vorgeht, worüber mein Vater sich freut wie ein kleines Kind. Daß dein Vater heute nach dem Spittel gebracht wurde, haben wir auch vernommen; ich habe gedacht, du werdest jetzt allein sein, und bin gekommen, um dich zu sehen!» Vrenchen klagte ihm jetzt auch alles, was sie drückte und was sie erlitt, aber mit so leichter zutraulicher Zunge, als ob sie ein großes Glück beschriebe, weil sie glücklich war, Sali neben sich zu sehen. Sie brachte inzwischen notdürftig ein Becken voll warmen Kaffee zusammen, welchen mit ihr zu teilen sie den Geliebten zwang. «Also übermorgen mußt du hier weg?» sagte Sali. «Was soll denn ums Himmels willen werden?» «Das weiß ich nicht», sagte Vrenchen, «ich werde dienen müssen und in die Welt hinaus! Ich werde es aber nicht aushalten ohne dich, und doch kann ich dich nie bekommen, auch wenn alles andere nicht wäre, bloß weil du meinen Vater geschlagen und um den Verstand gebracht hast! Dies würde immer ein schlechter Grundstein unserer Ehe sein und wir beide nie sorglos werden, nie!» Sali seufzte und sagte: «Ich wollte auch schon hundertmal Soldat werden oder mich in einer fremden Gegend als Knecht verdingen, aber ich kann noch nicht fortgehen, solange du hier bist, und hernach wird es mich aufreiben. Ich glaube, das Elend macht meine Liebe zu dir stärker und schmerzhafter, so daß es um Leben und Tod geht!»

Block A, 4. Stock: Sie war noch da. Er wollte es jetzt ganz langsam denken, er wollte es Wort für Wort denken, auch nachher, wenn er die Treppe hinunterginge und nach vorn zur Bushaltestelle. Er trank den Morgenkaffee aus, er ging zur Schlafzimmertür, leise machte er sie einen Spalt weit ins Dunkle auf. Sie schlief noch. Anita ist noch da. Er zog die Tür wieder zu.
Er ging die Treppe hinab. Anita ist da. Noch. Er sagte auch heute: Guten Tag, Frau Nagel. Schon auf? Er hatte auch heute den richtigen fröhlichen Ton drauf. Dennoch, solche Träume konnten einen allmählich ganz schön nerven. Nicht einmal ganz richtig ein Traum war das gewesen. Mehr so im Halbschlaf. Er konnte sich dabei sogar beobachten. Sobald er die Augen zumachte, war er in der Basler Straße, auf der Kleider-Frei-Seite, Anita war auf der anderen, der Aare-Seite, und beide gingen sie nordwärts in Richtung der Kreuzung Basler Straße/Froburg-Straße. Massen von Gesichtern kamen ihm entgegen, und dicht gestaffelt bewegten sich Frauen und Männer gemächlich vor ihm her. Nur mühsam kam er in diesem Geschiebe voran. Noch sah er über die Köpfe, Schultern und über den Strom von Autos hinweg drüben auf der anderen Seite Anita, wie sie weg- und wieder auftauchte, und wieder war sie vom Gedränge verschluckt. Auch auf ihrem Trottoir standen und schoben sich Menschenmassen. Aber jedesmal, wenn er ihr rotblaues Kopftuch für eine Sekunde erspähte, hatte sie ihren Vorsprung auf ihn um 10, 20 Meter vergrößert, sie kam einfach schneller voran, sie erreichte 100 Meter vor ihm die Kreuzung, sie hatten drüben jetzt Grün, sie schaute zurück, vielleicht winkte sie ihm, dann war sie weggespült. Die Gesichter und Schultern und Hinterköpfe vor ihm schoben sich immer noch enger zusammen. Etwa in der 15. Reihe blieb

auch er, erschöpft, vor dem Rotlicht stehen. Anita! Schreien war in diesem Straßenlärm lächerlich. Niemand hörte, niemand beachtete ihn. Er schaute sich zu, wie er da in der Menge stand. Wie er keuchte. Er sah sein schweißüberströmtes Gesicht. Jetzt, immer an dieser Stelle, erwachte er.
Er setzte sich auf. Er tastete im Dunkeln nach ihrem Körper. Bist du da? Sie murmelte im Schlaf, und er spürte mit der Hand die Wärme durch ihr Nachthemd. Anita ist noch da. Er erreichte die Haltestelle. Er sagte wie jeden Morgen: Guten Tag, Herr Baumann. Noch auf? Baumann schaute ihn komisch an, und er redete schnell vom Programm gestern abend. Derrick war noch ganz gut.

Kalendergeschichten September 75

311 Arbeiter in Zürich auf der Straße. So viel Personal hat die Standard Telefon und Radio AG (ITT) von Januar 1974 bis Ende August 1975 abgebaut. Weitere Entlassungen sollen folgen.
Für 5 verheiratete Frauen bei der Elektrofirma Gfeller in Flamatt wurden die Löhne um 50 Prozent gekürzt. Für den Rest der Belegschaft betragen die Lohnkürzungen zwischen 10 und 20 Prozent.
Konzentration geht weiter. Aus der Zusammenarbeit zwischen von Roll und dem Röhrenwerk Arfa, Basel, wurde jetzt eine weitere Kräftekonzentration. Die freiwerdenden Mitarbeiter sollen in anderen Bereichen beschäftigt werden.
Hausbesetzung in Basel. Damit soll der Abbruch von billigen Wohnungen verhindert werden. Die Häuser gehören der Mobag wie die vom Abbruch bedrohten am Hegibachplatz in Zürich.
In Bern wurde als neue rechtsradikale Partei die «Eidgenössisch-Demokratische Union» gegründet, der zum größten Teil Leute angehören, denen die Republikaner nicht radikal genug sind.

Lohnkürzungen bei Ciba-Geigy in Grenzach, BRD. Für die ganze Belegschaft, insgesamt 900, der deutschen Filiale des Basler Konzerns, wurde Kurzarbeit angeordnet. Dank der Intervention der deutschen Chemie-Gewerkschaft konnte der Abbau von übertariflichen Leistungen verhindert werden.
Anti-Franco-Transparent am Basler Münster. Zwischen den Türmen wurde die Parole «Franco-Mörder» aufgehängt.
Kleine Volksfront im Tessin. Die Tessiner PdA und die autonomen Sozialisten (PSA), die der POCH nahestehen, haben für National- und Ständeratswahlen Listenverbindungen beschlossen. Die Initiative ging von der PdA aus.
70 Arbeiter in Rorschach auf der Straße. Die Feldmühle AG entläßt erneut Arbeiter. Zudem werden 31 vorzeitig pensioniert. Das Ganze ist eine Anpassung an neue Gegebenheiten.
Konzentration geht weiter. Die Fehlmann Motor AG (Datsun-Importeur) übernimmt den holländischen Datsun-Importeur.
Haushaltsgerätefabrik in Lausanne besetzt. Mit der Aktion soll verhindert werden, daß der Betrieb, nach Übernahme durch AEG-Telefunken, liquidiert wird.
Subversivenjäger Ernst Cincera muß Entschädigung zahlen. Das Bezirksgericht Zürich hat die Weiterverbreitung der Broschüre «Zur politischen Praxis extremistischer Gruppen am Beispiel Spartakus-Hydra-Longo May» in der jetzigen Form untersagt. Zudem muß Cincera dem Kläger eine Entschädigung zahlen und die Gerichtskosten tragen. Weitere Klagen gegen Cinceras neustes (Falsch-)Informations-Bulletin «Was, Wer, Wie, Wann, Wo?» sind hängig. Die Zürcher Privatbank Vontobel hat sich inzwischen von dem Produkt losgesagt. 180 Arbeiter in Hergiswill auf der Straße. Die Glashütte wird endgültig stillgelegt.
Demonstrationen gegen Justiz-Mord in Spanien in der ganzen Schweiz. In Genf provozierte die Polizei Schläge-

reien, die zur Verletzung von über 50 Personen führten. Auch Journalisten wurden mißhandelt.
250 Arbeiter in Goldach auf der Straße. Die Apparatefabrik Apag wird geschlossen.

13

Und jetzt müßt ihr raten, was hier drin ist. Rob brachte das mit Zeitungen verpackte Bündel auf den Tisch. Er schaute Leni und Blumer an. Er lachte. Los los, – nicht berühren! Die Raterei brachte zwar Vorschläge wie «eine Wildsau», «eine Badewanne» u. ä. zutage, aber erst als Rob das Paket aufschnürte, wurde klar, daß er eine Lammkeule mitgebracht hatte. Das mächtige Stück lag jetzt da, Knochen und frisches, blutiges Fleisch. Jecker hat mir letzte Woche erzählt, eines seiner fünf Schafe werde geschlachtet, gestern. Da hab ich den Gigot gleich bestellt. Nur 25 Franken, ganze 3 Kilo!

Eine halbe Stunde später, es ging auf halb sieben und noch war's hell draußen, folgendes Bild: Rob dreht mitten auf dem Vorplatz die Keule auf dem Rost über der Glut, aus der immer wieder die kleinen Flammen hochschlagen. Gesalzen und mit Senf eingerieben, wird das Fleisch langsam dunkelbraun. Und noch eine halbe Stunde später sitzen die drei in der Küche am Tisch. Rob säbelt lange, zentimeterdicke Riemen von der Keule, Leni gibt Safranreis und gedünstete Tomaten, mit Käse, Thymian, Salbei und Knoblauch gefüllt, in die Teller, Blumer schenkt den Chianti aus der Zweiliterflasche ein. Ein Duftgemisch aus gebratenem Fleisch, Gewürzen und Holzfeuer. Prost! Und: Was genau wollen wir jetzt feiern? Rob: Daß alles hier so ist, wie's ist. Leni: Daß wir einander gern haben können, richtig, so wie jetzt. Blumer, und er bringt es ein wenig stockend vor: Daß ich in diesen Minuten, wenigstens jetzt, meine Angst nicht mehr habe. Er lächelt sie an. Ja, wirklich. – Kommt, trinken wir.

Die Keule schmeckte. Auch der Reis war gerade richtig. Und Rob sagte: Übrigens gibt's noch etwas zu feiern. Ich bin heute beim alten Kneubühler vorbeigefahren und hab ihn einfach ganz direkt gefragt. Erst hat er natürlich ein wenig gestaunt. Und aber gleich nachher hat er dann

gesagt: Also so gut gefällt's euch da draußen? Wenn da jemand ist und sieht zu, daß der Turm und der Bau nicht noch ganz verfallen, – mir soll's recht sein. Schreibt ein Verträgelchen auf, – sieben Jahre unkündbar, und dazu das Vorkaufsrecht, pro Quadratmeter 10,– Franken, von mir aus geht das in Ordnung. – Was sagt ihr jetzt?
Noch später sagte Leni: Blumer, dir scheint nicht klar zu sein, jeder der hier neu in unsere Gruppe aufgenommen werden will, muß eine Geschichte erzählen. Jetzt, Blumer, auch Rob lachte, bist du dran.
Und noch später, sie hatten sogar zu dritt noch gesungen «We shall overcome» und waren, vergnügt und müde, schlafen gegangen, ging draußen ein schweres, spätes Gewitter nieder. Der Regen brach in Sturzbächen über Dach und Bäume und Grubensee, so heftig, daß das Seewasser über die Ufer trat und in Minuten stieg und stieg, bis es den Vorplatz und die Sockel auch des Wohnbaus erreichte. Leicht in den Wellen schaukelnd hob der Bau mitsamt dem Turm ab und schwamm gelassen in dieser Sintflut dahin, über Jammers hinweg, über Zürich hinweg und rasch weiter, bis hinunter in die Türkei und nach Mesopotamien und zum Persischen Golf.

Daß Leni bei ihrem Studium auch auf so komische Dinge stieß wie den nachfolgenden Text, sei lediglich der Vollständigkeit halber mitgeteilt. Ansonsten hat jene urgeschichtliche Phase mit den Gestalten dieses Buches und dem Land, in dem sie leben, ja nun wirklich keinerlei Beziehung. – Im Gegensatz zum Gemeinschaftsbesitz an Grund und Boden, der die Ackerbaustämme bis tief ins Neolithikum zu engen Sippen- und Stammeseinheiten mit absoluter Gleichheit aller Mitglieder verband, konnte sich der Gemeinschaftsbesitz an Vieh aber sozusagen von selbst vermehren, und diese Entdeckung hat bei allen Hirtenvölkern früher oder später zu dem Gedanken geführt, daß man sich durch andere Mittel als durch Arbeit der eigenen Hände Besitz erwerben könne.

Die vaterrechtliche Sippenstruktur, die sich früh aus der Dominanz des Mannes als Nahrungserzeuger gebildet hatte, legte dem Vater den Gedanken nahe, seine Söhne, die ja bei patrilinearer Deszendenz zu seiner eigenen Sippe gehören, auch nach seinem Tode zu versorgen. Je erfolgreicher er als Viehzüchter wurde, je besser es ihm gelang, aus jedem Muttertier möglichst viele Junge «herauszuschlagen», desto stärker fühlte er, daß seine Fähigkeiten auch seinen Kindern zugute kommen sollten, und zwar um so mehr, je größer diese Fähigkeiten waren. Viehzucht erweckt in viel höherem Maße als Ackerbau den Gedanken der *Leistung*. Viehzucht lenkt die Gedanken aber auch in viel höherem Maße auf die *Vererbung*, denn ein Acker kann nur begrenzt aufgeteilt werden: wenn die Teile zu klein werden, verlieren sie ihren Wert als Ackerland. Bei Bauern tauchte der Gedanke der Vererbung des Landes also erst sehr spät auf, bei Viehzüchtern der Gedanke der Aufteilung einer Herde aber sehr früh, denn fast jede Sippe besaß mehr Vieh als Kinder, so daß auf jedes Kind stets genug Vieh kam, um darauf wieder eine neue Herde aufzubauen. So ergab sich aus der eigentümlichen Kombination von Selbstvermehrung der Haustiere + Aufteilbarkeit der Herde + patrilinearer Deszendenz der Gedanke des Erbrechts.

Was hier vererbt wurde, war aber eine grundsätzlich andere Art des Besitzes als der an Kleidern, Schmuck und einfachen Werkzeugen, denn während diese nur dem Privatvergnügen oder der Gemeinschaftstätigkeit der Individuen dienten, erzeugte jener einen Mehrwert. Und mit der Entdeckung der mehrwerterzeugenden Produktionsmittel verwandelte sich Privatbesitz in Privateigentum und Aneignung von Naturprodukten in Ausbeutung anderer Menschen. Wenn die Selbsterkenntnis des Individuums als etwas von der Gemeinschaft Separates und ihr potentiell Entgegengesetztes der erste Sündenfall war, dann war die Entdeckung des Privateigentums der endgültige Verlust der Gnade, denn mit ihm begann die

Ausbeutung des einen Menschen durch den anderen und die Spaltung der Gesellschaft in einander unterdrückende Klassen.[11]

Ballade von der Herbeiführung erträglicher Lebensbedingungen für alle 3. Die Abstimmung – so nannte sich der Urnengang damals – fand statt. Ihr voraus gingen Wochen eines mächtigen Kampfes um die Stimmen derer, die nun zu wählen hätten. Die Parteien des Bürgerblocks, FDP, CVP, SVP, boten zwar, als Gegenvorschlag, eine Mitbestimmung an, im übrigen führten sie den Kampf gegen «diese unverantwortlichen kommunistischen Experimente» mit einem Budget von über 200 Millionen. In jedem Betrieb, in jedem Dorf, in jeder Stadt lösten die Veranstaltungen sich ab. Die für die Selbstverwaltung waren, sagten: Wo steht geschrieben, die freie Marktwirtschaft habe unser Schicksal zu sein und zu bleiben? Die Gründer dieses Staates von 1848 wollten als Erben der bürgerlichen Französischen Revolution die Freiheit, die Gleichheit, die Brüderlichkeit. Sie haben, bauend auf unseren uralten demokratischen Traditionen, ein einzigartiges System einer beinah direkten Demokratie überliefert. Nur eines haben sie übersehen: jene Kräfte, die unsere schöne Demokratie bestimmen, werden von ihr nicht kontrolliert. So wie wir heute als Schweizerinnen und Schweizer zur Urne gehen, um über die Wahl der Lehrer unserer Kinder, über einen Kredit für den Spital-Neubau, über die Höhe unserer Steuern zu entscheiden, so wollen wir künftig in den Betrieben unsere Vorgesetzten wählen, die Höhe der Investitionen oder die Produkte, die wir herstellen, gemeinsam bestimmen. Wir wollen Grundkurse zur Einführung aller, die sich dafür entscheiden, in die Regeln der Ökonomie, die Probleme der nationalen und regionalen Planung, der Organisationen im Betrieb, der Technologie, der Video-Technik. Wir wollen endlich Demokratie. Alle Macht, auch die wirtschaftliche, endlich dem Volke!

Tatsächlich, ob Blumer ausnahmsweise früh schlafen ging oder, zumeist angetrunken, spät nach Mitternacht, unweigerlich tauchte er so zwischen fünf und halb sieben aus irgendwelchen wirren Traumszenen auf, verschwitzt, mit diesem Pochen in den Schläfen und so wach, so aggressiv wach, daß er, wenn er liegenblieb, keine Chance auf Schlaf mehr hatte. Er stand dann auf und schrieb.
Bei dieser Schreiberei kam's zunächst ausschließlich auf das Impulsive an. Peter ist und bleibt ein Arschloch. Liebe Ini, ich vögle dein dreckiges Maul, dann hast du's. Mit jedem solchen Einstieg, zumeist Beschimpfungen, die er oft in den möglichst übelsten Variationen bis zu zehnmal untereinander zu Papier brachte, schaffte er, den Widerhaken loszuwerden. Erst jetzt pflegte er dranzugehen, die Situation zu skizzieren, in der ein Wort, eine Bemerkung, eine Geste sich in seinem Bewußtsein oder eher noch Unterbewußtsein verletzend eingehakt hatte. Peter hatte gelacht: du bist ein Bourgeois und bleibst einer. Ini? Gespielt verständnisinnig hatte sie zu ihm gesagt: Wie schwer's für euch doch ist, euer Verhalten uns Frauen gegenüber zu begreifen. Schon wie sie dieses «euch» aussprach.
Beide, Ini und Peter, waren für ihn in bestimmten Phasen irgendwie unheimlich wichtig gewesen, ja, sie waren es auf je ihre eigene und ihn ärgernde Weise noch immer. Beide hatte er in Bern auf der Herfahrt von Paris besucht, beide hintereinander, beide am selben Abend, und bei beiden war er in so etwas wie eine Verhörsituation geraten. Beide hatte er übrigens seit Jahren zum erstenmal wiedergesehen.
Peter handelte mit Antiquitäten, vornehmlich colorierten Stichen, auch Münzen. Auf die Frage von Blumer erzählte er kurz, er habe rechtzeitig von Architektenkundschaft auf Ärzte umgestellt. Krisensicher, verstehst du, ja, und so gehe es uns eigentlich nicht schlechter als früher. Er hatte eine Begabung, von sich fast nichts preiszugeben, ihn, Blumer, aber immer wieder zu geradezu

umfassenden Lageberichten zu verführen. Du sammelst Menschen wie andere Schmetterlinge. Blumers Vorwurf berührte ihn nicht. Stimmt nicht ganz, sagte er, – Informationen über Menschen; vorzüglich über welche, die aus ihren ursprünglich vorhandenen Sicherungen herausfallen. Und wieder gelang ihm dann, Blumer zum Reden zu bringen.

Peters Wohnung. Die Bilder an den Wänden, und Bücher, Bücher. Die massige Gestalt des pfeifenrauchenden Zuhörers im Sessel gegenüber. Beaujolais 69. Von der offenen Balkontür her die abendlichen Siebenuhrschläge vom Münster herunter. Auftritt und Abgang von Peters Frau Ruth; anscheinend als Hausschuhe trug sie Reitstiefel.

Rekapitulation. Peter stand auf, er kam mit einem Aktenordner zurück, schlug ihn auf. Hier, sagte er. April 68: «Umfrage in Berlin», eine deiner besten Reportagen. Mai 68: «Paris und die Macht der Phantasie». Juni 68: «Globus-Krawall oder die Farbe der Schweizer Fahne». Oktober 68, – erinnerst du dich? Du kamst eben von der Buchmesse aus Frankfurt zurück, – «Bücher gegen Polizeigewalt» – und da, wo du jetzt sitzt, hast du erklärt: Peter, jetzt passiert's. Das stoppt keiner mehr. Eine Grundwelle, verstehst du. Zwei Generationen machen ganz einfach nicht mehr mit. Noch sind's nicht mehr als, in ganz Europa, vielleicht Hundertfünfzigtausend. Im nächsten März werden es eine Million und mehr sein. Die bringen die Arbeiter dazu mitzukämpfen, du wirst sehen: dagegen hilft keine Polizei mehr. Die Regierungen werden verhandeln müssen. Oder sie werden gestürzt werden. Phantastisch! Eine Grundwelle ... Lieber Blumer. Deine Weissagungen, – etwa Mai 69, dein Brief aus Annecy, wörtlich: «Ich habe erkannt, es gibt nur ein Prinzip, für das zu kämpfen sich lohnt: Abschaffung jeglicher Herrschaft. Ein Skandal, daß es Proudhon in Deutsch nicht gibt. Ich übersetze täglich zehn Seiten. Die antiautoritäre Bewegung, zumindest hier in Frankreich, zerbricht. Dabei hätte sie bei dem genialen Proudhon ihr Organisationsmodell, das herrschaftsfreie, wahrhaft anarchistische, finden können. Nun, es scheint, ihre besten Köpfe besinnen sich jetzt auf diese ehrwürdigste Tradition. Peter, wir stehen am Vorabend der Aufhebung der Klassengesellschaft. Im Zeichen der schwarzen Fahne grüßt dich dein etc.»

Peter blätterte weiter. War übrigens glänzend recherchiert, hier, dein Bericht, über die anarchistischen Uhrmacherkommunen 1870 im Jura. Er, Peter, habe daraufhin Kropotkins Tagebuch gelesen. Aber weiter: Dezember 70: «Meine neuen Freunde von der KPF haben mir hier in Paris einen Job beim Verlag Maspero verschafft, halbtags, ein Lektorat für Deutschsprachiges. Nicht schlecht, nebenher arbeite ich viel in einer Gruppe mit, die sich mit den Problemen der Bewohner unseres Quartiers befaßt. Endlich praktische politische Arbeit! Und endlich eine hart durchorganisierte Equipe im Rücken! Verstehst du?» – Deine Begeisterung für die KP dauerte genau fünf Monate.

Hier, Mai 71: «Diese Idioten! Haben mein bisher bestes Interview – mit Ernest Mandel über China, eine Kopie liegt hier bei – abgelehnt. Die ‹Humanité› sei keine Plattform für die Verbreitung der wirren Thesen des Verräters Trotzki. Dabei, ich muß gestehen, Mandel hat mich überzeugt. Hast Du Trotzkis Kopenhagener Rede von 1932 gelesen? Ich arbeite eben ‹Die permanente Revolution› durch. Was für ein visionäres Denken! Ich werde morgen meinen Austritt aus der KPF auf der Kadersitzung bekanntgeben. Ich grüße Dich mit der letzten Strophe der Internationale als Dein alter . . .» Bis Ende September 73 dann hab ich von dir keinen Ton gehört. Ab und zu eine Reportage im «TM» signalisierte mir, daß es dich noch gibt. Am 29. 9. dann dein letzter Besuch. Erinnerst du dich? Du hast da im Stuhl gesessen wie jetzt. Du sahst schlecht aus. Seit dem 11. September seist du wie gelähmt. Diese Sauhunde! Das bezog sich auf die Mörder Allendes. Ich werde nach Italien gehen. Meine

Freunde von der PCI – du hattest sie an der Beerdigung Giangiacomos in Mailand kennengelernt – wollten dir eine Reise nach Chile und Kuba verschaffen, für die ‹Unità›. Jedem politisch klar Denkenden, sagtest du, muß heute aufgehen, der wahre sozialistische Zug fährt, jetzt erst recht, und zwar von China über Italien bis Kuba! Diese moskautreuen Leute in PdA und POCH hier bei uns werden noch staunen! Gewiß, in der antiimperialistischen Front sind wir uns alle einig, selbst mit Moskau. Ansonsten: mich verbindet mit dem Kreml-Feudalismus nichts mehr. Die desavouieren das große Wort «Sozialismus» Tag für Tag! Jede Politik hier im Westen muß davon ausgehen! Morgen bin ich in Mailand, Peter. Dort passiert's! Wörtlich, lieber Blumer.
Und also heute? Peter unterdrückte das wohlwollende Lächeln nicht. Was gibt's Neues?
Du verdienst mit deinem antiquierten Plunder offensichtlich nicht schlecht?
So um die Achtzigtausend per annum, sagte Peter. Warum?
Muß richtig amüsant sein, Leuten zuzugucken, so vom dicken Polster aus, wie sie etwas riskieren. Geistig und übrigens auch mit ihrer materiellen Existenz. Wie sie den Mut haben, zur wahren Revision: zur Kritik ihrer eigenen, hart erarbeiteten Positionen. Wie sie scheißen auf eure bürgerlichen Mannestugenden. Ein Mann ein Wort, nicht wahr? Wer A sagt, muß auch. Nein! Wichtiger, lieber Peter, ist der Mut auch zum Irrtum, zur Chance auf die bessere Einsicht!
Und die wäre also, fragte Peter, heute?
Blumer winkte ab. Er sei müde. Er werde viel lesen in den nächsten Wochen. Er möchte ein paar Dingen auf den Grund gehen. Wir müssen zurück zu den Klassikern, Marx, Engels. Sogar Freud. Hast du übrigens Castros Rede über die Gewerkschaftsfrage gelesen?
Die Ablenkung mißlang. Peter: also die Klassiker diesmal. Er habe nichts dagegen, weißgott, im Gegenteil.

Nur, ob Blumer wisse, was er an ihm so bewundere? Diese Fähigkeit zur – nun: ja, eigentlich könne er das nur schlicht Hingabe nennen. Interessant, sagte Blumer. Leiden selbst Stoiker?
Kein Zweifel, du gibst dich hin. Du haust dich rein. Du fällst den Ideen gewissermaßen um den Hals. Du gibst dich, bis auf deine Erwartungen, auf. Du gibst dich ganz, und entsprechend erwartest du alles und alles gleichzeitig. Soviel Erwartung hält keiner, hält insbesondere kein Konzept einer neuen Gesellschaft aus.
Für dich war Engagement schon immer ein Fremdwort. Ernsthaft, Blumer: du überziehst. Mit Engagement hat das nichts mehr zu tun. Eher mit deinem Versuch, Risiko durch Blindheit auszuschalten. Mit deinem Bedürfnis nach Schutz hat's zu tun, nach – sagen wir's einmal so: nach Autorität. Du stilisierst deine jeweils erwählten Neuentdeckungen zu Absolutheiten, Bakunin oder die PCI oder Mao. Das muß natürlich zurückschlagen. Dann bist du müde, wie du sagst. Richtiger wäre zu sagen, du bist verzweifelt. Bis du die nächste reine und endgültige Lösung entdeckst. Das macht dich sympathisch. Aber auf die Dauer macht's dich kaputt, ich meine: resigniert, oder zynisch. Blumer, ich glaube, du bist und bleibst ein Bourgeois.
Ini saß im «Schwellenmättli» schon da, und noch bevor er bestellte, fragte sie nach seinen neuen Errungenschaften. Was sie damit meine. Und ob sie sich nicht wenigstens erst einmal freue, ihn wiederzusehen?
Entschuldige, – sie habe Eroberungen sagen wollen. Und damit eigentlich nichts weiter wissen wollen als: ob er noch der alte sei. Komm, erzähle. Eine seiner Karten habe Gerda mitunterschrieben. In dem langen Brief, in dem er seine glückliche Zeit mit Brigitt in Berlin geschildert habe, sei allerdings am Schluß ein merkwürdig trauriger Ton angeklungen. Und am Telefon im Januar, von Annecy aus, habe er von einer Madeleine erzählt, bei der er jetzt wohne. Wenn er sie, Ini, schon seine Lebensberaterin und, schöner noch, seinen Seelen-

tröster nenne, – los, lieber Blumer, ein umfassendes Geständnis!
Artischocken, danach Eglifilets à la Meunière, am Schluß leistete Blumer sich eine dieser unglaublichen Meringues Chantilly, wie es sie nur hier gab. Ini hatte zugehört, ab und zu stellte sie eine Frage, ohne den sexuellen Bereich zu verschonen.
Und dann, beim Kaffee, Blumer war nicht mehr nüchtern, redete sie.
Das begann damit, daß sie sagte, es beginne schon damit, daß er sie seinen «Seelentröster» nenne. Wäre sie Herstellerin von Kräuterschnaps, würde sie ihre Spitzenmarke so nennen. Ein Mittel. Und später dann fiel auch jener Satz: Wie schwer's für euch doch sein muß, euer Verhalten uns gegenüber etc.
Was Ini sonst noch sagte, brachte Blumer jetzt im einzelnen nicht mehr zusammen. Fest stand nur, er hatte den Eindruck gehabt, es tönte ab und zu fast wörtlich gleich wie Peters Kommentare. Zwar, das sei ja sympathisch. Aber schlicht unerwachsen. Frau als Muttterersatz. Als Schutzmittel. Als Autoritätsersatz. Er sei autoritär, er liebe nicht die Person, er liebe eine verschwommene Idee von Liebe, die er zum Absolutum stilisiere. Die Frauen seien Medien für ihn, mehr nicht. Er überfordere jede seiner Partnerinnen immer neu. Das schlage zurück. Statt Assoziation freier, kritischer Individuen praktiziere er verhimmelnde Leidenschaften mit der jeweils unvermeidlichen Katastrophe. Ich mag dich, sagte sie. Und als er dann sah, wie sie ihm bei sich zu Hause das Gastzimmer anwies, ja, so war das, und nach einem Kuß auf seine Wange verschwand, dämmerte ihm, daß er einen schlimmen Abend hinter sich hatte. Das Schlimmste: daß es zwei seiner besten und ältesten Freunde waren, die sich offensichtlich gegen ihn verschworen hatten. Verschworen, so hatte er damals, beim Einschlafen, noch empört gedacht.
Jetzt, heute, und wie er seine Notizen so überlas, wußte er, beide, Peter und Ini, würden auf je ihre Weise für ihn

wichtig bleiben. Für einen Augenblick sah er sich schon, wie er bei nächster Gelegenheit Peter von seinem abenteuerlichen Aufenthalt hier in der Grube und wie er Ini etwa von Leni erzählte. Er sah schon Peters stoisches Lächeln. Und wie Ini das linke Auge zukniff und «Ach, Blumer, ich mag dich» sagte.

Die Methode hatte sich wieder bewährt. Blumer spürte, er war die Widerhaken los. Vor dem Fenster war's längst hell, auch hier, auf der Schattenseite. Die Morgenkühle machte ihn frösteln. Unter der Decke, die er hochzog, war wohlige Wärme. Noch bevor er in mit Sicherheit tiefen Schlaf fiel, hatte er Peters plötzlich ernstes, ja besorgtes Gesicht sekundenlang noch einmal vor sich. Langsam hatte Peter ihn gefragt, ob er verrückt sei. Blumer hatte sich verabschieden wollen. Beide standen sie bereits, und Blumer hatte betont beiläufig gefragt, ob Peter ihm seine Pistole leihe. Nur so für diese paar nächsten Tage. Seit ich wieder im Land bin, – er habe so eine merkwürdige Angst im Genick, ein Gefühl von Gewalttätigkeit, irgendwie so, das liege hier in der Luft. Und nein, mit jeder Garantie, ausschließlich zur Selbstverteidigung.

Peter hatte kurz überlegt. Dann: Blumer, wen willst du umlegen. Los, sag's mir. Nochmal hatte Blumer ihm beteuert, das sei wichtig ausschließlich für ihn, die Pistole gebe ihm – dumm, sicher, kindisch, wenn du willst – ein wenig Sicherheit. Schließlich, er sei ein Einzelläufer. Und halt zur Zeit ein wenig schwach auf den Beinen. Er könne Gift drauf nehmen, ernsthaft, keine Dummheiten, da sei er zu alt. Hatte er Peter angelogen? – Peter hatte die Pistole, ein kleinkalibriges Walther-Modell, aus dem Schrank geholt. Hier, hatte er gesagt. Ich schaff's nicht, dich zu bevormunden. Schick oder bring sie mir gelegentlich zurück.

Hatte Blumer gelogen? Fest stand, damals, in Peters Wohnung, im Augenblick, als er spontan Peter drum bat, hatte er bestimmt nur an Selbstverteidigung, an das Sicherheitsgefühl gedacht. Diese sehr vage Idee, er könnte

Selbstmord machen, war erst im Hotelzimmer in ihm aufgetaucht, nach Jahren zum erstenmal wieder.
War Selbstmord Selbstverteidigung?
Aber das war vorbei. Für den Augenblick jedenfalls, und das war immerhin erstaunlich, war das vorbei.

Blumer beim Frühstück, Kaffee, Brot, Käse. Leni, wie sie verschlafen um halb neun die Leiter heruntersteigt. Von draußen und vom Dach wäre Regen zu hören. Rob, wie jeden Morgen, seit halb sieben nicht da. Leni: Salü, sie geht an Blumer vorbei zur Tür, in diesem Augenblick Blumers Hand, die sie am Oberarm berührt, festhält, sie leicht so zu ihm hindreht, daß sie, halb abgewandt, neben ihm stehenbleiben muß. Blumers Gesicht unter ihr, halb im Profil, sein gekräuseltes Haar, und wie er sagen könnte: Ich glaub, ich geh jetzt wieder.
Leni: Aber du hast doch gesagt – du, Blumer, was ist los? Blumer nimmt einen Schluck. Ich fange an, dich um eine Spur zu gern zu haben. Mehr ist da nicht. Leni lacht jetzt ein wenig verwirrt; ihre Hand auf seiner Schulter. Ist jemand gern haben hier verboten? – Da ist jemand! Sie horchen. Wieder, deutlicher jetzt, draußen Stimmen, und eine Mädchenstimme auf dem Vorplatz: Leni! Seid ihr da?
Wie sie die Tür öffnet, kommen zwei Gestalten herein, beide langmähnig, – Silv die eine, und «ein Kollege von mir». Sie legen ihr durchnäßtes Zeug ab.
Alle vier sitzen sie am Tisch. Silv erzählt. Ihr Freund Paul, dunkler Typ mit Bart, ist Lehrer. Er hat, um Geld für sein Weiterstudium zu verdienen, als Stellvertreter an einer Sekundarschule in Jammers unterrichtet, seit drei Monaten. Noch für sechs Wochen hatte er sich verpflichtet. Gestern habe die Schulkommission ihn zitiert und ihm mitgeteilt, er müsse sich als gekündigt betrachten. Wörtlich: «Wir haben Beweise dafür, daß Sie an der Demonstration vor dem Bundeshaus teilgenommen haben.» Die Diskussion sei bald zu Ende gewesen. Er sei dann also nach Hause gegangen. Dort seien wenig später zwei Polizisten – Kantonspolizei – aufgetaucht. Er habe, von den beiden begleitet, mit auf den Posten gehen müssen. Während zweier Stunden sei er verhört worden. Die

Anzeige laute auf «staatsfeindliche Umtriebe». Zu Hause in der Reiserstraße habe sich gleich ein ganzes Rudel von Hausfrauen, Rentnern, Kindern im Treppenhaus angesammelt. An die Wohnungstür sei gepoltert worden, schließlich hätten die Leute einen Zettel unter der Tür hereingeschoben mit der Aufschrift: ‹Verbrecher, hau ab.› Ja, und Silv habe gemeint, vielleicht, daß er, Paul, hier bei ihnen beiden –
Wir sind zu dritt, sagte Leni. Aber was mich betrifft: klar. Vorläufig jedenfalls, da hat sicher auch Rob nichts dagegen. Was meinst du? Blumer: kein Problem, von mir aus. Nebenan, hier – notfalls verputzen wir die Wände neu.
Eigentlich, sagte Silv, muß ich ehrlich sagen: am liebsten bliebe ich auch gleich. Diese Halunken, verdammte.
Aber was war denn da in Bern überhaupt? fragte Leni.
Silv: Ihr lest keine Zeitungen?
Paul: Die zweite Anti-IMP-Demonstration.
Leni: Das mußt du mir erklären. Weißt du, wir hier draußen –
Paul: Also, – jedenfalls, ihr wißt doch, seit dem letzten Weltkrieg gibt's zwischen den Gewerkschaften und den Unternehmern das «Friedensabkommen». Gegen handfeste materielle Vorteile natürlich haben die Gewerkschaften darin auf ihr Recht zum Streik verzichtet. Vor ungefähr sechs Wochen sind Verhandlungen zwischen den Sozialpartnern über eine Verlängerung des Abkommens geplatzt. Die Gewerkschaftsführer haben endlich, unter Druck von unten her, begriffen, daß Streiken das einzige wirksame und übrigens legale Mittel der Abhängigen ist, um gegen den Druck der Unternehmer notfalls Gegendruck zu setzen. Ja, jetzt hat halt der Bundesrat reagiert, nachdem er öffentlich durch die Großindustrien, vor allem durch die «Dreihundert», unter Beschuß geriet: Bundesrat Furgler hat seine alte Lieblingsidee einer «Interkantonalen mobilen Polizei» im Parlament durchgezogen. Mit der Armee gegen streikende Arbeiter vorzugehen, ist bei unserem Milizsystem eine etwas riskante Sache. Jetzt gibt's also diese neue bundeseigene

Polizei, sie untersteht dem Justizminister direkt, – eine motorisierte, schwer bewaffnete Sicherheitsgruppe mit leichten Schützenpanzern etc., in 24 kantonalen Stützpunkten über das Land verteilt. Sie soll noch vor Jahresende 3000 Mann umfassen. Am Samstag vor acht Tagen ist die zweite Demonstration gegen diese IMP gelaufen, vor dem Bundeshaus. Inzwischen wird in allen größeren Städten demonstriert, bisher natürlich ohne Erfolg. Am Fernsehen wurde jede Kritik dagegen gestoppt. Eine Diskussionsrunde nach der anderen beweist dem Schweizer Volk, daß es die IMP braucht, wenn es überleben will. Mit Kollegen unserer Gewerkschaft bin ich am Samstag vor acht Tagen an die Demonstration gefahren.
Silv: Wir waren etwa zehntausend. Natürlich hat die Polizei fotografiert. Seither läuft unter den Lehrern, aber auch in den Betrieben, die Razzia.
Paul: Die brauchen jetzt Rädelsführer. Die brauchen Beweise dafür, daß sie entschlossen sind, hart durchzugreifen. Wie die demokratischen Rechte dabei zum Teufel gehen, sehen die vor lauter Demokratieschutz-Eifer überhaupt nicht mehr. – Ja, und so also bin ich jetzt dran. Ich wär wirklich ganz verdammt froh, ich könnte bei euch hier für ein paar Wochen untertauchen. Geld, rund tausend Franken, habe ich mitgebracht. Und arbeiten, sagte Paul, kann ich, wenn ihr wollt, mit euch hier auch.
Sicher. Klar, sagte Leni. Rob komme um halb eins. Sie schaute Blumer an. Der saß mit ruhigem Gesicht, ein wenig zusammengesunken, da. Sie machen euch fertig, sagte er halblaut. Uns alle, sagte er.
Leni zu den beiden anderen: davon redet er seit Tagen. Vielleicht, daß er recht hat. Schön, also: aber was sollen wir tun? Maschinenpistolen kaufen? Wir wollen neu anfangen, für uns, ganz praktisch. Schließlich ist das ja auch politische Arbeit, wenn du so willst. Machen wir hier unseren neuen Anfang! Hier, wo wir niemanden stören und wo uns niemand stört. Aber kommt, wollt ihr den Bau nebenan einmal sehen? Hier, durch die Verbindungstür. Du bleibst auch, Silv, – nicht wahr, Blumer?

Blumer hatte anscheinend nicht verstanden. Wir brauchen endlich einen Transistor. Ich muß da einfach jetzt Informationen haben. Das geht so nicht, wir können hier draußen nicht tun, als ginge das alles uns nichts an. Und wie gesagt, du, Leni: ich bleibe ohnehin nur noch bis morgen. Dann könnt ihr beide meinen Schlag drüben – Blumer, komm jetzt. Bitte, komm doch mit. Daß du einfach so weg willst, das geht überhaupt nicht. Wir machen jetzt einen großen Rundgang, ihr müßt alles sehen!

Der Regen hatte tatsächlich nachgelassen. Wahrscheinlich gingen die vier nach der Besichtigung von Robs und Lenis Zimmer über der Küche, nach einem kurzen Ausflug aufs Wohnbaudach und dem Gang durch die Zimmer zum See hinunter und drüben bis zum Sitzplatz auf dem alten Eichenstrunk in der Grubenwand. Und auf dem Rückweg, als Silv und Paul auf dem Pfad zwischen den Büschen fast schon außer Sichtweite waren, fragte Leni vermutlich noch mal: Du, was also ist?

Er ging drei Schritt hinter ihr. Der Regen hatte ganz aufgehört. Etwas sehr Simples sei los. Er habe sie gern. Sie sei Robs Freundin. Sie gehöre zu Rob, und da er Rob und sie prima finde, sei hier eben einer zuviel.

Leni blieb stehen. Sie drehte sich halb um. Sie legte ihre Hände auf seine Schultern. Hier gehört niemand jemand. Küß mich.

Skizzenbuch: Wie üblich, ist am Anfang nichts weiter dagewesen als diese vage Vorstellung und die Faszination, die davon ausging, sie zu formulieren. Erinnerung an die alte Huppergrube mit dem See in Rickenbach. Ein junger Mechaniker, der ausbricht und neu anfängt, und eine Freundin taucht auf und sie fangen zusammen neu an; Tonlagen; der Rhythmus einzelner Sätze; im Gehirn das Herumgeistern von nicht greifbaren Bildern und Aggressionen; jemand schießt auf Konservenbüchsen; Geruch von nassem Holz und warmen Holunderbüschen.

Riecht Holunder? Parallel dazu, simultan damit: der Spaß an Methoden, an Versuchen; die Angst vor dem Loslegen; wie kann ich komplexe Sachverhalte schreiberisch so darstellen, daß mein vorgestellter Idealleser sie kapiert, ohne daß die Komplexität verstümmelt wird? Mein Idealleser? Sollte er diesmal nur wieder allein der raffinierte Insider sein? Ist er mit Literatur vertraut nur grad etwa so, daß er sich jede dritte Kultursendung am Fernsehen immerhin anschaut? Wie er verschwindet, ab und zu wieder auftaucht. Die Lust am Versuch, meine Methode der Montage variiert auszubauen. In für mich Neues hineinschreiben. Mein zur Zeit wildes Interesse am Verfallen alter sozialer Normen, am Tasten nach offenen und dennoch lebbaren Strukturen im privaten Zusammenleben, aber auch im Staat. Den wachsenden Widerstand darstellen, auf den dieses Tasten in der Verwirklichung neuer Möglichkeiten stoßen muß. Machtverhältnisse als Hintergrund. Faszination, die auch davon ausgeht, daß Figuren dann irgendwann tatsächlich Eigenleben entwickeln, und ich hatte sie doch nur mal so versuchsweise skizziert und in Gang gesetzt. Ich werde von Seite zu Seite weniger frei, der Manövrierspielraum, auch der methodische, wird enger. Rob, Leni, Blumer; jetzt Silv und Paul. Da müßten noch mehr Leute dazukommen. Wie organisieren sie ihr Zusammenleben? Schaffen sie's? Erfahrungen hereinnehmen, wie sie sich hier in meiner Nähe, in Solothurn in der «Genossenschaft Kreuz», beobachten lassen. Und aber praktisch, jetzt, zur «Handlung»: Wie kann Rob auf die Konkurrenz reagieren? Blumer zusammenschlagen? Leni verdreschen? Selbstmord machen? Traurig das Feld räumen? Welche Möglichkeiten läßt ihm die ihm zuteilgewordene Konditionierung (außerdem)?

Neues vom Tag 4: Die Verwerfung des Regierungsprogramms zur Sanierung des Bundeshaushalts durch die Stimmbürger vom vergangenen Wochenende hat zu einer Sofortreaktion von Regierung und Parlament geführt. Nach harter parlamentarischer Auseinandersetzung wurde der von der Regierung vorgelegte «dringliche Bundesbeschluß» vom Parlament mit 153 Stimmen zu 64 Stimmen der Linken angenommen. Die Regierung wird darin ermächtigt: a) die Altersrenten AHV um bis zu 10 % herabzusetzen; b) auf dem Verordnungsweg und unter partieller Aufhebung der Tariffreiheit Vereinbarungen der Tarifpartner über Lohn- und Gehaltserhöhungen von mehr als 2 % für ungültig zu erklären; c) die Umsatzsteuer auf sämtlichen Warenkategorien um 12 % zu erhöhen.

Block A, 6. Stock: «Wenn ich im Toto einen Zwölfer gewinne, nehme ich mir eine Junge.»

Interview über die Bewegung von 68, von 75 aus gesehen:
A: Nenne Ursachen ihres Scheiterns, in Stichworten.
B: – Enttäuschung über das Ausbleiben des Wunders.
– Einschüchternde Haltung der schablonisierten Insider-Sprache.
– Aufwachen der Reaktion, vor allem in den Medien, aus der Irritation.
– Abwehrhaltung der etablierten linken Politiker.
– Dogmatismus, Hang zur reinen Lösung, Fraktionskämpfe.
– Falsche Einschätzung der historischen Lage, der Machtverhältnisse.
– Resignation im Verhältnis zur Herrschaft der KPdSU.
– Arbeitslosigkeit; Radikalenerlasse.
– Ungeduld; Vorliebe für Rhetorik, Abneigung gegen die politische Tagesarbeit, Mangel an politischer Erfahrung.
– Karriereansprüche.
– Unterschätzung der psychischen und sinnlichen

Kräfte, des sogenannt Privaten, sowie der Kategorie des Ästhetischen.

A: Sie ist für dich also gestorben?

B: Gescheitert heißt nicht totsein. Die von der Bewegung (wieder-)erweckten Impulse leben weiter.

A: Wo? Wie?

B:
- In der Frauenbefreiungsbewegung.
- In allen europäischen Linksparteien; in einigen Gewerkschaften.
- Im Eurokommunismus.
- In der Arbeit einer großen Zahl von Multiplikatoren (Medienschaffenden, Filmemachern, Schriftstellern, Kritikern, Lehrern).
- In Alternativ-Pressen.
- In der anhaltend hysterischen rabiaten Abwehr durch die Rechte.
- In der politischen Quartiersarbeit, in den Bürgerinitiativen, in der Anti-A-Werk-Bewegung.
- In den praktizierten Versuchen von Emanzipationsgruppen und Selbstverwaltungsbetrieben.
- In der Einsicht vieler in die Notwendigkeit, sich selber kritisch zu sehen und zu lernen, zu lernen.

15

Von welchem Augenblick an sind wir erwachsen? Madeleine und er hatten, während sie in Annecy am Seeufer entlanggingen, ausgemacht, jedes von ihnen müsse eine Definition von Erwachsenen innerhalb von zwei Minuten liefern, in der kürzesten und anschaulichsten Formel. Blumers Antwort hatte gelautet: Ich wäre erwachsen, wenn ich für einen Monat allein und ohne jede Spur von Sehnsucht nach einer Frau auskäme.
Nicht schlecht. Madeleine hatte gelacht. Sie sei allerdings anspruchsvoller. Sie sei erwachsen, sagte sie, wenn ihr gelinge, täglich mindestens einmal zu denken: während ich hier atme, atmen gleichzeitig rund auf dem Erdball über tausend Millionen Menschen. Wir atmen jetzt, und vor zehntausend Jahren haben Menschen geatmet, und in wieder zehntausend Jahren atmen Menschen. Ich atme siebzig Jahre lang. Das ist ein Bruchteil eines Bruchteils der Menschheit und der Zeit vor und nach mir.
Merkwürdig, wie intensiv ihm Madeleine jetzt gegenwärtig war mit ihrem Lachen, ihrer Spielfreude, ihrer philosophischen Neigung. Er hatte sie in Paris vor ein paar Jahren kennengelernt; allein an ihrem Tischchen im Restaurant war noch ein Platz freigewesen. Er lag hier auf seinem Bett in diesem Zimmer, das jetzt seit Wochen schon das seine war, hier im Wohnbau. Rob und Leni behandelten ihn noch immer ein wenig wie einen, der von einer langen schweren Krankheit genest.
War seine Krankheit tatsächlich, daß er von dieser Bestätigungssucht seiner Männlichkeit und der Sehnsucht nach Einssein mit einer Frau nicht loskam? Und nie, oder doch kaum je, an die Milliarden Menschen und Jahre um ihn, vor und nach ihm dachte? Lag da die Ursache für seine Schwierigkeit, Beziehungen mit Frauen nicht nur einzugehen, sondern als Partnerschaften dauern und sich wie man so sagt vertiefen zu lassen? Und hatte das alles

vielleicht doch, wie Ini einmal behauptet hatte, mit Politik zu tun?
Es wird vielleicht zwei Uhr nachmittags gewesen sein. Seine Siesta-Zeit. Durchs offene Fenster und den gezogenen Sacktuchvorhang waren ab und zu die Bleßhühner vom Grubensee herüber zu hören.
Da war er also wieder. In der Schweiz. In diesem Land, das ihm, gerade weil er davon nicht loskam, gerade weil dessen Zustand ihm unheimlich, auch unheimlich museal, vorkam, so sehr an die Nieren ging.
Wenn du deine Schweiz nur endlich vergessen könntest! Madeleine hatte sich im Bett neben ihm aufgesetzt. Wie sie auf die Idee komme, er könne sie nicht vergessen? – Blumer! Und sie hatte ihn erinnert daran, wie er gestern mittag von seinem Einkaufsgang in die Stadt in ihre Wohnung zurückgekommen sei, wortlos, und auf eine Notiz in «Le Monde» gewiesen habe, Seite vier ganz unten, diese winzige Nachricht: das Schweizer Volk habe in einer Abstimmung die Einfühung der Mitbestimmung in den Betrieben verworfen. Seither rede er kaum ein Wort. Du bist verrückt, sagte sie. Deine Miteidgenossen haben abgelehnt. Ja und? Ist nicht großartig, daß sie die Wahl haben können? Die Mehrheit will halt nicht mitbestimmen. Das ist Demokratie. Wir Franzosen können nicht einmal ablehnen! Die ganze Welt bewundert eure direkte Demokratie. Edelsorgen, was du da hast!
Sie hatte geschafft, ihn wieder hellwach sein zu lassen. Er machte Licht. Er zündete sich eine dieser Bastos an. Ihr bewundert, was ihr nicht kennt. Wovon sie, außer dem Titel des Buches «Direkte Demokratie», keine Ahnung hätten. Wie gut das klingt: direkte Demokratie. Geradezu egalitär, nicht wahr? Geradezu nach Rätesystem. In der Idee – wunderbar, jedenfalls: viel. Aber sie müsse sich, wenn schon, dann doch die Mühe machen und genauer hinsehen. Da gäbe es beispielsweise ein Parlament, und das bestehe aus zwei Kammern, dem National- und dem Ständerat. Soweit sogut. Nun aber: weit über die Hälfte der im Parlament sitzenden sogenannten

Volksvertreter seien, direkt als Unternehmer und Verwaltungsräte oder indirekt, bewußt und schlimmer: unbewußt, Vertreter der Großindustrie und der Banken. Kapiert? Ganz abgesehen von deren Fortschrittsbewußtsein, – es liege auf einem politischen Niveau, wie es sich ein mitteleuropäischer Durchschnitts-Intellektueller uninformierter und reaktionärer nicht vorstellen könne, – zumindest im Rat der Stände, wo die Vertreter der Kantone säßen.

Aber, sagte Madeleine, diese Frauen und Männer sind doch von euch, von den Schweizerinnen und Schweizern, gewählt? Langsam, Madeleine, du greifst vor, wo ich pädagogisch eins nach dem andern erklären will. Magst du's wirklich hören? Zehn Minuten Unterricht, ausnahmsweise? Da gibt's beispielsweise die Institution der Initiative. Du weißt es: nur 50000 Stimmberechtigte der Schweiz können durch ihre Unterschriften das Parlament und die Regierung, selbst gegen deren Willen, zwingen, ein neues Gesetz den Bürgern des Landes zur Abstimmung vorzulegen. Was tun nun Regierung und Parlamentsmehrheit, sofern sie den Text der Initiative zum Beispiel für «unrealistisch» halten? Sie legen den Stimmbürgern gleichzeitig mit dem Text der Initiative einen anderen Text zum gleichen Gegenstand vor, – den «Gegenvorschlag», so nennt sich das. Denk dir jetzt für einen Augenblick eine Schulklasse. Ein heißer Sommernachmittag. Drei der zwanzig Schüler regen die Verlegung des Unterrichts in den nahegelegenen Wald an. Der Lehrer ist zwar dagegen. Dennoch, er will als demokratisch erscheinen. Aber er weiß auch, daß mindestens zwölf der Schüler für die Verlegung des Unterrichts aus dem Klassenzimmer stimmen würden. Also macht er ebenfalls einen Vorschlag: Besuch des historischen Museums. Jetzt wird abgestimmt. Ergebnis: Von den zwölfen, die eine Änderung wünschen, stimmen sieben für den Vorschlag Wald, fünf für den Vorschlag Museum. Die acht, die für die Weiterführung des Unterrichts im Klassenzimmer waren und sind – wahrscheinlich er-

scheint ihnen der je zehnminütige Fußmarsch hin und zurück als noch mühsamer als das Sitzenbleiben – bilden die Mehrheit. Die Klasse bleibt, wo sie ist. Der Trick mit der Teilung jener, die für Veränderung eintreten, hat funktioniert. Diese Mechanik also wird dem Schweizer Volk als Demokratie angeboten – übrigens immer versehen mit Argumenten, die Angst machen. Ein ungeheurer Volksbetrug, noch offiziell und mit Selbstverständlichkeit fast jährlich von Regierung und Parlament praktiziert, um Neuerungen zu Fall zu bringen. Das Schlimmste: Die Stimmbürger schlucken das.
Madeleine wollte jetzt aber doch wissen, warum die Wähler und Wählerinnen da nicht einfach andere, unabhängige Leute ins Parlament schickten.
Gewiß, die Mehrheit der Abgeordneten sei, jedenfalls zur Zeit, in Frankreich oder in der Bundesrepublik nicht wesentlich besser, er wisse das auch. Und was die Wählerinnen und Wähler anlange, – da seien sie, sagte Blumer, jetzt wieder bei der Abstimmung über Mitbestimmung. Eine Wählerschaft, die zu über siebzig Prozent aus Lohnabhängigen besteht, lehne also in der ältesten Demokratie der Welt ein Gesetz ab, das einer großen Mehrheit mehr Rechte, mehr Einfluß verschaffe. Beiläufig: klar könne man auch von links her gegen die Mitbestimmung argumentieren, sie stabilisiere das System etc. Aber darum gehe es nicht, sei's in der Schweiz in diesem Zusammenhang auch nicht gegangen. Um die Frage gehe es, ob bürgerliche Demokratie auf einer so hohen Entwicklungsstufe des Kapitalismus, wie sie in der Schweiz erreicht sei, überhaupt noch funktionieren könne. Bei diesem Erziehungssystem, sagte er. Bei einem System, das diese abstrusen Vorstellungen über das Erstrebenswerte in unser aller Köpfe produziert. Das uns benebelt mit diffuser heruntergekommener Freiheitsreligion, ohne, wie Peter Bichsel unlängst schrieb, klarzustellen, daß der Begriff Freiheit in der Demokratie ohne den Begriff Solidarität zu nichts weiter führt als zur Freiheit des einen auf Kosten des anderen. Freiheit, Vaterland, Heimat, – Reli-

gionsversatzstücke eines Schweizer Volks von Neurotikern, deren oberstes Gesetz das Faustrecht ist.
Übrigens, sagte Blumer, 50 % bis 70 % der Schweizerinnen und Schweizer gehen nicht mehr zur Urne. Sie streiken. Sie seien überfordert, behauptet die Rechte. Zuviel Demokratie. Als läge es daran! Sie spüren zumindest, daß die große Sache Demokratie bei uns exemplarisch ruiniert wurde und täglich wird. Sie spüren, diese Wahlen und Abstimmungen sind im Begriff, zur Folklore zu verkommen. Aus einem schlichten Grund: der Motor, der die wirklich wichtigen politischen Probleme laufend vorentscheidet, läuft mächtig und unkontrolliert neben und außerhalb unserer prächtigen direkt-demokratischen Theaterinszenierungen her. Von ihm wissen sie dumpf und resigniert sich bestimmt, bis in ihre Schlafzimmer hinein, in ihre verqueren Träume aus Konkurrenzangst, Lebensangst, Potenzangst, Aufsteigerangst und Bedürfnis nach Zärtlichkeit. Und der Motor, der läuft über all das hinweg. Der Motor Ökonomie. Der Motor Gesamtheit der Produktionsmittel. Verstehst du?
Madeleine sagte dann langsam: Wäre möglich, daß Demokratie allein dann funktionierte, wenn jene, die sie ausüben, ganz und wirklich frei wären, unabhängig, aufgeklärt, auch psychisch befreit?
Blumer schaute sie an: Wie lautet die weibliche Form des Worts «Spaßvogel»?
Aber sie, unbeirrt: Und allein dann könnten sie befreit sein und zur Demokratie fähig: wenn auch die Produktionsmittel und alle anderen öffentlichen Lebensbereiche dieser Demokratie unterworfen wären?
Ja. Ja! – Und da hätte sie auch schon den Teufelskreis. Wir in der Schweiz, in diesem höchstindustrialisierten Land Europas, sind von Angst gezeichnet. Die natürlich hat auch ihre Gründe. Jedenfalls Angst. Und weil das so ist, hängen wir verzweifelt an unserem System sozialer Sicherheit. Und weil das so ist, haben wir Angst vor jeder Veränderung. Und weil das so ist, darf Veränderung nicht sein. Und weil das so ist, findest du weit und breit

keine Spur jener Mehrheit, die eine Veränderung demokratisch herbeiführen könnte.
Aber da muß es doch einen Ausweg geben. Ein Land kann doch nicht zum Museum werden?
Doch, sagte Blumer.
Man hörte, wie Madeleine heftig ausatmete. Annecy ist nachts eine ruhige Stadt. Für einen Augenblick dann aber das Gekeife einer Frauenstimme aus der Häuserfront von gegenüber. Ein Fenster schlug zu. Wieder die Stille. Blumer legte sich wieder hin.
Aber gerade wenn das alles so ist, sagte Madeleine neben ihm, warum verbeißt du dich denn so sehr in diese politischen Dinge? Als hinge dein und unser aller Glück von Politik ab?
Das ist ja das Peinliche: es hängt davon ab.
Du bist verrückt, Blumer. Unser Glück hängt von der Frage ab, ob wir fähig sind, uns selber zu verwirklichen. Von unserem Willen hängt es ab, von unserer Entschlossenheit, endlich ernst zu machen mit der Erneuerung unserer Moral, und davon, nach diesen Grundsätzen zu leben. Von Grund auf müssen wir uns ändern, wir müssen dem Materialismus endlich entsagen, wir müssen wieder lernen, meditierend auf unsere innerste Stimme zu hören. Ich bin der Weg, die Wahrheit und das Leben. Der das verkündet hat, hat bewiesen, daß er es ernst meint. Und seine indischen Brüder im Geiste beweisen es auch: durch ihr Leben. Ich weigere mich strikt zu glauben, mein Glück hänge von Herrn Giscard oder Herrn Mitterand ab.
Nicht von ihnen als Personen. Aber leider von den Kräften und Vorstellungen von Gesellschaft, die sie verkörpern. Was, Madeleine, glaubst du, wird in der Schweiz, – du hast recht, ich bin fixiert – an Willensanstrengung zur Selbstverwirklichung investiert! An Entschlossenheit zur Lebensänderung! Hunderttausende, Tag für Tag, auf der Couch des Psychiaters, in den Übungen der Gestalts-, Realitäts-, Daseinsanalytiker, der Psychotherapeuten, täglich, in Trainingsgruppen, Sensitivity-Grup-

pen, Creativity-Gruppen, Meditationszyklen buddhistischer Mönche, in Zen, in Yoga, in Selbsterfahrung. Vom wahrhaft anrührenden Aufwand zu schweigen, den mindestens ein Drittel der Schweizerinnen und Schweizer noch immer mit dem Versuch betreibt, die wunderbaren moralischen Grundsätze des Christentums in ihrem Leben zu verwirklichen, übrigens trotz der verbrecherischen Spiele, die vom Vatikan, dieser selbsternannten und längst museumsreifen Autorität, mit ihrem Gewissen, ihrer Psyche, mit ihrer Hoffnung auf ein imaginäres Jenseits getrieben werden. Und das Ergebnis?
Sicher, sagte er, auch in einem Seuchengebiet können die Kranken sich entschließen, gesund zu werden. Aber die Seuche bleibt, im Wasser, in der Luft. Willst du dort die Genesung aller, so mußt du die Seuche selbst treffen. Um die Voraussetzungen geht es, verstehst du? Um die Voraussetzungen, unter denen wir leben müssen oder wollen oder können. Unsere schöne freie Marktwirtschaft ist eine Seuche, sie ist unsere Voraussetzung, sie macht alle Beziehungen zwischen uns zum Konkurrenzverhältnis und zur Ware. Mit ihren Viren dringt sie ein in unsere geheimsten Gedanken und Sehnsüchte, in die Erziehung der Kleinstkinder, in die Delegationen, mit denen als Eltern wir sie vollpumpen, in unsere Schulen, unsere Freundschaften, unsere Psyche. Sie produziert unkontrolliert diesen ungeheuren Einfluß unablässig neu und übrigens laufend stärker; dagegen ist jede Psychoanalyse und jede Willensanstrengung und jeder moralische Appell zwar wichtig, aber nichts weiter als Symptombekämpfung.
Ich möchte dich reden hören nach einem Aufenthalt von drei Jahren sagen wir in der UdSSR. Glaubst du im Ernst, Sozialismus sei die Alternative?
Sozialismus nicht, wenn du darunter Polizeistaat und Bürokratie und Feudalismus und das Verbot von Widersprüchen verstehst. Das geradezu Tragische am Wort Sozialismus ist, daß es täglich ruiniert wird. Nicht allein durch unseren sicherlich zu häufigen Gebrauch davon;

nein, durch die KPdSU. Durch den Umstand, daß der großartige Sieg der Revolution in einem feudalistischen Land anfing. Und dort nicht weitergehen konnte. Der russische Feudalismus hat den Sieg zurückgedreht in einen Sieg von Bonzen. Neuen Bonzen, die ohne Legitimation, deshalb in einem Angstkartell, ohne jede demokratische Kontrolle herrschen, – diese Praxis, heute, und seit fast 50 Jahren, macht Tag für Tag jeden sozialistischen Ansatz hier in unseren Breitengraden kaputt. Das kümmert die nicht. Die sind vollauf ausgelastet mit der Knebelung der russischen, der kirgisischen, der rumänischen, der lettischen, der tschechischen Völker und des deutschen Volkes in der DDR. Ich wollte das alles lange nicht wahrhaben. Heute sehe ich ein, daß jede sozialistische Politik hierzulande, hier, im Westen, nur dann eine Chance hat, wenn sie ungerührt diese sehr bittere Tatsache erst mal klarstellt, in allem hohen Respekt vor der antifaschistischen Leistung der UdSSR; und, zugegeben, auch vor ihren ganz spezifischen Bedingungen. Das ist doch der Punkt: Unmöglich, das Prinzip Freiheit durch die Praxis des Prinzips Herrschaft zu verwirklichen. Eins der beiden verreckt dabei. Du kannst raten, welches.
Nein Madeleine, Sozialismus ist per definitionem etwas sehr viel anderes. Ein Prozeß, der auf Befreiung, auch psychische, hinläuft. Der die Garantie haben muß, von unten nach oben sich entwickeln zu können, so lange, bis es kein «oben» und «unten» mehr gibt. Der PCI hat das kapiert. Carillo auch. In China, in Kuba ist der Prozeß wahrscheinlich am weitesten bisher vorangekommen. – Madeleine, was meinst du: ob wir einmal nach Kuba fahren zusammen?
Warum nicht? Nur, sagte sie, wenn ich alles so überlege, was du da nun doziert hast, müßte ich sagen, für jedenfalls dich liegt Kuba in der Schweiz. – Wie hängst du an deinem Land! Wie dich doch voll betrifft, betroffen macht, was dort geschieht! Oder eben nicht geschieht. Ach du, mein Polit-Träumer!
Er spürte, wie sie ihn umschlang.

Aber wenn denn da schon von Liebe die Rede ist: klar, es läßt sich reden beispielsweise davon, wie du und ich sie erfahren. Wie Blumer sie erfährt. Wie sie eine Himmelsmacht ist und stärker ist als der Tod etc. Prägen auch Schlagersänger unsere abendländische Art zu lieben? In welcher Tradition singen sie, wenn sie von Liebe singen? Auch Historiker besitzen die Wahrheit nicht. Immerhin. Vielleicht haben wir, haben die Schlagersänger und die Bewohner der Überbauung Brunnmatt mehr Tradition im Knochenmark, als uns und ihnen lieb ist? – Wir wissen, daß im «Tristan» in der Folgezeit, obwohl der Liebestrank nicht mehr wirkt, die Liebenden wieder von der Leidenschaft ergriffen werden, bis sie schließlich daran zugrunde gehen, «er durch sie, sie durch ihn» (. . .) Schon allein der offensichtliche Egoismus einer solchen Liebe würde viele «Zufälligkeiten», viele ungünstige Schicksalsschläge erklären, die sich dem Glück der Liebenden entgegenstellen. Wie aber ihn selbst in seiner tiefen Doppeldeutigkeit erklären? Jeder Egoismus, sagt man, führt zum Tode, aber das bedeutet für ihn, daß er schließlich eine Niederlage erleidet. Der Egoismus, mit dem wir es zu tun haben, will aber im Gegenteil den Tod als seine Vollendung, als seinen Triumph . . . Eine einzige Antwort bleibt hier, die dem Mythos gerecht wird.
Tristan und Isolde lieben sich nicht, sie haben es gesagt, und alles bestätigt es. Was sie lieben, das ist die Liebe, ist das Lieben selbst. Und sie handeln, als hätten sie verstanden, daß alles, was sich der Liebe entgegensetzt, die Liebe garantiert und in ihren Herzen heiligt, um sie im Augenblick des absoluten Hindernisses, im Tode, ins Unermeßliche zu erheben.
Tristan ist es mehr darum zu tun, sich von Liebe erfüllt zu fühlen, als Isolde-Blondhaar zu lieben. Und Isolde tut nichts, um Tristan bei sich zurückzuhalten: Ihr genügt ein leidenschaftlicher Traum. Sie bedürfen einander, um zu brennen, aber nicht einer des andern so, wie er ist; auch nicht der Gegenwart des andern, sondern vielmehr seiner Abwesenheit.[7]

16

Lieber Rob, ich muß versuchen, Dir etwas zu erklären. Ich habe Angst davor. Ich glaube, ungeheuer wichtig ist jetzt, bevor Du weiterliest, daß Du weißt, ich hab Dich ganz wahnsinnig gern. Sicher hat das auch damit zu tun, daß Du mir zugetraut hast, hier, außerhalb meiner geschützten Elternwelt, mit Dir zusammen etwas schwieriges Neues anzufangen.
Ich weiß nicht, was ich jetzt tun soll. Ich habe auch Blumer gern, auf andere Weise als Dich. Und weil ich will, daß Du alles, was Dich und mich betrifft, weißt, sage ich Dir auch, daß ich mit ihm geschlafen habe, gestern, als Silv mit Paul ihre Sachen holen gefahren ist. Das Schlimme, daß ich es nicht bereuen kann. Das Schlimmste, daß ich Dir weh tue. Was soll ich tun? Wären wir auf die Weise ein Paar, wie unsere Eltern es noch sind, so müßten jetzt schreckliche Rituale folgen. Du müßtest mich strafen, mich schlagen oder verlassen. Du müßtest Blumer und vielleicht auch mich mit Deinem Haß verfolgen bis zum Weltende. Wir müßten uns vielleicht scheiden lassen. Du müßtest mir zuallermindest Deine Liebe entziehen und ich müßte, wollte ich bei Dir bleiben, Buße tun. Aber wir sind, Du und ich, mitten in unserem neuen Anfang, hier im Grubenbau. «Wer hier jemanden als Besitz behandelt, muß zur Strafe –», erinnerst Du Dich? Sind wir wirklich anders, als alle Generationen vor uns? Freier? Wir wollen es sein, unbedingt, und ich glaube auch, daß wir es werden können. Du siehst, ich wagte noch nicht einmal, Dir das alles zu erzählen. Ich versuch's jetzt hier mit diesen Buchstaben. Schon damit beweise ich mir, wie feige, wie unfrei ich noch bin, nicht wahr? Rob, bitte, wir *müssen* da durch. Nur dann haben wir die Chance, nicht ein so kaputtes Paar wie fast alle zu werden, und wir können zusammenbleiben und zusammen lebendig bleiben. Bis jetzt war das für uns kinderleicht.
Ich möchte, daß es mehr, hundertmal mehr Zärtlichkeit

gibt auf der Welt als jetzt. Ich möchte, daß Menschen, die sie vermehren und sich Lust bereiten wollen, weil sie sich mögen, niemanden damit beleidigen, niemandem dadurch etwas wegnehmen, bei niemandem dadurch Ängste erzeugen. Ach Rob. Kann es, jetzt schon, zwischen uns und unseren Freunden so sein? Wenigstens zwischen uns? Wir sind auf ein so schreckliches Muster von Verboten und Strafe festgelegt. Zerschlagen wir es in uns! Helfen wir uns. Rob, hilf mir.
Blumer ist nicht allein seiner Arbeit wegen gestern nach Zürich zu den Redaktionen gefahren. Er wollte mit Dir reden. Er wollte gleich mittags bei Stocker auf Dich warten. Ich konnte ihn – mühsam – überzeugen, daß das eine Sache jetzt vorerst zwischen Dir und mir ist.
Ich liebe Dich
Deine Leni

Den Fall gesetzt, diese Dinge spielen sich in einer sozusagen Landschaft ab, und die ist als Voraussetzung und Klima objektiv überprüfbar da: wie sieht die sagen wir Großwetterlage so ums Jahr 75 aus? Und warum hat Blumer dieses anstrengende Bedürfnis nach Seitenblikken? Die vom Eidgenössischen Statistischen Amt ermittelten gesamtwirtschaftlichen Ergebnisse bestätigen, daß die Schweizer Wirtschaft 1975 den kräftigsten Konjunktureinbruch der Nachkriegszeit erlebte. Das nominelle Bruttosozialprodukt zu Marktpreisen ereichte 1975 noch den Betrag von 114,3 Mrd. Franken und lag damit um 1,5 % unter dem Vorjahresstand. 1974 wurde noch ein Wachstum von 8,9 % erzielt. Erheblich deutlicher als im nominellen Bereich manifestierte sich die Rezession auf realer Ebene. Hier ergab sich im Jahresdurchschnitt ein Rückgang des preisbereinigten Sozialproduktes um 7,6 %.
Bereits 1974 war eine erhebliche Verflachung des gesamtwirtschaftlichen Wachstums auf 1,7 % eingetreten.
Der unerwartet schnelle und abrupte Umschwung wurde

primär durch die in den vorangegangenen Jahren im bauwirtschaftlichen Bereich verzeichneten Übersteigungen ausgelöst. Die außerordentliche Intensität des Einbruches erklärt sich jedoch aus der Kumulation der rezessiven Tendenzen in der Bau- und Exportwirtschaft sowie deren Sekundärwirkungen auf die Lagerhaltung. Trotz des kräftigen Konjunkturrückschlags verharrte die Teuerungsrate des Sozialproduktes vorerst noch auf dem relativ hohen Niveau von 6,6%. Die Ertragsbilanz schloß mit einem außerordentlich starken Überschuß von 6,8 Mrd. (Vorjahr 670 Mio.) ab.[12]

Aus einer alten Geschichte 5: Sie waren hinabgegangen und standen vor dem Hause; Vrenchen umschloß ihn mit beiden Armen, schmiegte seinen schlanken zitternden Leib an ihn, drückte seine glühende Wange, die von heißen Tränen feucht war, an sein Gesicht und sagte schluchzend: «Wir können nicht zusammen sein, und doch kann ich nicht von dir lassen, nicht einen Augenblick mehr, nicht eine Minute!» Sali umarmte und drückte das Mädchen heftig an sich und bedeckte es mit Küssen. Seine verwirrten Gedanken rangen nach einem Ausweg, aber er sah keinen. Wenn auch das Elend und die Hoffnungslosigkeit seiner Herkunft zu überwinden gewesen waren, so war seine Jugend und unerfahrene Leidenschaft nicht beschaffen, sich eine lange Zeit der Prüfung und Entsagung vorzunehmen und zu überstehen, und dann wäre erst noch Vrenchens Vater dagewesen, welchen er zeitlebens elend gemacht. Das Gefühl, in der bürgerlichen Welt nur in einer ganz ehrlichen und gewissenfreien Ehe glücklich sein zu können, war in ihm ebenso lebendig wie in Vrenchen (...)
Sie mochten so gern fröhlich und glücklich sein, aber nur auf einem guten Grund und Boden, und dieser schien ihnen unerreichbar, während ihr wallendes Blut am liebsten gleich zusammengeströmt wäre. «Nun ist es Nacht», rief Vrenchen, «und wir sollen uns trennen!» «Ich soll

nach Hause gehen, und dich allein lassen?» rief Sali, «nein, das kann ich nicht!» «Dann wird es Tag werden und nicht besser um uns stehen!»

Für Liebhaber von Theoretischem: Die äußere in der Gesellschaft wirksame Gewalt tritt dem in der Familie aufwachsenden Kind in der Person der Eltern und in der patriarchalischen Kleinfamilie speziell in der des Vaters gegenüber. Durch Identifizierung mit dem Vater und Verinnerlichung seiner Ge- und Verbote wird das Über-Ich als eine Instanz mit den Attributen der Moral und Macht bekleidet. Ist aber diese Instanz einmal aufgerichtet, so vollzieht sich mit dem Prozeß der Identifizierung gleichzeitig ein umgekehrter Vorgang. Das Über-Ich wird immer wieder von neuem auf die in der Gesellschaft herrschenden Autoritätsträger projiziert, mit anderen Worten, das Individuum bekleidet die faktischen Autoritäten mit den Eigenschaften seines eigenen Über-Ichs. Durch diesen Akt der Projektion des Über-Ichs auf die Autoritäten werden diese weitgehend der rationalen Kritik entzogen. Es wird an ihre Moral, Weisheit, Stärke in einem von ihrer realen Erscheinung bis zu einem hohen Grade unabhängigen Maße geglaubt. Dadurch aber werden diese Autoritäten umgekehrt wiederum geeignet, immer von neuem verinnerlicht und zu Trägern des Über-Ichs zu werden. Diese Verklärung der Autoritäten durch Projizierung der Über-Ich-Qualität trägt zur Aufhellung einer Schwierigkeit bei. Es ist ja leicht zu verstehen, warum das kleine Kind infolge seiner mangelnden Lebenserfahrung und Kritik die Eltern für Ideale hält und sie infolgedessen im Sinne der Über-Ich-Bildung in sich aufnehmen kann. Es wäre für den kritischeren Erwachsenen schon viel schwieriger, das gleiche Gefühl der Verehrung für die in der Gesellschaft herrschenden Autoritäten zu haben, wenn eben nicht diese Autoritäten durch die Projizierung des Über-Ichs auf sie für ihn die gleichen Qualitäten erhielten, welche die Eltern einst für das kritiklose Kind hatten.

Indem das Über-Ich schon in den früheren Lebensjahren des Kindes als eine durch die Angst vor dem Vater und den gleichzeitigen Wunsch, von ihm geliebt zu werden, bedingte Instanz entsteht, erweist sich die Familie als eine wichtige Hilfe für die Herstellung der späteren Fähigkeiten des Erwachsenen, an Autoritäten zu glauben und sich ihnen unterzuordnen.
Neben den individuellen Verschiedenheiten, die in den einzelnen Familien existieren, repräsentiert die Familie in erster Linie bestimmte gesellschaftliche Inhalte, und in deren Vermittlung, und zwar nicht im Sinne der Vermittlung von Meinungen und Ansichten, sondern der Produktion der gesellschaftlich erwünschten seelischen Struktur, liegt die wichtigste gesellschaftliche Funktion der Familie.[13]

Ja, sicher, sie war feige. Als sie um halb eins Robs Honda draußen gehört hatte, war sie erst einmal rasch nach oben gegangen. Sie hatte sich ans runde Tischchen gesetzt, ihr Buch zur Hand genommen und getan, als lese sie. Unten war Paul zu hören, wie er die Tannholzbretter für den neuen, zusätzlichen Bettenrost zurechtsägte. Und in der Küche dann also Rob. Sie hörte, wie er den Briefumschlag öffnete. Ach, sie hätte ihn jetzt fest in den Armen halten wollen. Warum konnte man sich mit Wörtern das Wichtigste nie sagen? Ihr Puls ging schnell. Robs Stimme, ein merkwürdig heiseres Geflüster, nichts war zu verstehen, dann rief er, halblaut noch immer, nach ihr, und eben als sie «ja, hier, ich komme» sagte und aufstand, plötzlich sein «Gottverdammich», laut, sehr langsam und deutlich und vielleicht zehnmal hintereinander, er schlug mit irgend etwas auf irgendwas ein. Glas splitterte, dann ging die Tür mit Krachen ins Schloß.
Durchs Fenster war er zu sehen, wie er unten rasch über den Vorplatz ging, stehenblieb, gegen den äußeren Rand des Vorplatzes weiterging, plötzlich einen faustgroßen Stein aufhob und ihn weit ausholend herüberschleuderte.

Leni duckte sich. Der Stein durchschlug da oben die morschen Dachlatten und polterte durchs Gebälk über ihrem Zimmer. Von unten, aus dem Bau, Pauls Stimme: Was ist denn da los?

Noch während Leni dann Silv und Paul erzählte, worum's da ging, flog die Küchentür auf, und jetzt war Rob durch die angelehnte Zwischentür zu hören, wie er anscheinend etwas holte und gleich wieder hinausstürmte. Du, er ist wahnsinnig. Sie standen zu dritt am Küchenfenster neben der Tür. Lenis Hand am Fenstergriff zitterte. Draußen, – Rob war nicht zu sehen – krachte ein Schuß, gleich noch einer. Kommt, los! Paul schob die beiden Mädchen zurück. Geht in Deckung! Die Schrotflinte, die hinten in der Küchenecke neben dem Schrank gestanden hatte, war tatsächlich weg. Er dreht durch. Sie horchten. Wieder ein Schuß, weiter weg diesmal, in Richtung auf den Grubensee weg. Und wieder. Nochmal, dann nochmal. Paul: Jetzt lädt er wieder nach.

Leni lag auf Pauls Schlafsack, das Gesicht in den Ellbogen vergraben. Ihr Körper zuckte. Ich wollte noch überhaupt nicht – ich hab ihn doch gern, ich – Paul ging hinaus. Silv hockte sich neben Leni hin und streichelte mit der Hand ruhig ihr Haar. Paul, von der Tür aus: Er ist schon ganz unten beim See. Knallt einfach so in die Gegend. Ich hab den Eindruck, der knallt einfach so. Paul sah hilflos aus. Sie redeten nicht mehr.

War Leni eingeschlafen? Sie richtete sich auf. Niemand war da, aber draußen in der Küche für einen Augenblick Silvs Flüsterstimme zu hören, dann wieder nichts mehr. Hier drin war's dunkel; nur durch die Ritzen der abgedichteten Fenster – Kartonplatten, Paul konnte ohne tiefe Dunkelheit nicht schlafen – drang spärlich das Tageslicht. Leni erhob sich. Betreten schaute sie von der Zwischentür aus Silv und Paul an. Paul sagte: Er ist noch immer da hinten, vermutlich. Und Leni: Ich glaub, ich schau einmal schnell nach. Einen Augenblick lang noch zögerte sie, unter der schon halbgeöffneten Außentür, dann marschierte sie los.

Vom Rand des Vorplatzes aus konnte sie nichts weiter als die Kronen der tieferstehenden Bäume sehen, dieses in der flach hereinscheinenden Sonne glitzernde Gewirr. Nichts war zu hören. Vermutlich etwa fünf Uhr. Oder doch, da ganz drüben am Ufer krachte ein Ast oder so wenigstens hörte sich das an. Und ein Aufprall jetzt, hell: Stein auf Stein. Das mußte er sein. Schnell ging sie den steilen Fußpfad hinunter. Rob! Nochmal, lauter: Rob!
Je näher sie dem Grubensee kam, umso deutlicher ließ sich aus diesen Axtschlägen auf Holz und wieder dem Geräusch von Astwerk, das weggeschleift wird, schließen, daß Rob da vorn mächtig an irgendeiner Arbeit war, vorne, rechts vom See, im Unterholz. Mit Mühe kam man hier zwischen den dichtgewachsenen Sträuchern unter dem Blätterdach der Birken und Ahorne voran. Noch eh sie Rob erblickte, hörte sie sein Keuchen. Dann war sie heran, noch leicht gedeckt durch einen Schwarzdornbusch. Rob hatte bereits eine Lichtung von mindestens zwanzig Metern Durchmesser freigerodet, zum See hin offen. Eben kam er von rechts in die Lichtung hinaus. Er trug einen mächtigen Steinbrocken schwankend vor sich her. Und erst jetzt sah sie, worauf er damit zusteuerte: auf einen seltsamen Rundbau, aus eben solchen Steinbrocken geschichtet, kleineren, auch größeren, als der, den er da hinüberschleifte. Leni kapierte jetzt überhaupt nichts mehr.
Rob? – Dicht vor dem bereits gut schulterhohen Podest aus übereinandergeschichteten Steinmassen – ja, etwa so, ein Podest – blieb Rob stehen, stützte den einen Fuß auf einem der Steine auf, damit ihm die Last nicht wegsackte, und drehte den Kopf herüber. Sie ging in die Lichtung hinaus. Sie sah, wie schwer er atmete. Und gleich wieder machte er weiter oder jedenfalls versuchte er, den auf seinem Oberschenkel ruhenden Brocken hochzustemmen in Richtung auf die obere Podestkante.
Warte doch! Dann war Leni neben ihm und schob, sich bückend, ihre linke Schulter unter den Stein, den er bereits bis auf den Steinhaufen hochgedrückt hatte. Robs

Gesicht halb im Profil schräg über ihr, aber auch sein nackter Brustkasten neben ihr, – verdreckt, zerschunden, blutige Kratzer, naß von Schweiß. Schon seit Stunden mußte er hier geschuftet haben, irre verbissen vor sich hingeschuftet, getrieben wahrscheinlich von seiner Wut. Der heiße Schmerz auf ihrer Schulter machte ihr jetzt erst richtig klar, wie ungeheuer schwer dieser längliche Stein war. Komm, geh weg! Rob keuchte. Sie tauchte kurz weg und stemmte, ein wenig hilflos, mit, als Rob mit letzter Kraft den Stein nach oben hin, abgestützt auf einen vorspringenden Sockel, sich langsam langsam überschlagen ließ. Endlich lag er oben auf der Kante. Und gleich, ohne den Brocken zurechtzurücken, ging Rob zurück an den Grubenhang, dorthin, wo noch immer dieser wohl inzwischen halb abgetragene, mächtige Haufen aus altem, überwachsenen Sprengschutt lag.
Was nur mochte er da vorhaben. Nein, ein Rundbau war das eigentlich nicht. Das Gebilde hatte einen ungefähr dreieckigen Grundriß. Die Breitseite zum See maß vielleicht zwei Meter. Etwa auf Hüfthöhe ein breiter Sockel, der rundum ging. Darauf, schmaler im Durchmesser, ein hochgestellter Kubus aus ebenfalls geschichteten Steinen, eine Art von Brustpartie, ja, so sah das aus, – da kniete einer oder eine, auf die Fersen zurückhockend, die Oberschenkel vorne gespreizt, noch ohne Schultern, ohne Kopf.
Leni fragte nichts. Sie begann ebenfalls Steine herüberzuschleppen. Schon nach zwanzig Minuten spürte sie, wie der Rücken, die Arme und Hände weh taten, die Schweißtropfen liefen einem in die Augen. Sie arbeiteten wortlos. Irgendwann legte Rob zwei armdicke Äste quer über den weitergewachsenen Bau, belastete sie bis zum äußersten mit kleineren Steinen, – stumpfe Arme, das war jetzt immer deutlicher zu erkennen, und immer weiter, immer noch schleppte und schichtete er Brocken von sicher dreißig und vierzig Kilo Gewicht übereinander.
Dann blieb er, nachdem er vom Sockel wieder abgesprungen war, stehen, ging langsam um die Figur herum

und – fast taumelte er dabei – bis zum Ufer und zwei Schritt weiter, bespritzte sich mit Wasser, kam ans Ufer zurück und ließ sich, zwischen Ufer und seiner Steinfigur, langsam ins satte Spitzgras fallen. Auch sie, Leni, konnte sich kaum mehr auf den Beinen halten. Nachdem auch sie sich mit dem hier am Ufer brackigen Wasser notdürftig gewaschen hatte, schleppte sie sich zurück und legte sich, auf den Ellbogen gestützt, neben ihn, so nahe, daß sie, wenn sie die Hand ausgestreckt hätte, sein Gesicht hätte berühren können. Rob atmete noch immer schwer. Als Leni den Kopf ein wenig hob, sah sie vier, fünf Meter weiter zurück die Figur. So klobig das auch ausschauen mochte, unverkennbar erhob sich da über gespreizten Schenkeln ein mächtiges Weib, mit Brüsten, mit den seitlich erhobenen Armen, einem großen, starr gradausgerichteten Gesicht.
Leni streckte die Hand aus. Mit dem Zeigefinger berührte sie Robs Schläfe und fuhr langsam und ganz sachte bis hin zu seinen Lippen. Rob biß zu. Aber gleich spürte sie, wie seine Zähne sich wieder lockerten. Und dann begann seine Zunge, ihren Finger und allmählich ihre Hand langsam, beruhigend und, ja, liebkosend, abzulecken. So lagen sie lange da. Die Dunkelheit stieg über sie hoch. Hinter ihnen, über ihnen dieses mächtige Weib aus Stein.

Block B, 1. Stock: Und weißt du, wer heute zu mir gekommen ist? Der Märki persönlich. Ich hab da grad die Maschine abgestellt und die Walzen ein wenig nachjustiert, da steht er plötzlich da und sagt: Weber, wie geht's? Und: So so, und: wissen Sie, Weber, hat er gesagt, bei Ihnen weiß man, wo man dran ist. Kann man ja nicht grad von allen hier sagen. Aber bei Ihnen, Weber. – Natürlich, wir müssen bald wieder ein paar Leute ziehen lassen, leider, der Kostendruck, Sie verstehen das. Aber grad da zeigt sich's eben, wer zur Firma steht und wer nicht. Sie, Weber, – über zwanzig Jahre saubere Arbeit geleistet und treu zur Firma gestanden, das zahlt sich eben einmal aus. Bei Ihnen weiß man, was man an Ihnen hat, Weber, hat er gesagt. Verstehst du?

Zur Abwechslung wieder und ganz allgemein auch ein wenig Schweizer Geschichte: Die Schweiz ist dem Gesetz des «Arbeitsfriedens» verpflichtet. Es handelt sich dabei um ein 1937 zwischen Arbeitgeberschaft und Gewerkschaften der Metallindustrie geschlossenes Abkommen. Angesichts der Bedrohung durch Hitler-Deutschland fanden sich Gewerkschaften und Arbeitgeber zu einer heiligen Allianz zusammen; der Streik ist seither einem Schiedsgericht unterstellt, das heißt praktisch aus den Arbeitsbeziehungen total verbannt. Die Geschicklichkeit der Oligarchie geht nun so weit, daß sie in der Folge dieses Abkommen nicht nur auf alle Produktionsbereiche auszudehnen verstand, sondern daß es ihr dank einem stillschweigenden Einverständnis auch gelungen ist, es bis heute aufrechtzuerhalten. Zwischen 1939 und 1974 hat es in der Schweiz nur drei größere Streiks gegeben. Bis zur Rezession 1975 – also während mehr als 35 Jahren! – ist die Arbeiterklasse fast gänzlich untätig geblieben.

Diese Untätigkeit hat zunächst einmal subjektive Gründe: Die herrschende symbolische Gewalt beeinflußt alle Bereiche des Lebens bis hin zu hohen moralischen Werten. Sie reicht sogar so weit, daß sie im Charakter des Schweizer Arbeiters, des leitenden Angestellten, des Bauern, des Beamten die besten Kräfte für sich in Anspruch nimmt: seinen Sinn für Qualitätsarbeit, sein unbestrittenes technisches Talent, seine schöpferische Kraft, seinen Sinn für Verantwortung, seine Entschlossenheit, seinen Arbeitseifer und seine Sorgfalt dem Handwerkszeug gegenüber. All diese Fähigkeiten, all diese persönlichen Qualitäten werden vom herrschenden Symbolsystem verherrlicht und alsogleich in Profit umgemünzt.

Der Betrug wird objektiv dadurch möglich, daß die

Oligarchie, d. h. die Arbeitgeberschaft der multinationalen Gesellschaften und Banken, dank ungeheurer Gewinne im In- und Ausland in der Lage ist, einen Teil der Gewinne wieder abzutreten. Mit anderen Worten: Dank der außerordentlichen Anhäufung von Kapital, das nicht nur aus dem Profit der menschlichen Arbeit und dem Mehrwert der Banken im Inland stammt, sondern auch und vor allem aus Fluchtkapital von Oligarchien aus der ganzen Welt besteht, sind die kalten Monster in der Lage, den einheimischen Arbeitern relativ hohe Löhne zu zahlen.[5]

Ballade von der Herbeiführung erträglicher Lebensbedingungen für alle 4: die Gegner aber waren die Besitzer von über 90% der Presse im Land. Ihre Waffe war die Angst. Unser Franken sei die härteste Währung der Welt. Noch. Die Unternehmer trügen das Risiko. Noch. Die Arbeitsplätze stünden auf dem Spiel. Die Renten seien gefährdet. Die Fähigsten, in hartem Aufstiegskampf bewährte Männer, stünden an den Spitzen unserer Wirtschaft. Noch. Sie würden das Land verlassen müssen, mitsamt ihrem Know-how. Unternehmensführung sei nun einmal eine Kunst. Kein gewähltes Gremium könne die Persönlichkeit des freien Unternehmers ersetzen. Sie riefen zum Kampf gegen die Allmacht des Staates, gegen Bürokratie und die Zerstörung des Individuums durch Kollektivierung. Erstaunlich war, daß neben den übrigen Linksparteien und Gewerkschaften, erst zögernd zwar, dann auch die SPS für die Selbstbestimmung durch Selbstverwaltung einzutreten begann. – Am Abend des Urnengangs stand als gewaltige Überraschung fest: 47 % der Stimmbürgerinnen und Stimmbürger waren dagegen, 53 % und selbst die Mehrheit der Kantone stimmten dafür.

17

Meine Geschichte, sagte Silv, und es wurde jetzt still, ist eigentlich ein Kriminalroman. Wir haben, von der Uni Bern aus, eine Untersuchung gemacht über strafgefangene Frauen. Die Frage, welche Art von Delikten Frauen in erster, zweiter usw. Linie begehen, und aus welchen Motiven heraus, sollte durch Erhebungen statistisch beantwortet werden.
Mit dem Assistenten zusammen besuchte ich also, nach Voranmeldung, die Frauenabteilung des Gefängnisses Thorberg. Eine nach der anderen konnten wir die Frauen befragen. Als letzte erschien im Besuchszimmer Frau Wagner, eine hochgeschossene hagere Person, so um die sechzig herum.
Mord! rief sie auf die erste Frage aus: mehrfacher Mord! Sie lachte.
Mit geradezu Behagen in der Stimme begann sie zu erzählen. Sie war schon mit achtzehn verlobt gewesen, mit «meinem Fritz», einem Büroangestellten, der später, in der Krise der dreißiger Jahre, zur Polizei ging. Schon vor und auch während der Verlobungszeit war sie von einem fünfzigjährigen Witwer, – sie nannte ihn Gaston – bedrängt worden, ihn zu heiraten. Er sei reich, kinderlos und von schwächlicher Gesundheit, so empfahl Gaston sich ihr immer neu; sie werde sehr bald, in zwei drei Jahren spätestens, als junge Witwe ein sorgloses Leben vor sich haben. Fritz, dem sie von dem seltsamen Angebot erzählte, riet ihr zu ihrer Überraschung zu. Nach etlichen Monaten heiratete sie den überglücklichen Gaston. Nur selten wagte sie, sich mit ihrem Fritz zu treffen, heimlich natürlich, umso häufiger tauschten die beiden Liebenden Briefe. Gaston ließ sie gewähren.
Sehnsuchtsvoll malten sie sich gegenseitig ihre Zukunft aus. Endlich, so schrieb etwa sie ihm, werde er seinen alten Wunsch, unabhängiger Detektiv zu werden, in die Tat umsetzen können. Bald werde er ihr, so schrieb Fritz

etwa zurück, die Schönheiten von Nizza, São Paulo und Uppsala zeigen, und sie würden ein Haus mit Park über der Bucht von San Remo besitzen und ein größeres in Paris.

Doch auch nach dem zweiten, dann dem dritten Ehejahr war Gaston am Leben, ja, seine Gesundheit hatte sich gefestigt. Was Wunder, daß Fritz und sie auf den Gedanken kamen, sein Ende zu beschleunigen? Mochte es unvorsichtig sein: auch in ihren heimlichen Briefen erwogen die beiden den Plan bis hin zum Entschluß, ihn zu verwirklichen.

Die Alte lachte, als sie weitererzählte. Von Mäusegift, «kleinsten Dosen», vom einsetzenden Siechtum Gastons, von der Selbstsicherheit des Hausarztes, der auf der Diagnose «leichtes Leberleiden» und auf der Beschwichtigung «kein Grund zur Aufregung», noch bis zum Tag von Gastons endlich erfolgtem Tod – «Krepieren», wie sie das nannte – bestand, vom Trauergottesdienst und wie gut der schwarze Schleier ihr gestanden habe. Zweieinhalb Millionen, die Hälfte davon in erstklassigen Papieren und in bar, – die Sache war gelaufen.

Fritz hatte inzwischen geschafft, seinem Traumberuf näherzukommen. Als Sekretär zunächst zwar nur arbeitete er jetzt beim Kriminalamt der kantonalen Polizei. Sie jedoch, Rita Wagner, hatte die ganze Sache mit der Zukunft sich nun anders überlegt. Kurz teilte sie ihm mit, sie wünsche ihr eigenes Leben endlich so einzurichten, wie's ihr passe; sie verbiete ihm ein für allemal jeden Kontakt mit ihr. Eine Liebesbeziehung, sagte sie zu uns im kahlen Besuchszimmer, was ist sie anderes als der Ausdruck von Marktwert?

Jahre später heiratete sie jenen Hausarzt, einen sportlichen Endvierziger. Seine Leidenschaft, – Hochtouren im Sommer und im Winter, auf denen sie ihn oft begleitete – wurde ihm zum Verhängnis. «Keiner konnte mir das beweisen.» Seine Leiche wurde erst im Frühjahr, nach der Schneeschmelze, entdeckt. Erneut fiel ihr ein Erbe zu, «beträchtlich, beträchtlich».

Ja, und um es kurz zu machen: ihr dritter Gemahl, mit dem sie's dann immerhin elf Jahre ausgehalten hatte, Textilindustrieller und Yachtbesitzer, kam auf einer Kreuzfahrt zwischen Ajaccio und Juan-les-Pins von einem Badeausflug nicht mehr an Bord zurück. Vermutlich Herzschlag, – wieder kicherte sie – auch diesmal hätte kein Hahn geschrien, – wäre ihr da nicht ihr Fehler in der Rechnung passiert.
Ich hatte, und mein Fritz wußte es natürlich, die alten Briefe sorgfältig verwahrt. Fritz mußte schweigen. Er stieg die Stufen der Beamtenlaufbahn hinauf, wurde sogar Kriminalinspektor, aber nicht *ein* wirklich großer Fang war ihm bis zu seiner Pensionierung gelungen. Ich hatte nicht mit seinem Ehrgeiz gerechnet. Und insbesondere hatte ich übersehen, daß unser gemeinsam geplantes Werk, jener gewaltsame Tod Gastons, verjährt war, verjährt auch, was seine Mitwirkung dabei anlangte.
Jetzt, als Rentner, konnte mein Fritz zurückschlagen. Endlich konnte er zur Aufdeckung gar eines dreifachen Mordes den entscheidenden Anstoß geben. Die beiden Morde an meinen beiden letzten Ehemännern waren nicht verjährt. Es bedurfte keiner allzu scharfsinniger, allerdings höchst exakt geführter Untersuchungen, mich der Taten zu überführen, jetzt, nachdem durch unsere Briefe unsere gemeinsame Tat im Fall von Gaston erwiesen, wenn auch gesetzlich nicht mehr zu belangen war.
Mein Fritz besucht mich hier bisweilen, sagte Frau Wagner. Sie lächelte. Wir sind quitt. Nicht wahr?
Sie ließ sich abführen. Eine schreckliche Geschichte, habe ich, sagte Silv, zum Direktor gesagt, als wir nach dem Abschluß unserer Befragungen wieder in seinem Büro saßen. Dreifacher Mord, – was müssen das für Ehen gewesen sein?
Er verstand nicht. Und als ich versuchte, es ihm zu erklären, lachte er; als hätten wir einen Witz gemacht: «Frau Wagner? Guter Gott, die und eine Mörderin? Sie treibt sich herum, und Jahr für Jahr im Oktober sorgt sie durch

dumme Ladendiebstähle, daß sie bei uns wieder ihr Winterquartier bekommt.»
«Sie ist während vierundzwanzig Jahren verheiratet gewesen», sagte er noch. «Mehr darüber wissen wir nicht.»

Neues vom Tag 5: In Reaktion auf den vom Parlament verabschiedeten «dringlichen Bundesbeschluß», der auch eine Herabsetzung der Alters- und Hinterbliebenen-Renten um bis zu 10% vorsieht, haben zahlreiche Organisationen zu einer Protest-Sternfahrt der Rentner nach Bern aufgerufen. Bereits heute vormittag um 9 Uhr waren sämtliche Zufahrtsstraßen nach Bern durch kilometerlange Autoschlangen verstopft. Über 200000 Menschen zumeist der älteren Generation zogen durch die Bundesstadt. Ihre Sprecher, dann auch Sprechchöre vor dem Bundeshaus forderten den unverzüglichen Rücktritt von Bundesrat Chevallaz sowie die sofortige Aufhebung des Beschlusses. Mehrere hundert Demonstranten drangen gegen den Widerstand der Ordnungskräfte in das Bundeshaus ein; ihr Eindringen verursachte tumultartige Szenen in den Wandelgängen, auf der Tribüne und selbst in den beiden Ratssälen. Die Sitzungen mußten unterbrochen werden. Im Verlauf der Auseinandersetzungen wurden über 100 Personen zum Teil schwer verletzt. Darunter befinden sich auch drei Angehörige eines Kamera-Teams, das für das Schweizer Fernsehen DRS Aufnahmen der Tagesschau machte. Die Polizei soll die Filme beschlagnahmt haben.
Entgegen den Weisungen der Gewerkschaftsleitungen haben, wie verlautet, spontan gebildete Aktionskomitees für morgen, Mittwoch, zu Proteststreiks aufgerufen.

Block B, 4. Stock: Man kann nicht klagen. Er verdient jetzt immerhin zwei acht. Wenn man denkt, wir haben mit sechshundert angefangen. Nur, er ist halt ruhig. Jahrein jahraus kommt er heim, setzt sich in den Lehnstuhl, schaut in die Mattscheibe, ißt seine Suppe dazu und was ich sonst noch so koche, – Schweinskotelett hat er fürs Leben gern, aber sonst? Höchstens daß er die Kläre noch nach der Schule fragt. Er ist halt ruhig. Auch nachts.

Skizzenbuch: Ich vertrage zwei Sorten von Männerstimmen phonetisch nicht mehr. Gestern abend in der eben noch ruhigen Spunte die drei Vierzigjährigen am Nebentisch. Diese Ein-Mann-ein-Wort-Stimmen. Volle, starke Bässe. Demonstration, allein schon phonetisch, von Unbeirrbarkeit als Mannestugend. Stimmen, die auf Machtdemonstration aus sind, auf Führungsanspruch, auf Vernichtung des Gegenübers – selbst dann, wenn sie nichts weiter sind als ein Ausdruck nackter Angst. Welche patterns sind wann, in welcher Phase ihrer Kindheit, von wem in sie eingebrannt worden, durch welche Erfahrung, daß sie sich so haben müssen? So «männlich»?
Und natürlich die öligen, die Genscher-Stimmen. Wir haben in der heutigen Unterhaltung in allen Punkten übereinstimmend festgestellt daß. Nur keine Emotion. Nur keine eigene, eine mögliche Schwäche verratende Tonfarbe. Wir sind die Macher. Beherrscher. Männlich. Wer oder was hat ihre Angst so auf diesen Code der Verleugnung programmiert?

Für Liebhaber von Theoretischem – Selbstverwaltung: Die vorausgegangene Analyse zeigt klar, daß der Übergang von Verdinglichung und Fremdbestimmung zu Freiheit und Selbstbestimmung *die Angelegenheit einer ganzen Epoche* ist.
Bestehende Formen von Selbstverwaltung sind unter dieser weiten historischen Perspektive gesehen sicherlich von großer revolutionärer Bedeutung, aber sie sollten nur als die einleitenden Schritte betrachtet werden. Mit der allgemeinen materiellen und kulturellen Entwicklung müßten viele andere Schritte vollzogen, viele gegenwärti-

ge Begrenzungen überwunden werden. So müßten die Organe des klassischen Staates (im Sinn eines Instruments der Klassenherrschaft) ersetzt werden durch die aus Arbeitervertretern zusammengesetzten Organe der Selbstverwaltung, die demokratisch gewählt, abwählbar, auf beschränkte Zeit im Amt sind, und keineswegs korrumpiert werden durch materielle Privilegien und die verlockende Karriere eines Berufspolitikers. Planung müßte eine Synthese von dezentralisierten und demokratisch-zentralistischen Entscheidungsverfahren sein. Marktwirtschaft mit ihrer Produktion für Profit müßte stufenweise ersetzt werden durch eine Produktion für wirkliche menschliche Bedürfnisse.[8]

Leni hatte Silv nach Jammers hinein im Fiat mitgenommen. Silv ging zu Denner einkaufen, und Leni versuchte, mit ihren beiden Nachhilfe-Schülern, französische Sätze mit den Verben «être» und «avoir» in den verschiedenen Zeitformen zu bilden. Nach der Stunde, um zehn nach sechs, der Feierabendverkehr war schon ein wenig abgeflaut, erreichte sie wie verabredet den kleinen Platz vor Kleider-Frey, nahm Silv und deren prallbepackte Tragtasche auf, und rasch kamen sie aus der Innenstadt heraus. Sie redeten über die schon wieder gestiegenen Preise für Fleisch, für Obst, Gemüse, und über Silvs Lieblingsidee, wonach sie draußen jetzt doch ans Anbauen von Kartoffeln gehen sollten. Und Apfelbäume, und warum nicht auch Aprikosen? Die Lage ist geschützt. Und eine ganze Ecke mit Sonnenblumen, drüben neben der Huppermühle, wollten sie beide jetzt auch vorbereiten. Für nächsten Sommer.
Auf der Höhe der Überbauung Brunnmatt stoppte Leni. Schräg vor ihnen, vor der Eingangstür zum Block A, standen oder drängten sich zwanzig, fünfundzwanzig Leute, vor allem Frauen, auch ein paar Kinder. Leni fuhr jetzt ganz langsam und hielt dann, keine zwölf Meter von diesem Auflauf entfernt. Durch die offene Wagentür war zu hören, hier mußte ein Streit in Gang sein. Plötzlich eine Frauenstimme, wie sie «Hure», laut: «Hure!» schrie. Der bewegte Haufen öffnete sich, und halb gestoßen, halb sich mit den Schultern freischiebend kam eine hochgewachsene, kräftige Person rasch die fünf Meter bis zum Trottoir vorgelaufen und bog links gegen das Einkaufscenter hin in die Straße ein. Rasch marschierte sie, mit ihrem Koffer und links unterm Arm eine mächtige Kartonschachtel, davon. Das Haar flatterte in Strähnen, so sah das aus, hinter Kopf und Schultern her. Wieder: Hure! verdammte Hure! und: Fort mit dem Pack! Die Blockbewohner standen jetzt bis zur Straße hinaus, rede-

ten, schrien durcheinander und hinter der Frau her. Sie drehte sich nicht um. Doch, sie drehte sich jetzt um, blieb stehen und rief langsam und sehr deutlich: Leckt mich am Arsch.
Silv: Die ist ja gut. Auch Leni lachte für einen Augenblick. Sie fuhr an. Schauerlich, sagte sie dann. Gleich hatten sie die Frau erreicht und überholt und waren dann auch draußen, da, wo das unbebaute Gelände mit der Schotterstraße anfing. Leni fuhr wieder langsamer. Silv: Wo die jetzt wohl hinwill? Leni hielt, drückte den Rückwärtsgang hinein und ließ den Wagen rasch rückwärts fahren. Fragen wir sie, nicht? sagte sie, das Gesicht nach hinten gewandt.
Die Frau zögerte. Jetzt solle sie erst einmal eine Tasse Kaffee bei ihnen trinken kommen, ja, draußen in der Huppergrube.
Bei den Ausgeflippten? Ob sie beide zu denen gehörten? Das wird ja immer schöner! Sie lachte auf. Aber gut. Ja, natürlich und verdammt, warum nicht. Das sagte sie noch ein paarmal. Warum nicht?
So etwa ist also auch Rosie in die Grube gekommen. Sie sagte gleich, nachdem sie sich in der Küche an den Tisch gesetzt hatte, so hübsch habe sie sich das alles hier nicht vorgestellt. Geradezu wohnlich. Sie schaute sich, fast schon vergnügt, um, sie musterte sie alle, wie sie da so am Tisch hockten oder – Rob und Paul – außerhalb des Lichtkegels an der Wand lehnten. Eigentlich seien sie ja ganz schön jung, mit Ausnahme von dem da.
Blumer: Sie sage das fast so ein wenig vorwurfsvoll.
Sie lachte. Ja, schon. Fast ein wenig zu jung, weil – sie wüßten ja.
Sie solle doch sagen, worauf sie hinauswolle.
Tut doch nicht so. Wegen dem Vögeln halt. Das weiß hier herum doch jeder, daß ihr da, also, wie sagt man: alle mit allen.
Jetzt lachten sie heraus. Ein ganz schöner Schwachsinn! Aber darüber nachher.
Rosies Geschichte ist bald erzählt: Zweiunddreißig Jahre

alt, geschieden, angelernte Decolleteuse bei Disler + Cie., Uhrenfabrik in Solothurn, vor einem Jahr im Zug der Rationalisierung (Automation) gekündigt. Seither arbeitslos. Ja, und da kam es im Haus zu Reibereien. Von etwas mußte Rosie schließlich leben. Allein schon die Miete. Also, sie hatte da so den einen und anderen Freier, vielleicht zweimal die Woche, davon, ja das stimmt, hat sie gelebt. Nur eben, denen im Block war das nicht recht. Dabei war sie die leiseste Partie im Haus gewesen, mit Abstand! Gestern, in der Waschküche, kam's zum Krach. Und heute, sagte sie, hätten die ihr die Wohnungstür eingeschlagen. Solche Säue sind das, sagte sie. Solche. – Ob zufällig jemand hier einen Schnaps habe?
Rob nahm die Korbflasche aus dem Schrank. Mir auch einen, sagte Blumer. Mir auch.
Scheinheilige Saubande! Silv murmelte nur. Ein paar in die Fresse, das einzige, was da noch hilft.
Nein, sagte Paul, das hilft nicht. Die können doch gar nicht anders, wo hätten sie's denn lernen sollen? Die haben Angst, vor allen, die anders sind als sie selber. Deshalb.
Blumer: was also hilft da sonst?
Paul: Die Revolution.
Leni sagte laut: Das sagt ihr immer, wenn keinem mehr etwas einfällt.
Revolution, sagte Blumer. Ja ja. Isaak Babel: «Wo kam sie hin, die süße Revolution?»
Rosie blieb.

Block B, 6. Stock: Mein Lieber, ich gehe jetzt. Ich wollte es dir die ganze Zeit schon sagen, seit dem Krach. Es ist wahr, ich habe die Fr. 300,– genommen. Du sagst: geklaut. Ich wollte Dir sagen, daß ich so nicht leben kann. Aber ich kann nicht einmal über das Wichtigste mit Dir reden. Du sagst: «Am Sonntag fahren wir an den Bieler See.» Ich habe, wenn Du zur Tür hereinkommst, die gleiche Angst wie früher, wenn der Lehrer Jäggi herein-

kam. Und wenn Du die Zeitung liest, gehe ich auf leisen Sohlen im Haus umher; ich höre dann immer, wie meine Mutter sagt: Vater liest. Solche Angst habe ich vor Dir. Nicht einmal, daß ich die Fr. 300,– brauche, wagte ich Dir zu sagen. Oder daß ich wieder arbeiten gehen möchte, halbtags, das schon gar nicht. Du schaust mich durch Deine Brille an, und ich atme wieder aus, weil ich schon wieder merke, etwas sagen hat doch keinen Sinn. Und du würdest doch nur sagen, was soll jetzt das wieder. Das Geld wollte ich übrigens für eine Bluse, für ein Kleidchen für Gabi und vor allem für ein Geschenk für Dich, zu unserem 4. Hochzeitstag. Du hättest ja doch keine Ruhe gegeben und gefragt, was ich damit will.
Ich bringe Gabi zu meiner Mutter. Und dann bin ich für ein paar Tage abwesend. Ich habe Fr. 800,– genommen, für alle Fälle. Jacqueline leiht mir auch noch mehr. Ich rufe Dich dann an. Dann mußt Du mir versprechen, daß Du mir zwei Stunden lang zuhörst, ohne zu sagen: Du redest zu viel, und ohne gleich böse zu werden. Und daß Du mir erlaubst, für halbtags eine Arbeit zu suchen. Ich kann Dich nicht mehr um Geld bitten. Ich kann einfach nicht.
Weißt Du noch, nach der Fahrt mit dem Paddelboot? Ich gehe nicht aus Trotz. Ich kann so nicht mehr. Ich habe Angst, ich könnte einmal richtig eine Dummheit machen. Deshalb gehe ich jetzt für ein paar Tage. Du mußt mir dann auch versprechen, daß Du mir nichts nachträgst. Sonst komme ich nie mehr.
Deine Regi.
Im Kühlschrank ist eine Fertigpackung Lasagne. Tu sie nicht länger als 35 Minuten in den Backofen. Und Kopfsalat.

. . . aber halt auch wieder dieser Seiten- und Durchblick aufs Allgemeine und das, was Leute vom Schlag Blumers die Voraussetzungen nennen. Ziemlich verwirrend. Dennoch, und du kannst schließlich auch nicht so tun, als

spuke in unser aller Köpfe nicht herum, was Theoretiker so zum besten geben:

a) So kann man die bürgerliche Ehe als eine Institution ansehen, insofern als wir auf sie hin-konditioniert werden durch die primären und sekundären Sozialisationsprozesse; darin werden wir rechtlichen Vorgängen unterworfen, die unserer Beziehung gegenüber fremd sind; von Anfang an sind zerstörerische Eigentums- und Geldbeziehungen in die Ehe eingebaut. Ehe kann andererseits ein Sakrament sein, ein nicht-institutioneller, nicht-ausschließlicher Versuch zweier Menschen, alle Aspekte einer Beziehung gemeinsam durchzuarbeiten, eine Wahl, diese Arbeit gemeinsam zu unternehmen, die von jedem der beiden oder aber mehreren getragen wird – eine Bewegung über die Sozialisierung hinaus, die ausbricht aus einem konditionierten Sein, eine Bewegung über bürgerliches Recht hinaus.

b) Wenn wir eine Anti-Ethik gegen das bürgerliche System erfinden wollten, dann könnten wir Ehe als Sakrament als etwas Tugendhaftes betrachten, während legale Heirat höchst unmoralisch ist. (Unsere Unerfahrenheit, mit der einige von uns, noch jung, in sie hineinstolpern, entschuldigt uns nur teilweise.)

Es gibt nicht-institutionelle Gruppen, in denen jede Person sich dafür entscheidet, gemeinsam mit den andern zu sein, durch ein mehr oder weniger bestimmtes Ziel von Verstehen, eine Grundlage, die allen erlaubt, wirkungsvoll zu handeln. Dieses gemeinsame Ziel mag auch bei institutionalisierten Gruppen anzutreffen sein, aber dort bestimmen Regelsysteme, implizit oder explizit, die Position der Menschen innerhalb der Struktur (. . .)

c) Z. B. ist die bürgerliche Kernfamilie nur die heutige Ausprägung von Familie. Die ursprüngliche Familie ist die Eigentumsfamilie, und das lange vor der bürgerlichen Familie, – die Familie, in der Frauen das Eigentum von Männern wurden, Kinder das Eigentum von Frauen und Männern sind und alle zusammen das Eigentum der Sklavenhalter, der Feudalherren, der Kirche und dann der kapitalistischen militärisch-industriellen Komplexe. Die letzten noch existierenden Besitzer von Eigentum sind selber besessenes Eigentum, aber sie wissen ebensowenig, wem sie gehören, wie die meisten von uns.

d) Das politische Problem ist dies: innerhalb lebendiger Erfahrung genügend nah an unseren Tod zu gelangen. So können wir ganz bewußt, unsere Angst klar eingegrenzt, die einfachen Risiken eingehen, die notwendig sind, die vielfältigen revolutionären Strategien einzuleiten, durch die wir uns selbst befreien werden von der schlechten Gewohnheit, unserer Unterdrückung auf Klassen- und Staatsebene zuzustimmen; zuzustimmen dem völkermörderischen Selbstmord und dem heute fast endgültigen Verlust unseres Verstandes.[14]

19

Am gleichen Abend noch kam es dann doch zu einem Streit. Daß Rob und Blumer, nach dessen Rückkehr aus Zürich am Nachmittg, aneinander vorbeischauten, war zu erwarten gewesen. Leni brachte die Unterhaltung am Tisch wieder auf die Selbstversorgung. Eine Autoreparaturwerkstätte, – Rob könnte doch zu Hause arbeiten? Eine Baracke zumindest, zusätzlich, war natürlich nötig, ja, schon, vorn am Grubeneingang in die alte Lagerhalle eingebaut –

Ja und die Werkzeuge? Und das Material? Ob sie wüßten, was das kostet?

Die alte Idee wurde diesmal von Paul vorgebracht. Kartoffelanbau. Erst einmal ein Stück roden, dann werde gepflügt, geeggt, – wenn sie da alle gemeinsam drangingen, wäre die erste Ernte im nächsten September auf dem Tisch. Und immer dazwischen eine Reihe Tomaten, die könnte man doch auf dem Markt spielend verkaufen, je Kilo mindestens 2.50.

Rob und Rosie waren für Hühner. Hühner, auch Gänse, und Enten «auf eurem Teich dahinten», – da kannte Rosie sich aus, das übernehm ich. Morgen werde sie anfangen. Und Kaninchen natürlich.

Paul gab bekannt, im übrigen werde er Kleinanzeigen aufgeben: «Repariere Radiogeräte und Fernsehapparate rasch und billig. Auch Hausbesuch jederzeit.» Ernsthaft, Silv lachte, davon versteht er wirklich massenhaft viel. Auch Rosie fand das eigentlich nicht schlecht. Ab und zu redeten jetzt alle durcheinander. Silv erzählte, sie werde ihren Lebensunterhalt durch Gitarrenunterricht verdienen. Pläne wie die Zucht von Schweinen, Blumen, Schafen wurden fallengelassen, als sich herausstellte, daß da niemand so recht im Bild war.

Rob war es, der erreichte, daß dann so etwas wie eine geradezu geordnete Diskussion in Gang kam. Also, sagte er, er glaube, so gehe es nicht. Das sei echt gesponnen.

Jeder auf eigenen Faust, das sei nichts. Zuerst müßten sie überhaupt wissen, was sie hier wollten. Sie seien jetzt zu sechst. Sind wir ein kleiner Haufen von Aussteigern in einem gemeinsamen Unterschlupf, und im übrigen sieht jeder zu, wie er sich durchschlägt? Oder wollen wir richtig eine Gemeinschaft sein, und das heißt dann aber, daß wir gemeinsam beschließen, wie wir unser Zusammenleben hier regeln wollen, Geld von draußen hereinholen, wie wir es einsetzen, wie wir uns selber versorgen, wer die Küche übernimmt, wer das Baumaterial einkauft und alle diese Sachen?
Ja, doch, natürlich hatte Rob recht. Nur, war das denn nicht schon längst klar? Nach kurzer Debatte kam's zur ersten Abstimmung, und einstimmig beschlossen sie, eine richtige Gemeinschaft sein zu wollen, eine, in der es keinen Besitz und keine Arbeitsteilung und keinen Boß gibt. Und ebenso waren sie sich, nach einigem Zögern von Leni, einig, daß sie am nächsten Abend Grundregeln für ihr Zusammenleben aufstellen und beschließen wollten, wenigstens einen ersten Entwurf.
Eine Regel, sagte Leni, sei übrigens bereits beschlossen, – Rob, nicht? Ja, von ihnen beiden. Und eigentlich sollten alle, die jetzt hier mit ihnen zusammenleben wollten, sie ebenfalls akzeptieren. Sie laute: Keiner hat das Recht, den anderen als seinen Besitz zu behandeln.
Moment jetzt aber. Paul schaute sich um. Eben haben wir festgestellt, daß wir Regeln brauchen für die Aufteilung der Arbeit. Was du jetzt sagst, geht darüber natürlich um einiges hinaus. Das ist ja geradezu ein moralisches oder sagen wir ethisches Gesetz. Was heißt das: den anderen als Besitz behandeln? – Sicher, er, Paul, könnte das unterschreiben, aber sie müßten sich schon überlegen, ob sie da nicht vom Hundertsten ins Tausendste, schließlich, eine neue Gesellschaft mit einem neuen Sittengesetz könnten sie ja wohl nicht gleich auch noch gründen. Ja, sagte Rosie, das sei ihr zwar alles ein wenig zu hoch, und sie wolle nur sagen, sie sei fürs Praktische. Niemand wollte sich noch dazu äußern, bis Leni dann in die Ruhe

hinein nur halblaut sagte: Paul, warum nicht? Warum eigentlich nicht eine neue Gesellschaft? Ist die alte etwa gut genug? Sicher, es ist viel, wenn uns gelingt, die praktischen Aufgaben im Zusammenleben nach vernünftigen Regeln zu verteilen. Aber ich meine halt: das regelt sich zwar nicht ganz von allein, aber fast, dann nämlich, wenn uns gelingt, neu das für uns zu bestimmen, was tatsächlich ganz zuunterst liegt, – die Sockel, auf denen ruht doch schließlich dieses ganze Gebäude unsres Zusammenlebens, nicht wahr? Die Sitten, ja, da hast du eigentlich recht. Warum also nicht? Und wieder Paul: Wir seien doch programmiert, wir alle. Wir könnten uns doch nur in diesen Rastern frei bewegen. Unser Bewußtsein – Blumer unterbrach ihn. Du, ich habe Angst, jetzt. Wir sind im Begriff, in etwas hineinzusegeln. Wenn ich das schnell sagen darf: im Begriff, voll in diese tausendfach geführten Debatten hineinzufahren, aus denen keiner mehr herauskommt, ohne den andern mit Sätzen von Marx zu besiegen. Nichts gegen Marx, und viel dafür, daß wir auch hier, in unserem kleinen Boot, ganz vorsichtig den Versuch machen, die Theorie zu finden für das, war wir tun. Aber tun wir's, erst einmal praktisch, ausgerüstet nur mit einigen ganz simplen Sätzen, über die wir uns verständigen. Tun wir's, und entwickeln wir die Theorie dann daraus. Was überhaupt nicht heißt, wir sollen nicht lesen und diskutieren. Aber denkt doch, wir kennen uns gegenseitig kaum. Wir haben bisher noch überhaupt nichts zusammen gelernt. Noch längst nicht einmal zum Beispiel, von unseren persönlichsten Dingen offen zusammen zu reden. Von dem, was du brauchst, was ich brauche, vom innersten Gefühl her. Wenn ihr beide jetzt weitermacht, so sitzt ihr – ich garantiere – noch in sechs Wochen da, schleppt ganze Bibliotheken an, streitet über die wichtige alte Einsicht ins gesellschaftliche Sein und die Wirkung aufs Bewußtsein, über die Frage, wie weit die Sitten eine Folge sind und wovon, ihr baut theoretische Bollwerke aus, von denen aus ihr aufeinander losschlagt. Wenn ihr das wollt, – gut. Ich habe

Angst, für euch, und, ja, um eine Chance. Die haben wir, jetzt. Ins Offene hinein anzufangen, ohne alle die hundert Sicherheitsgurten aus Theoretischem, verstehst du, die ersticken uns, die hindern unseren Elan.
Silv, dann Rob und auch Rosie fanden das gut. Aber, Paul lachte zu Leni herüber, vertagt ist nicht vergessen. Gut. Einverstanden. Jedenfalls, versuchen können wir's ja.
Blumer: Eine neue Gesellschaft: Ihr seid ja gut. Und also: Regel zwei?
Und dann sagte Paul: Halten wir für morgen abend doch wenigstens fest: wir wollen also eine Gemeinschaft sein und das heißt, jeder und jede hat gleiche Rechte und Pflichten. Die wiederum müßten wir dann einzeln bezeichnen. Dazu kommt Lenis und Robs Regel eins. Außerdem schlage ich einen Grundsatz vor, der etwa lauten könnte: die Mitglieder der Gemeinschaft leben nach dem Prinzip der Selbstverwaltung. Und dazu noch ein Vorschlag, etwa so: Sie verpflichten sich, jederzeit alles zu versuchen, um ihre eigenen Wünsche richtig zu kapieren und auch zu erkennen, auszusprechen und womöglich sogar zu befriedigen, so etwa, und sie berücksichtigen dabei, sagen wir einmal die seelischen und materiellen Belastungen, unter denen sie stehen. Irgendwie so. – Was meint ihr?
Überraschend stimmte Rob als erster zu. Paul fragte, ob Blumer das alles bis morgen abend einmal aufschreiben könnte? Überhaupt, sagte Silv, sollte jeder bis morgen sich ein paar Notizen machen. Sie meine, es müßte in den Katalog auch etwas von der Solidarität untereinander, und daß sie sich alle verpflichten, einander beizustehen, auch gegen außen, gegen diese verdammte Gesellschaft.
Augenblick noch. Leni langte nach dem Feuerzeug. Angenommen, wir schreiben das alles schon in Grundsätzen auf, und angenommen, wir leben dann auch danach, sicher mit Pannen, mit Rückfällen, ja und aber dann? Das wäre zwar viel. Eine richtige ausgewachsene Wohngenossenschaft. Klar und gut. Aber weiter?

Was sie denn sonst noch wolle?
Sie habe da nur so das Gefühl, sagte Leni, eigentlich müßten sie halt doch noch weiter zielen.
Blumer lachte. Also doch gleich die neue Gesellschaft, die neuen Sitten? Du bist gut! Und wieder landen wir beim schönen Sein-und-Bewußtsein-Satz.
Paul: Beim Huhn-und-Ei-Problem.
Nein nein, wartet, spielen wir's wenigstens durch. Angenommen weiter, wir strebten das tatsächlich an, – diese neue Großfamilie, mit besseren Chancen fürs Zusammenleben – je mehr ich mir's überlege, nein, das geht schief, das kann gar nicht gut gehn, jetzt, hier. Es sei denn, wir schafften zusätzlich, ja so: wir schafften es, auch aus dem alten Produktionsprozeß auszusteigen. Jetzt erst kapier ich: das ist's – willst du die Sitten umkrempeln, mußt du zuerst, wie heißt das: die Produktionsweise umkrempeln, genau, zuerst oder zumindest gleichzeitig.
Leni, sagte Silv, eben noch hast du von dem gesprochen, was ganz zuunterst liegt, – von den Sockeln, so war's doch, die Sockel, das seien die Sitten, und jetzt kommst du plötzlich und –
Er hat mich drauf gebracht. Leni deutete auf Blumer hin, – wie du eben unseren Streit unterbrochen hast: wir könnten ganze Bibliotheken anschleppen, um festzustellen, ob die Sitten der Ursprung oder die Folge sind.
Ich meine, sie hat natürlich eigentlich recht. Sie sind Folgen. Blumer nahm einen Schluck. Wenn ihr die Formen eures Zusammenlebens tatsächlich ändern wollt, müßt ihr, und zwar mindestens drei Generationen lang, unter ganz grundsätzlich anderen Bedingungen produzieren, gemeinsam, irgend etwas, von dem ihr dann womöglich auch noch leben könnt, beiläufig.
Machst du mit? Leni blickte ihn ernst an. Niemand lachte mehr. Aber Paul meinte dann, also jetzt werde es ihm allmählich unheimlich.
Rob: Wenn ich das alles richtig kapiere, heißt das schlicht: wir müssen hier auch gleich noch eine Produk-

tionsgemeinschaft auftun. Wird allmählich ein bißchen kühn. Also doch die Hühnerzucht! Rosie lachte. Ein gutes Leghuhn schafft in der Woche mindestens fünf Eier, bei bestem Futter mehr, macht im Jahr –
Augenblick, Rosie. Paul war der Meinung, da müßten jetzt Vorschläge her, alles richtig durchdacht und gerechnet und wieder gerechnet, drei vier Varianten. Und das schafften sie heute abend nicht auch noch.
Ohnehin, sagte Leni, hätten sie höchstens stufenweise eine Chance. Sie habe nur gemeint, sie müßten ein solches gemeinsames Ziel suchen und es stufenweise, langsam, langfristig ansteuern. Ganz klar, daß ihnen vorerst die Mittel fehlten, um gleich mit einem Produktionsbetrieb loszulegen. Bei ihren unterschiedlichen Ausbildungen. Bei ihrem Kassenstand. Und obendrein hier, in der Grube.
Gut denn, morgen erst einmal die Grundsätze. Und jeder und jede überlegt und rechnet einmal ein bißchen und kommt dann mit seinem Vorschlag für eine Produktion. Rob jedenfalls werde die Variante Auto-Reparaturbetrieb bereits mal genauer anschauen. Da sei mit Sicherheit ein bißchen was drin. Im übrigen aber, er müsse morgen um Viertel nach sechs aus den Federn.
Halb zwölf war vorbei. Rosie kippte die beiden Aschenbecher in den Eimer aus. Paul zog die Außentür auf. Er atmete tief die frische Nachtluft. Du da hinten brennt's, sagte er plötzlich. Hinter ihm kamen jetzt auch die andern vor die Tür. Langsam ging das Flimmern vor den Augen weg, man konnte allmählich Sterne stehen und tatsächlich einen orangefarbenen, ins Dunkel hinauf verfließenden Widerschein, der ostwärts als mächtiges Halbrund über der schwarzen Kontur des Bornwalds stand.
Rob unter der Tür: der Mond, sagte er. Nichts weiter. Jetzt lachten sie, und Rosie sagte, sie habe schon an Brandstiftung gedacht. Leni legte Rob die Hand auf die Schulter. Wenn das der Mond ist, so müßte er aber irgendwo dahinten angebunden worden sein. Seit drei Mi-

nuten schon steht dieser Schein jetzt da, ohne jede Veränderung. Wieder Rob: Wetten wir: ich brauch nur zu pfeifen, dann kommt er?
Silv: Angeber!
Rob hatte bereits zu pfeifen begonnen, irgendein Bluesmotiv, so hörte sich's an, er wiederholte es, nochmal, lauter, ganz klar gepfiffen jetzt, und tatsächlich: feuerrot wie in einem Capri-Film stieg der Mondball über den scharf gezackten Waldhorizont. Ja! Gut! Pfeif weiter! Er kommt, er schafft's – sie lachten durcheinander, Blumer klatschte: weiter! Rob unterbrach, auch er mußte lachen, setzte wieder an, und für ein paar Augenblicke gab's überhaupt keinen Zweifel, sein Pfeifen war es, das den Mond heraufholte über den Wald hinaus in den Nachthimmel.
Die Kälte von draußen spürte man erst so richtig, als man wieder in der Küche stand, unschlüssig und doch bettreif und irgendwie hungrig noch nach Berührung von Haut oder durstig auch, jedenfalls soweit es Blumer anging, nach Schnaps. Für Sekunden war nochmal die ganze Debatte da, in Fetzen und jetzt etwas wirr im Gedächtnis da, und Paul, als letzter noch mit dem Rücken zum Dunkel draußen, in der Tür, sagte halblaut: Ach leckt mich doch, – ich weiß nicht.
Was er denn jetzt habe? Du, ist dir nicht gut?
Er stand an den Türpfosten gelehnt. Arschlöcher, sagte er, noch immer halblaut. Glauben da, aussteigen zu können. Prächtige Grundsätze, Brüderlichkeit, Schwesterlichkeit, neue Gesellschaft! Und laut: verkauft sind wir, und das einzige, was hinhaute, wäre eine mächtige, straff organisierte Partei aller vereinigten Arschlöcher, jawohl, dann hätten wir eine Chance. Er redete sich anscheinend jetzt immer noch mehr in eine Wut hinein. Er schaute sie an: Pfeifen wir unser Glück schön heran, bauen wir brav Tomaten, ein bißchen Singen dazu und keimfreies Gemüse, so haben die uns am liebsten. Die wissen, so können sie ungestört weitermachen. Gucken wir zufrieden in den Mond, mehr bleibt uns ohnehin in unserer Idylle hier

nicht! Seine Stimme zitterte jetzt.
Paul, komm, bitte, laß doch. Wir sind alle doch jetzt ein wenig überstreßt. Morgen ...
Nein! Ich habe diese Anläufe satt, satt!
Rob sagte: Du, wenn wir hier nicht anfangen wollen, anders zu leben, passiert überhaupt nichts. Und wenn's dir übrigens nicht zusagt, mitmachen ist hier freiwillig, verstehst du?
Der Umschlag der Stimmung war so plötzlich gekommen, daß Leni erst allmählich begriff, da drehte einer durch, man mußte ihm helfen, man mußte ihm rasch irgendwie klarmachen, daß sie alle ihn mochten. Aber auch dazu blieb keine Zeit mehr. Vermutlich lag's auch am Alkohol, daß Blumer nicht gelassen reagieren konnte. Silv hatte Paul ihr Glas vom Tisch hinübergereicht. Er schob ihre Hand mit dem Glas, ohne hinzusehen, so weg, daß mindestens die Hälfte des Chianti auf Blumers Pullover und Hose platschte. Jetzt Schluß aber! Mit drei Schritten war Blumer drüben, packte Paul vor der Brust und an der Schulter, stieß ihn wuchtig aus dem Lichtkreis und schlug die Tür zu. Er atmete schwer, als er einen der beiden Sperrbalken vorlegte. Mir reicht's, sagte er. Gute Nacht allerseits. Er ging durch die Verbindungstür nach hinten.
Wollten wir, sagte Silv, nicht eigentlich, wie hieß das: unsere seelischen Belastungen berücksichtigen, wollten wir nicht, sagte sie, wollten wir – und wir waren doch alle dafür?
Schnitt jetzt, sagte Rob. Morgen läuft der Film weiter, sagte er. Kommt.

... *Und also noch mal 68. Ganz schön begeistert, damals, unser Blumer. Erinnerst du dich? Anläufe. Und wie die in Zürich in der Redaktion abstimmten, ob man riskieren dürfe, deinen Bericht aus Paris zu drucken?* – «C'est la lutte finale.» Man muß diesen triumphalen Refrain schon gehört haben, wenn ihn ein Tatzelwurm von hunderttau-

send Demonstranten anstimmt, wie er die Gefühlslage schafft, worin erst die richtigen Gedanken locker werden. Wie er ein Klima herstellt für die permanente Diskussion und zugleich ein Programm abgibt für die Umwälzung. Es wird gesungen zwischen Barrikaden, kurz bevor sie von der Polizei im Laufschritt gestürmt werden. Fahnentragende Mädchen, diese wiederauferstandenen «Petroleuses» der Kommune, können bis zu sieben Strophen auswendig. Die große Masse – mit den Worten des Informationsministers: «L'immense majorité des français» – kann nur den Refrain: «C'est la lutte finale.» Dieses ungestüme Requiem auf den Kapitalismus, das vor zwei Monaten in Nanterre noch theoretisch tönte, hat jetzt eine neue Dimension bekommen. Paris hat seine revolutionäre Tradition wieder entdeckt, aber nicht im Sinne von Denkmalpflege und nationalen Gedenktagen, sondern konkret, als Waffe. Die Place de la Bastille hat mehr als einen historischen Bezug, die Statue von Danton an Bedeutung gewonnen, und all die schönen Straßennamen bekräftigen, was im Gange ist. Man braucht nicht mehr die alten Bücher aufzuschlagen, wenn man sich über die gewaltsame Veränderung orientieren will. Fassungslos stehen kultivierte, in Bibliotheken ergraute Akademiker vor einem Prozeß, für den ihre Denkformen nicht ausreichen. Denn begreifen kann ihn nur, wer von ihm ergriffen ist, um einen Fachmann der Ergriffenheit (Prof. Dr. Emil Staiger) zu zitieren, und wer das völlig Unvermutete vermutet.
Zum Beispiel in Sachen Cohn-Bendit. Man rechnete fest damit, daß der Innenminister für die Studenten das Zuckerbrot bereithielt, nachdem es mit der Peitsche nicht geklappt hatte. Doch da wird Cohn-Bendit ausgerechnet zur «personne indésirable» erklärt und an der Grenze zurückgewiesen, als er von Deutschland her wieder einreisen will. Natürlich flammt die Revolte im Quartier Latin sofort wieder auf. Jetzt mußte man den Studenten und jungen Arbeitern nur noch verbieten, den Boulevard Haussmann für ihre Demonstration zu benutzen.

Und schon war es wieder soweit. Wenn ein paar hundert von diesen ungemein antik wirkenden CRS mit ihrem runden Schild plötzlich stumpfsinnig den Weg versperren, dann empfindet das jeder normale Student als Provokation und hat automatisch einen antiken Reflex: er wird zum Diskuswerfer (mit Pflastersteinen). Nun muß sich die kompakte Masse der Manifestanten zerstreuen, um nicht massakriert zu werden. In der Zerstreuung entgleiten sie vollends der Kontrolle ihrer Organisatoren. Wenn dann noch bekannt wird, daß die Polizei das Quartier Latin wieder besetzt hält, das sie vor ein paar Tagen räumte, bordet die Wut über. Und sobald das erste Blut geflossen ist und die bläulichen Tränengasnebel in der Luft hängen, stoßen unvermeidlich bewaffnete Schläger und allerlei seltsame Vögel, an denen es in keiner Großstadt fehlt, zu den Manifestanten. Am 24. Mai kam noch die auf acht Uhr angesagte Rede de Gaulles hinzu, von der man eine Lockerung der Spannung erwartet hate, und die genau das Gegenteil bewirkte. Nicht zufällig wurden in dieser Nacht zum erstenmal auch außerhalb des Quartier Latin Barrikaden gebaut und Brände gelegt – so in der schönen Börse. Der Kehricht, den die streikenden Abfuhrleute tagelang nicht von den Straßen entfernt hatten, forderte schon aus hygienischen Gründen zur Verbrennung heraus. An der Place Denfert-Rochereau wurden mit Preßlufthämmern Bäume gefällt, unter dem Protest der Anwohner (die Pariser verziehen den Manifestanten fast alle Verwüstungen: verbrannte Autos, aufgerissene Straßen, geknickte Metrogeländer, aber ihre freundlichen Bäume, die lassen sie sich nicht abschneiden).
Die «Ordnungskräfte» konnten schließlich nur noch im Schutz von Bulldozern und hinter einem dichten Tränengasschleier gegen die Studenten vorrücken. Die halfen sich, indem sie den Gashebel eines «Deux Chevaux» blockierten und ihn brennend gegen die Polizei rollen ließen. Es roch nach Krieg, Algerien und Tod.
Das Unvermutete vermuten: auch bei der Entwicklung des Streiks. Es war von keiner Gewerkschaftsbürokratie

geplant, sondern entstand spontan in den einzelnen Fabriken, auch dort, wo es seit Jahrzehnten nicht der Brauch war, wie bei «Citroën». Wer am 27. Mai am Quai de Javel vorbeikam, sah die roten Fahnen der proletarischen Besitzergreifung auf dem Dach der Montagehalle flattern.[15]

Neues vom Tag 6: Die kurzfristige Absetzung des Dokumentarfilms «Triebunterdrückung durch die Familie» vom Programm des Schweizer Fernsehens DRS durch die Generaldirektion wirft weitere Wellen. Die Entscheidung wird in Erklärungen aller bürgerlichen Parteien begrüßt. Die ASS hat die Mitglieder ihrer Sektionen auf das kommende Wochenende zu einer großangelegten Kundgebung nach Zürich aufgerufen.

Die beiden Schriftstellerorganisationen, die Journalisten-Union, das Syndikat schweiz. Medienschaffender sowie die Gewerkschaften VPOD und Typographia vertreten in einer gemeinsam veröffentlichten Erklärung die Überzeugung, der Film von Beat Gnägi und Gian Imboden zeige eindrücklich auf, wie sehr die «Machtstrukturen in unserer Familie ein Verhalten immer neu züchten, das sich in allen gesellschaftlichen Institutionen unseres Landes als autoritär reproduziert». Sie fordern die unverzügliche Freigabe des inzwischen beschlagnahmten Streifens und seine Sendung durch unser Fernsehen, das als Monopolanstalt die Pflicht zur Darstellung auch kritischer Beiträge habe.

Wie soeben bekannt wird, haben Techniker und andere Mitarbeiter aller Stufen die Studios des Schweizer Fernsehens DRS in Zürich-Oerlikon besetzt. Sie kündigen die Ausstrahlung des umstrittenen Films für heute abend an. In verschiedenen Zeitungsbetrieben des Landes sollen zur Stunde «Sympathie-Besetzungen» von Redaktionsräumen und Druckereien durch Journalisten und Drukker in Gang sein.

Block A, 7. Stock: Wenn ich mit ihr nur darüber reden könnte! Wenigstens. Aber wenn sie dieses Grabsteingesicht macht. Ich kann's und kann's nicht. Früher! Und was haben wir lachen können zusammen. Und dieser Brief. Meine Liebe ist größer als der Tod. Mit eigener Hand. Bis daß der Tod uns. Nur schon wenn ich dran dachte, abends kommt sie, nur schon das und mir hat die Brust weh getan vor Freude. Dann die Spanientour! Was haben wir gelacht zusammen! Und sie hat immer gesagt, größer als der Tod und wir werden nie wie deine Eltern, keine Angst, wir nicht. Wär ich damals einmal nach dem Essen eingeschlafen, schließlich, als Bauführer gehörst du auf den Bau, und kommst du dann von draußen in die Wärme, so legt's dich, legt dich unfehlbar und nach dem Essen nickst du ein. Was kann ich dagegen? Das wird richtig eine Gewohnheit. Sogar beim Kurzarbeiten, kaum kommst du herein und hast gegessen, unfehlbar. Bis daß der Tod, hat sie gesagt. Und jetzt? Kann ich mit ihr etwa drüber reden? Nur schon, wenn ich mit den Dreckschuhen unter der Tür, die schaut mich an und macht den Grabstein und schaut die Schuhe an. Schließlich, ich kann nicht einfach auf die Verwaltung und sagen: Meine Frau wünscht, daß ich im Büro. Die haben genug Bürokittel, da brauch ich nicht auch noch zu kommen. Ich hab's lang genug versucht, und das Disponentenkursdiplom, hat das etwa jeder? Draußen braucht's schließlich auch, und zu mir haben sie gesagt: Ihre Stärke ist im Praktischen. Heut kann sie froh sein, daß ich wenigstens draußen. Nur, die von draußen nicken eben ein, da kannst du noch so nach dem Essen.
Warum nur, warum nur? Wenn man wenigstens das! Wie haben wir gelacht zusammen. Geschrieben: bis daß der Tod. Und jetzt, nach vier Jahren, ziehst du schon vor der Tür die Schuhe aus. Wenn man wenigstens reden, aber ich kann's und kann's nicht, wenn sie –. Warum nur?

Kalendergeschichten November 75

Rund 80 Arbeiter bei Landis + Gyr auf der Straße. Entlassungen, so kündigte L + G-Chef Brunner an, sind unvermeidlich. Die Zuger Firma hat schon im Sommer Lohnkürzungen vorgenommen.

5 Monate für Dienstverweigerer aus religiösen Gründen durch das Divisionsgericht 3 in Schwarzenburg.

Keine Amnestie für Militärdienstverweigerer. Der Bundesrat hat den Vorschlag von Amnesty International aus «Gründen der Rechtssicherheit» abgelehnt.

Streik in Genf nach 25 Tagen erfolgreich. Die Garage «Extension» wurde im Oktober, als die Schließung angekündigt wurde, von der Belegschaft besetzt. Der neue Besitzer gab jetzt nach und garantierte den Weiterbetrieb des Unternehmens.

Demonstration gegen den Pornofilm «Histoire d'O» in Zürich. Verschiedene Männer solidarisierten sich mit den Frauen.

Protest gegen zunehmende Repression in Chile. Das Neuenburger Solidaritätskomitee verurteilt die Verhaftung von Fernando Salas, Sekretär des Friedenskomitees.

Konzentration geht weiter. Die Schuhfabrik Zimmermann übernimmt die Schuhfabrik Löw. Die Arbeitsplätze sollen weitgehend erhalten bleiben.

Konzentration geht weiter. Rund 15 bisher unabhängige Uhrenfabrikanten haben sich zur Horelec zusammengeschlossen.

Rund 1000 Asuag-Arbeiter auf der Straße. Die Beschäftigtenzahl soll in allen Fabriken reduziert werden. Lohnkürzungen wurden bereits im Sommer vorgenommen.

Linke Radio- und Fernsehvereinigung gegründet. Um den immer häufiger werdenden Eingriffen der Rechten in die Medien entgegenwirken zu können, wurde in Lausanne von den linken Parteien und den Gewerkschaften eine Gegenvereinigung gegründet.

25 Arbeiter in Olten auf der Straße. Die Armaturenfabrik Nußbaum entläßt 25 Arbeiter. Weitere Entlassungen sollen folgen.

20

Blumer goß sich Kaffee ein. Im Stehen aß er ein paar Bissen Brot, schnitt sich ein wenig Käse ab. Zehn nach neun. Rob mußte längst in der Werkstatt sein. Leni und Silv waren nach Bern gefahren, heute vermutlich zusammen mit Paul. Er spürte, wie für eine Sekunde so etwas wie Neid in ihm hochkam. Einmal wieder morgens, wenn du aufwachst, wissen, um neun hab ich das zu tun, um halb elf kommt jenes dran, um halb eins die dann vediente Mittagspause, auch Ansprüche von außen, du erfüllst sie fast mühelos, gerade weil du keine andere Möglichkeit als die, sie zu erfüllen, hast. Edelsorgen! Wünschten sich nicht Abertausende, ihren Tag so frei wie er, Blumer, einteilen zu können? Waren seine Verzweiflungsanfälle Ursache seiner Lähmung oder Folge? War er einfach auf Leistung programmiert, das war alles? Vor neun Jahren hatte er zum letztenmal – in der Redaktion in Zürich – Bürostunden wenigstens einigermaßen einhalten müssen. Das erste halbe Jahr danach, – wie frei hatte er sich da gefühlt! Gut, sicher, die Finanzen, das blieb doppelt mühsam, jetzt, aber wenigstens, hatte er sich immer wieder eingeredet, war er frei. Später wurde ihm klarer, im Büro hatte ihm zwar der Stundenterror am Nerv gerissen. Aber für diese aus der Ferne betrachtet so verlockende Formel eines sogenannt freien Journalistendaseins fehlte ihm offenbar die Besessenheit, die Disziplin oder einfach die Kraft, sich täglich hundertmal zwischen den dreihundert Möglichkeiten, nicht zu arbeiten, und den drei Möglichkeiten zu arbeiten, zu entscheiden. Nur in den Ausnahmezeiten – etwa damals, als er seinen bei ein paar Spezialisten berühmt gewordenen Report über den technologischen Rückstand der Schweizer Uhrenindustrie oder jenen über «Angst am Arbeitsplatz» recherchiert und geschrieben hatte, – konnte er in geradezu besoffener Wut arbeiten, nur dann, wenn er überzeugt sein konnte, was er da schrieb, als Augenzeuge, war für

den Leser wichtig, war Chronik, er nahm teil und meldete von verdeckten Krisenherden in der politisch verkalkten Schweiz.
Partiell gelähmt. Der Befund war wieder einmal eindeutig. Mangel an Motivierung. Seinen Zustand kennerisch so zu benennen, daß er nicht benannt, aber schlau getarnt, auch seinem eigenen Bewußtsein gegenüber getarnt war, – in dieser Kunst war er ein Meister, er wußte es, und hatte sich längst angewöhnt, seinen Selbstdiagnosen zu mißtrauen. Die Gewißheit der absoluten Leere, nein, zumindest der Verdacht auf Leere hinter dem beteuerten Sinn dessen, was er dachte, fühlte, schrieb, heute ließ er sich nicht wegdefinieren. Dieser Verdacht, das alles sei sinnlos, das alles – auch der immerhin tapfere Versuch von Leni und Rob und der anderen – das alles sei zum Verrecken verurteilt und erst noch ohne jede Chance, auch nur einen Riß im Beton-Zellenbau zu hinterlassen, diesen Zellenbau, zu dem er die Welt sich versteinern sah.
Er holte Holzscheiter vom Stoß draußen neben dem Wohnbau, steckte das zerknüllte Zeitungspapier in den Ofen, schob Reisig drüber und zündete es an. Es tat gut, den Flammen zuzusehen, wie sie hochkamen und bald schon die Kaltluft durchs Rohr so hinaufjagten, daß richtiger Sog entstand. Jetzt konnte man oben die ersten Scheiter einfüllen.
Er holte in seinem Verschlag nebenan den zweiten Pullover, zog ihn über und trat in die offene Tür. Neblig kalter Vormittag. Möglich, daß mittags die Sonne auf zwei, drei Stunden durchkäme. Ärgerlich, aber anscheinend allein schon dieses lächerliche Feuermachen hatte ihm gut getan. Waren seine Verzweiflungsgefühle und war die Lähmung vielleicht nichts weiter als eine Folge des Umstands, daß er im Grund unfähig zum Nichtstun war? Unfähig, weil er noch immer unter dem idiotischen Zwang stand, sich selber oder, schlimmer, irgendwelchen in ihn einprogrammierten Instanzen oder imaginären Zuschauern etwas beweisen zu müssen? Warum genügte

ihm offenbar die simple Regel nicht, die er sich ab und zu einredete: arbeite nur, wenn du Geld brauchst? Klar, das setzte voraus, daß man gefragt war. Dieses Vorrecht hatten sie ihm aber ja immerhin in diesen drei Tagen in Zürich eben wieder bestätigt – zwei Zeitungen und erst noch das Radio hatten seine Vorschläge für mögliche Reportagen zwar abgelehnt, ihm aber neue Vorschläge gemacht, – schreiben Sie uns etwas über diese Wildkatzen im Jura, da sind doch kürzlich ein paar Luchse oder so ähnlich ausgesetzt worden, Sie wissen –. Ja, warum nicht? Das Geld würde er, selbst wenn er hier bliebe, wo er mit etwa zwölf Franken im Tag auskam, in drei vier Wochen wieder dringend brauchen, wenn er seine Notreserve von 2000 Franken nicht angreifen wollte.
Er beschloß, erst einmal einen Rundgang zu machen. Er ging gleich los, von der Tür aus rechts auf den Steilhang zu. Er arbeitete sich durch die Sträucher und zog sich dann an den Lärchenstämmen, die sich, verkrüppelt und spärlich, im Hang hier hielten, zum Grubenrand hoch. Zum erstenmal wieder stand er da oben, erstmals seit sehr langer Zeit, – waren es wirklich über zwanzig Jahre seit damals? Rechts unten der Grubeneingang, gradeaus unten das kaputte Dach des Ziehturms, das offene Eisengestänge darunter, durch das leere Geäst der Bäume war auch das Dach über Lenis und Robs Zimmer zu sehen, das Rob mit Dachpappe repariert hatte. Und links von sich hatte er über und hinter den kahlen Baumkronen im Nebel die Steilwand; den Grubensee in der Tiefe.
Erst jetzt, als Blumer sich auf dem Pfad in Richtung auf die Steilwand in Marsch setzte, sah er den Mann. Der hockte etwa siebzig Meter von ihm entfernt, auf halber Strecke zum höchsten Punkt über der Wand, ganz außen auf dem Grubenrand, eine dunkle Gestalt mit Hut. Blumer ging weiter, auf den Mann zu. Rob hatte schon zwei-, dreimal erzählt, da oben im Dürrgras sitzt einer und schaut nur immer herunter. Der Mann drehte Blumer das Gesicht zu. Kein Zweifel, ein älterer Kerl. Rentner vermutlich, vor sich einen Spazierstock, dessen Knauf

berührte, so schaute das aus, die Hutkrempe. Blumer blieb fünf Schritt neben dem Rentner stehen. Auf sein Grußgemurmel tippte der, das Gesicht wieder geradeaus, an den Hut.
Ob's heute noch auftut? – Der Alte schien nicht gehört zu haben. Er hatte, wie Blumer sehen konnte, durch eine Lücke in den Baumkronen Sicht gerade auf den vom Nebel leicht verschleierten Wohnbau hinunter. Der Nebel, sagte Blumer, – könnt sich ruhig ein bißchen verziehen, nicht?
Mir brauchst du nichts vorzumachen.
Wie? Er, Blumer, habe nicht im entferntesten –
Schon gut, sagte der Alte, schon gut. Wir sind im Bild.
Langsam jetzt, Blumer ging näher, was ist los? Ich heiße Blumer. Und jetzt sagen Sie mir bitte, wovon Sie reden.
Was los ist da unten, das weißt du genau so gut wie ich. Er hatte den Stock weggelegt. Er schaute auf seine Armbanduhr, und erst jetzt sah Blumer, daß er ein kleines Notizbuch in der Hand hatte. Blumer, sagte der Alte, und offensichtlich schrieb er den Namen in sein Buch. Jahrgang?
Blumer spürte, wie die Wut in ihm hochkam. Was spionieren Sie eigentlich hier herum? Und als der Alte fortfuhr, in sein Büchlein zu schreiben: was soll denn los sein da unten? Ja doch, natürlich ist etwas bei uns los. Die Chance, daß hier ein paar Leute versuchen, ein winziges Stück Welt bewohnbarer zu machen, irgendwie menschengemäßer, – eine –. Es war sinnlos. Das Gesicht des Alten drehte sich unter dem Hut kurz zu ihm herauf. Es war kalt. Es war feindlich, und jetzt zog sich so etwas wie ein komplizenhaftes Grinsen drüber hin. Gib dir keine Mühe. Blumer also? Blumer, vor mir brauchst du kein Theater zu machen. Wir sind, wir beide im Bild.
Ekelhaft. Der Alte stand auf. Mit dem Stock stützte er sich, als er sich Blumer zuwandte. Wer die Moral über Bord wirft, sagte er. Wer die göttliche Ordnung mit Füßen, sagte er laut, zögerte, drehte dann ab. Er ging davon. Seine Warnung blieb unbestimmt in der rasch wachsen-

den Distanz hängen. Vor den mächtigen Blocks der Überbauung Brunnmatt im Hintergrund wurde seine Gestalt in dem verwahrlosten Zwischengelände kleiner. Als er sich nochmal umdrehte, trug der Wind nur noch Wortfetzen heran, – Hurenböcke, Verdammnis, Feuer, irgendwie so. Je kleiner er wurde, desto höher, so sah es aus, wuchsen die Hochhäuser über ihn hinaus. Blumer rauchte. Er ging dem abfallenden Rand entlang gegen den Grubeneingang hinunter. Wie er sich da plötzlich ereifert hatte! Er hatte falsch reagiert. Er hatte, und das überraschte ihn jetzt eigentlich doch, mit einer Heftigkeit für die Chance des Versuchs hier sofort und so Partei ergriffen, als wäre sie – ja: was eigentlich? Als wäre sie ihm doch immerhin weit wichtiger, als er bisher, gewöhnt schon an seinen Verdacht auf Leere, sich eingestanden hatte.

War, was sie da ansteuerten, wirklich ein neuer Versuch? Das hatte er doch x-mal erlebt: dieser Elan junger Leute, damals, 68, 70, wie sie sich zu Kommunen – so nannte man das damals noch – zusammentaten, diese Mischung aus altmodischer Boheme, Soul, Aretha Franklin, ein bißchen Hasch und ungewaschenen Bettlaken; dieser Elan zu Anfang, und zumeist dann Zen und keimfreies Gemüse, einer wurde dann zum großen Guru der Gruppe, wortkarg dominierte er die nächtelangen Wodka-Diskussionen, bis alles in Psychoterror sich auflöste.

Neu? – Was sie hier, Leni und Rob und Silv und Paul und Rosie, täglich nun praktizierten, das, so schien ihm, zielte auf etwas anderes hin. Oder ließ er sich schon wieder voreilig auf eine Hoffnung ein, nur weil an einem dieser Abende von Selbstverwaltung, von gemeinsamem Wohnen *und* Arbeiten die Rede gewesen war? – Bleib skeptisch, Blumer.

Skizzenbuch: Madeleine hat geschrieben. Und noch ein Nachtrag, mein lieber Kindskopf. Erwachsensein? – Du, wir haben etwas Wichtiges übersehen. Wir haben – na-

türlich der pure Zufall – die Liebe übersehen. Und daß wir den Grad unseres Erwachsenseins an ihr ablesen müßten. (Ich weiß, nur schon das Wort! Deine Berührungsangst davor! Dennoch, ich schreib es hin.) An unserem Verhalten im Zustand, der Liebe heißt. An unserem Mut, das Risiko Liebe uns selbst und dem oder der anderen gegenüber einzugehen. An unserer Fähigkeit, sie nicht als Jagd und Freßlust auszuüben, sondern als ein Staunen darüber, daß es sie gibt und daß sie uns den anderen erkennen läßt. Erkennen wir mit unserem ganzen Wahrnehmungsvermögen, das wir im Kopf und im Körper haben.
Ja, und ablesen natürlich an unserer Fähigkeit, Liebe nicht mit Machtergreifung zu verwechseln und niemanden mit unserer Liebesfähigkeit zu erdrosseln. Und am Vermögen, aus der ganzen riesigen Film- und Bildzeitungs- und Romeo- und Julia- und Tristan- und Isolde- und Religions- und Mythenbilderflut, die unsere Gehirne und Gefühle von der Wiege an überschwemmt, herauszuschwimmen auf unser eigenes Festland. So etwa, Blumer? Was sagst Du jetzt? Ja ja, ich weiß, und ich hätt's Dir ja auch lieber mit Küssen mitgeteilt. Aber die Geografie zwingt mich, hier Worte zu verwenden. Sei umarmt!

Deine Madeleine

Was ich jetzt sage? Natürlich hast Du – rein abstrakt – recht, Madeleine. Solches Rechthaben ist einfacher als Erwachsensein. Und daß Du in einem PS mir vorschlägst, endlich den Mut zu haben, eine Liebesgeschichte zu schreiben, ist ganz schön boshaft. Schreibt einer, der erwachsen ist?
Aber im übrigen, Madeleine, seh ich mich als Dein Lehrer gezwungen, Dir eine Vier zu schreiben. Wie Du weißt, bin ich im Besitz der reinen Wahrheit. Hab ich mir nicht die größte Pädagogenmühe gegeben, sie Dir nahezubringen: ob wir gut oder böse, lieb oder ausbeuterisch miteinander umgehen können, hängt ab von den Voraussetzungen, die uns die Außenwelt aufzwingt. Nächstes

Mal gibt's eine Strafseite. Oder Du wirst zu einer Liebesnacht verurteilt!
Und jetzt aber auch noch ein Nachtrag meinerseits. Nicht, daß er widerlegte, was Du schreibst. Er ergänzt. Ich glaube, ich wär erwachsen, wenn mir gelänge, die Rollen, die ich spiele, stündlich spiele mir selbst und meiner Umwelt gegenüber, los zu sein. Woher der Zwang in uns drin, der uns glauben macht, uns immer irgend etwas beweisen zu müssen? Ihn ersetzen in uns durch das, was wir sind – was meinst Du? Dann wären wir auch fähig zu dem, was Du als Liebe beschreibst. Laß uns weiterfragen. Nach den Voraussetzungen! Es umarmt Dich, leider nur mit Worten, Dein Sokrates.

Aus einer alten Geschichte 6: Sali liebte gewiß ebenso stark als Vrenchen, aber die Heiratsfrage war in ihm doch nicht so leidenschaftlich lebendig als ein bestimmtes Entweder-Oder, als ein unmittelbares Sein oder Nichtsein, wie in Vrenchen, welches nur das eine zu fühlen fähig war und mit leidenschaftlicher Entschiedenheit unmittelbar Tod oder Leben darin sah. Aber jetzt ging ihm endlich ein Licht auf, und das weibliche Gefühl des jungen Mädchens ward in ihm auf der Stelle zu einem wilden und heißen Verlangen und eine glühende Klarheit erhellte ihm die Sinne. So heftig er Vrenchen schon umarmt und liebkost hatte, tat er es jetzt doch ganz anders und stürmischer und übersäte es mit Küssen. Vrenchen fühlte trotz aller eigenen Leidenschaft auf der Stelle diesen Wechsel, und ein heftiges Zittern durchfuhr sein ganzes Wesen, aber ehe jener Nebelstreif am Monde vorüber war, war es auch davon ergriffen. Im heftigen Schmeicheln und Ringen begegneten sich ihre ringgeschmückten Hände und faßten sich fest, wie von selbst eine Trauung vollziehend, ohne den Befehl eines Willens. Salis Herz klopfte bald wie mit Hämmern, bald stand es still, er atmete schwer und sagte leise: «Es gibt eines für uns, Vrenchen, wir halten Hochzeit zu dieser Stunde und gehen dann aus der

Welt – dort ist das tiefe Wasser – dort scheidet uns niemand mehr und wir sind zusammengewesen – ob kurz oder lang, das kann uns dann gleich sein. –»
Vrenchen sagte sogleich: «Sali – was du da sagst, habe ich schon lange bei mir gedacht und ausgemacht, nämlich daß wir sterben könnten und dann alles vorbei wäre – so schwör mir es, daß du es mit mir tun willst!»
«Es ist schon so gut wie getan, es nimmt dich niemand mehr aus meiner Hand als der Tod!» rief Sali außer sich. Vrenchen aber atmete hoch auf, Tränen der Freude entströmten seinen Augen; es raffte sich auf und sprang leicht wie ein Vogel über das Feld gegen den Fluß hinunter.

Ein wenig Geschichte: Obgleich auf dieser Stufe die führenden Rollen in der Stammes- und Sippengesellschaft von Frauen besetzt waren, bevormundeten sie niemals ihre Männer. Eben das ist der maßgebliche Unterschied zwischen jener fälschlich als «Matriarchat» bezeichneten Ordnung der Mütter und dem späteren Patriarchat, das tatsächlich eine *Herrschaft* der Väter darstellte. Bei den Müttern besaßen alle Erwachsenen gleiche Rechte und gleiche Stimmrechte. Die Wahl der Sippensprecherin mußte stets von den andern Sippenangehörigen in ihrer Gesamtheit bestätigt werden. Männer und Frauen hatten das gleiche Wahlrecht. Auch hatten bei jeder Ratsversammlung sowohl die Sprecher der Bruderschaften wie auch die individuellen männlichen Sippenmitglieder jederzeit das Recht, ihre Meinung zu äußern und Anträge zu stellen. Da keiner der Sprecherinnen oder Sprecher in irgendeiner Weise entlohnt wurde, Privilegien erhielt oder unabwählbar war, gab es mit Ausnahme der Intelligenz, die man offensichtlich besitzen mußte, keinen Unterschied zwischen Führern und Geführten und deshalb auch keinen Grund, weshalb der Gewählte mehr Recht auf seine Meinung haben sollte als der Nichtgewählte.[11]

Wie war das gewesen? Blumer blätterte in seinem «Skizzenbuch» zurück: Die Durchsetzung einer neuen Gesellschaft setzt die Befreiung voraus, die sie verheißt.
Er hockte da auf dem Ländesteg. Das grüne Wasser ließ den moosigen Grund erkennen. Roßköpfe paddelten unter ihm vorbei. Wurde auch deren Bewußtsein von ihrem gesellschaftlichen –? Arsch. Konzentrier dich. Das wolltest du doch nochmal vornehmen. Also, den Fall gesetzt, ihr wollt das ganze Geflecht, in dem ihr da lebt und arbeitet, von Grund auf auswechseln. Eben dieses Geflecht aber bestimmt die Art, wie ihr fühlt und denkt. Wie also könnt ihr das Neue fühlen und denken? Und obendrein eine demokratische Mehrheit dafür – ach, man müßte nachschlagen können, darüber wär doch einiges irgendwo in den «Grundrissen» nachzulesen. Gewiß, der Produktionsprozeß selbst. Und wie er auf den Schmelzpunkt zutreibt, Bewußtsein hin oder her. Revolutionär allein schon als Prozeß. Tröstlich. Dennoch, wieder einmal mußte Blumer bei sich zugeben, Theorie . . . Theorie war wirklich seine Stärke nicht, aber: ohne sie kommen wir nicht mehr aus. Leider, er wußte es. Also denn. Soviel war leider klar: wären die Verhältnisse anders, wären es auch die Menschen. Und umgekehrt: war auch gefahren. Wann, – vor allem: wie oder wodurch kommt der Neue Mensch? Offensichtlich nur, wenn die Verhältnisse, die Gesellschaft, das Geflecht anders wären. Offensichtlich gab es ihn, den NM, nicht. Offensichtlich noch nicht. Offensichtlich waren also die Verhältnisse falsch. Weil es den Neuen Menschen – und womöglich in einer demokratischen Mehrheit – nicht gab, einer Mehrheit, die imstande wäre, die Gesellschaft zu ändern? Huhn oder Ei? Verdammich, verdammich!
Die Roßköpfe stoben auseinander. Und erst jetzt sah Blumer den länglichen Schatten vier Meter vor sich auf dem Wassergrund. Ein Karpfen? Hatte Rob also doch recht? Blumer hatte nicht glauben wollen, daß hier auch Fische lebten. Es gebe da einen Hecht sogar, hatte Rob behauptet, und wo einer ist, da seien auch zwei. Der

Schatten glitt näher, geriet plötzlich ins gespiegelte Sonnenglitzern, war weg.
Nochmals ansetzen. So mechanisch konnte die Welt doch nicht, das war doch keine Einbahnwirkung vom Sein hin aufs Bewußtsein. Ja. Ja, wahrscheinlich: er hatte wieder einmal die Dialektik vergessen, und daß man aus Erfahrungen lernen konnte, daß im Kopf und in der Psyche etwas passieren konnte, und das wirkte wieder zurück aufs nun einmal so genannte Sein, ja, so etwas, und vice versa, immer ein winziges Stück auf der einen und wieder auf der anderen Ebene. War es so?
Sein Satz vom befreiten Bewußtsein als der Voraussetzung zur Befreiung etc. – Unsinn! Und lediglich entschuldbar als Ausdruck seiner vollständigen Resignation.
Er schrieb: Einen Beweis beschaffen dafür, daß ich durch mein Bewußtsein mein gesellsch – er stockte, strich alles wieder durch.
Aber, verdammich, nochmal. Ganz ruhig bleiben. Der Karpfen stand jetzt plötzlich dicht unter ihm. Kaum sichtbar das Fächeln der durchsichtigen Flossen. Jetzt dies Aufblitzen des Fischleibs, als er wendete: braun, blau, purpurn. Schöner Fisch.
Eine neue Gesellschaft kann nicht unter Preisgabe der bereits einmal erreichten Freiheitsrechte durchgesetzt werden. Ihre Herbeiführung setzt die Bereitschaft vieler und schließlich der Mehrheit voraus, neue Erfahrungen zu machen und daraus Schlüsse zu ziehen. Sie setzt die Multiplikation dieser Erfahrungen voraus. Erfahrung und Aufklärung und Erfahrung und wieder Schlüsse und wieder Aufklärung und Korrektur an der Erfahrung. Wieder. Wieder. Im Wechselspiel zwischen Erfahrung und Bewußtsein.
Alles klar.
Klar? – Was hieß «Herbeiführung»? Was hieß «die Bereitschaft vieler»? Weiter graben. Tiefer. Weiter. Setzte nicht allein schon eine Bereitschaft so etwas wie Freiheit voraus? Freiheit zumindest als die Einsicht, die berühmte, in die Notwendigkeit, – in jene, die verlangt, es sei zu

verändern, was so schön «das Sein» sich nannte. Diese Freiheit, dieses Stück Einsicht, – es gab sie doch! Es mußte sie geben, auf diesem Punkt wollte er bestehen! Ja! Und wenn es sie also gab, dann war doch allein ihre Existenz schon ein Zeichen dafür, daß das Sein ein Bewußtsein auch von Freiheit hervorbrachte. Ja, und damit brachte es, das Sein, doch ganz offensichtlich auch die Kraft des Bewußtseins hervor, das Sein zu erkennen: zu verändern.

Für einen Augenblick dieses Gefühl, der Denkapparat sei jetzt, jetzt, ganz nah herangekommen an die Helle, die das Zentrum der Dinge sein mußte. Diese Aufregung in den Gehirnbahnen, und wie sie übersprang auf den Puls. Aber: wie das die Augenblicke so an sich haben. Klar? Alles? In dieser Sekunde und noch als ihm schon wieder einfiel, daß es hinter jeder solchen Klarheit wieder neunundneunzig Widersprüche gab, wünschte er ganz heftig, einmal und sei's nur für einen Tag, einer dieser Könner zu sein, einer der großen Denk-Könner, die das alles längst gedacht und weiter gedacht und mit dem ganzen Fühlen und Denken ins Zentrum der Helle vorgedrungen waren, dorthin, wo der letzte Widerspruch sich auflöste. Er erschrak. Der Tod. Es wäre, und das wieder wußte er jetzt ohne jede Denkanstrengung, der Tod. Oder – war auch er, der Tod, nur wieder ein Widerspruch, wenn auch der letzte, der allerletzte?

Nein. Den wollte er nicht. Nicht jetzt. Nicht mehr. Noch nicht?

Wieder stand der Karpfen da unten. Fast träge, wie er jetzt nach einem Roßkopf schnappte. Er ließ ihn verschwinden. Mit winzigem Flossenschlag glitt er langsam weg. Und immer mehr war er nur noch Schatten.

21

Kurz nach sechs abends. Man saß oder stand in der Küche herum. Silv und Paul waren an der Reihe, sie würden um halb sieben mit dem Kochen anfangen. Blumer las die Berner Tagwacht, Paul hatte die mitgebracht. Rosie strickte. Rob schnitzte an einem Stück Holz herum, seiner Freiheitsstatue, wie Leni es nannte. Silv fragte ihn, wann die Venus denn fertig sei. Blödiane. Ob sie denn nicht sähen: eine Maske; er werde sie bemalen, «Winter» taufen und draußen an die Haustür nageln. Er lachte. Dann bleiben die Frostgeister weg.
Im übrigen, sagte wieder Leni am Tisch, Silv und sie und Paul hätten heute auf der Heimfahrt von Bern über die Finanzen und überhaupt die Pläne gesprochen, Paul habe da so einen Vorschlag gemacht.
Paul erzählte. Sie hätten seiner Meinung nach nur die eine Chance: ein langfristiges Programm müsse her, und das müßten sie unterteilen in Etappen. Etwa so, als Vorschlag:
1. Etappe: Gründung einer Kooperative, einer Genossenschaft. Dahin gehörten die Grundsätze des Zusammenlebens und des gemeinsamen Wirtschaftens. Ein richtiger Vertrag mit einem Zusatz, der auch die Finanzfragen wenigstens im Grundriß klärt. Über die Finanzen müßten sie überhaupt zuallererst reden.
2. Etappe: Das langfristige Ziel sei zu definieren, also etwa, daß sie gemeinsam entschlossen seien, zusammen zu leben und zu produzieren in Selbstverwaltung. Und da hänge dann allerdings die Frage in der Luft, was denn gemeinsam von ihnen mit ihren unterschiedlichen Voraussetzungen produziert werden könne. Landwirtschaft? Davon seien jedenfalls sie drei heute nachmittag abgekommen. Keiner von ihnen verstehe genug davon. Eine Druckerei? Wär schön, klar, aber wieder: sie verstünden auch davon nichts. Wahrscheinlich müßten sie da weiterbauen, wo unter ihnen schon Ansätze vorhan-

den seien, am ehesten also dann doch in der Richtung eines Auto-Reparaturbetriebs, vielleicht parallel dazu – dein Gedanke, Leni – das Ausflügler-Restaurant für die Sommermonate. Da sei noch viel Hinundherüberlegen nötig. Wie gesagt, die 2. Etappe als das Langzeitprogramm.

Und also die 3. Etappe: Den Fall gesetzt, die Kooperative könne gegründet und das langfristige Ziel geklärt sein, wenigstens in den Umrissen, dann ginge es darum, daß sie sich klar werden müßten, wie sie die Aufbauphase gliedern, wie sie sich in der Arbeit organisieren, wie sie die Mittel einsetzen wollten, um – immer jetzt als Kooperative – das erste, das zweite etc. Nahziel zu erreichen. Eins dieser Ziele sei sicher die Renovation des Baus hier. Ein anderes, die Finanzierung sicherzustellen für den Ausbau der alten Lagerhalle unten, damit sie mit Rob die Reparaturwerkstätte einrichten könnten, und drittens seien sie vielleicht im Frühjahr bereits so weit, daß Rob dort mit zwei drei von ihnen anfangen könne, sie, die zwei oder drei zunächst und für rund ein Jahr als reine Hilfsmannschaft, Rob müsse sie eben anlernen. Viertens zum Beispiel: Klärung der Idee mit der Ausflüglerbeiz.
Rosie: Ja und aber die Enten und Hühner?
Gut, ja, die hätten dann wohl im ganzen Plan auch noch Platz. Aber mal so aufs Ganze gesehen, was meint ihr?
Leuchte ein. Und wenn er, Blumer, also recht verstehe, schwebe ihnen eine Phase vor, diese 3. Etappe, in der sich Verschiedenes überlappe. Also zum Beispiel Paul versuche durch seine Radio- und Fernseh-Bastelei seine Fr. 1000,– im Monat zu verdienen, gleichzeitig arbeite er drei Stunden am Tag und abends noch zwei am Ausbau der Lagerhalle undsofort. Ja, doch, anders sehe er's auch nicht.
Und Rob: dann also los, zu den Grundsätzen und natürlich zu den Finanzen. Wie hast du dir die gedacht?
Einmal ganz grob überschlagen, bin ich auf etwa folgende Formel gekommen, sagte Paul. Wir haben eine gemeinsame Kasse. In die zahlt jeder 80 % seines Nettomo-

natseinkommens ein, mindestens aber 200.– Franken. Über die Kasse wird gemeinsam verfügt. Wer nicht auswärts verdient, arbeitet in der Kooperative und wird nach einem Stundenansatz von 6.– Franken entschädigt. Alle Mitglieder besorgen den Haushalt gemeinsam, gemäß einem wöchentlich festgelegten Turnus für die einzelnen Haushaltssektoren. Was die Investitionen anlangt, so werden sie ebenfalls gemeinsam beschlossen. Bezahlt werden sie aus einem gesonderten Fonds. Das Fondskapital wird durch Darlehen der Mitglieder oder von Außenstehenden gebildet und soweit möglich verzinst. So etwa, sagte Paul.
Moment. Rosie wollte das noch genauer wissen. Angenommen, du kannst doch einmal wieder eine Stelle als Lehrer annehmen und verdienst dann sagen wir 2000.–. Und angenommen, ich arbeite hier zu Hause, mit 6.– Franken Stundenlohn, das sind in der Woche etwa 40 Stunden oder 240.– Franken, sagen wir rund 1000,– Franken im Monat. Ich zahle also 80 % in die Kasse, so war's? Macht 800,– im Monat. Und du zahlst jetzt auch 80 %. Wären – 1600.–. Du zahlst das Doppelte. Leben tun wir aber alle von dieser Kasse, so ist's doch gedacht, nicht? Ich profitiere also von deinem höheren Einkommen? Das ist dann aber doch nicht gerecht?
Warum nicht? Ich verdiente ja dann auch das Doppelte, verglichen mit dir. Meine Arbeitskraft – Paul überlegte kurz – und auch die deine gehören sozusagen uns allen gemeinsam. So wär's gedacht, verstehst du? Ich meine sogar, wir ergänzen die 80 % noch so, daß es auch mehr sein können, etwa durch den Zusatz: jedes Mitglied behält oder erhält monatlich 200.– von seinem oder dem gemeinsamen Einkommen zu seiner persönlichen Verfügung. – Also, was meint ihr jetzt zum Ganzen?
Einmal pauschal, sagte Blumer, ich finde das in Ordnung. Ich mach da mit, sagte Leni. Ich auch. Ich auch.
Jetzt müssen wir aber nur noch schauen, daß das Geld auch hereinkommt. Da war einmal Rob mit seinem vorläufig noch festen Monatslohn von 700.– Franken. Etwa

Über die Finanzen …

… mußten sie zuallererst reden. Mit der Ordnung der Finanzen fängt eben vieles an, wenngleich im Wort Finanzen das lateinische finis steckt, das Ende.

Aber finis heißt ja nicht nur: das Ende, die Einschränkung. Es bedeutet auch: das Höchste, der Gipfel, das Ziel.

Finanzen gut, finis gut.

gleichviel, wenn auch unregelmäßig, sagte Blumer, werde er beisteuern können. Leni und Silv kamen auf 300.– und 200.– Franken, Paul war überzeugt, mindestens einen Tausender mit seinen Gerätereparaturen machen zu können. Jetzt fehlte allerdings noch, ja, woher nehmen wir die Darlehen?
Vielleicht – Silv zögerte – es ist so: von meiner Mutter weiß ich, sie hat 8000.– Franken für mich auf der Seite. Für meine Zukunft, hat sie gesagt. Ich könnt natürlich versuchen –
Und sie, sagte Rosie, habe nämlich auf der Bank ein Konto. Die Reserve, und die hole sie ab. Das seien dann auch wieder 4000.– dazu.
Silv: Sie habe ja noch die 2000.–, den Rest des Stipendiums, macht 14000.–! Plus 2000.–, sagte jetzt Blumer. Auch er habe eine Reserve.
Ihr seid ja gut. Rob stand auf. Da könne er ja eigentlich nur noch eine Flasche vom ganz Guten herunterholen.

Block A, 1. Stock: Was soll ich machen? Seit er bei diesem Stuber ist, ist's noch schlimmer. Früher, im Vertrieb, da war der alte Herr Plüß, der ließ ihn in Ruhe. Aber jetzt? Genau seit der Versetzung. Die drücken ihn, hab ich gleich gedacht. Zwar, am Anfang hat er wer weiß wie gerühmt und alles sei jetzt noch viel besser und natürlich die 300 Franken Aufbesserung. Auch nicht nichts. Dieser Stuber drückt ihn. Seit er in der Reklamation ist, die haben bis 400 Briefe am Tag, also seither ist's vorbei. Entweder er sitzt vor der Flimmerscheibe oder er lärmt herum. Ich brauch nur das Nähzeug oder ich laß die Küchentür offen oder die Schuhe im ersten statt im dritten, schon geht's wieder los. Ist das noch ein Leben? Jetzt braucht er jemand, dem er's zeigen kann. Früher, da konnt der noch lieb sein, richtig zärtlich war der, im Bett und wenn wir allein. Jetzt zeigt er, wer hier die Hosen anhat. Muß er, der muß, der kann gar nicht mehr anders,

– ins Bett und los. Und gleich schon schläft er. Was soll ich machen? Dieser Stuber! Ist das noch ein Menschenleben?

Unbestritten: Die Menschen sind dem Tode ausgeliefert. Wem sonst noch, beispielsweise? Ergeben sich aus der folgenden möglichen Teilantwort Folgen für das Liebesleben? – Ein wenig Schweizer Geschichte: Gleich dem Sonnenkönig verfügen die Oligarchen über einen fast unerschöpflichen Vorrat an Pfründen. Das System ist bewundernswürdig. Die Oligarchie kontrolliert eine große Zahl von Immobilien-, Finanz-, Industrie- und Handelsgesellschaften; die meisten von ihnen sind Aktiengesellschaften; die Kolonialisierung des Parlaments geht folgendermaßen vor sich: Sobald ein Abgeordneter einer bürgerlichen Partei gewählt ist, legt die Oligarchie sein politisches Potential in die Waagschale und bietet ihm einen Sitz im Verwaltungsrat oder sogar die Präsidentschaft eines Arbeitgeberverbandes an. Reiche Pfründe sind mit jedem dieser Posten verbunden. In der 39. Legislaturperiode gehörten 82 % der Mitglieder des Bundesparlaments einem oder mehreren Verwaltungsräten an.
Auf die 244 Abgeordneten der beiden Kammern fallen mehr als 1000 Verwaltungsratssitze. Davon sind die rund 250 Verwaltungsratssitze abzuziehen, die mit öffentlich-rechtlichen, nicht mit privatwirtschaftlichen Mandaten verbunden sind. 115 bürgerliche «Volks»vertreter teilen unter sich 750 meist hochdotierte Verwaltungsratspfründe der Großbanken, in- und ausländischer multinationaler Industrie- und Handelsgesellschaften, Waffenfabriken und Immobilienkonzerne. Aber auch unter den bürgerlichen Pfründenbeziehern und Kapitalvertretern im Parlament zeichnet sich unter den Hochbezahlten noch einmal eine Aristokratie der Höchstbedachten ab: 81 bürgerliche Stände- und Nationalräte beziehen zusammen die Gehälter von 431 Verwaltungsräten. Zu die-

ser Aristokratie der Pfründenbezieher gehören zum Beispiel der Freisinnige Glarner Ständerat Hefti, der in 37 meist höchst einfluß- und einkommensreichen Verwaltungsräten sitzt, sein freisinniger Zürcher Kollege Honegger, der 22 Kapitalmandate im Parlament vertritt, und der Urner Katholik und Konservative Muheim (44 Kapitalmandate).
Ein Beispiel aus dem Nationalrat: jenes des frommen Christdemokraten Paul Eisenring aus Zürich. Er besetzt 25 Verwaltungsratssitze; Aktienkapital der vertretenen Unternehmen: rund 750 Mio. Franken. –
Die erwähnten 115 Kapitalvertreter, die vom gutmütigen Schweizer Stimmvolk über die Listen der bürgerlichen Parteien ins eidgenössische Parlament befördert worden sind, repräsentieren insgesamt ein Kapital von über 15 Milliarden Franken. Diese bescheidene Summe entspricht rund einem Drittel des Nominalkapitals sämtlicher schweizerischer Aktiengesellschaften. Aber Demokratie muß sein: Die Pfründe werden unter den bürgerlichen «Volks»vertretern fast gleichmäßig verteilt: 39 freisinnige Abgeordnete (FDP) vertreten 284 Banken und Großunternehmen mit einem ausgewiesenen Aktienkapital von total 6830 Millionen Franken. Die Christdemokraten haben 40 Abgeordnete in 334 Verwaltungsräten sitzen. Zusammen vertreten sie ein Gesellschaftskapital von 2807 Millionen Franken.[5]

Die Fortsetzung der Debatte über Pauls Etappen am nächsten Nachmittag geriet zunächst zu einer Blödelei. Silv hatte beiläufig gefragt, ob die Genossenschaft, die sie da zu gründen vorhätten, denn nicht auch einen Namen haben sollte. Nach längerem Hin und Her kristallisierten sich Vorschläge wie «Fuchsbau» oder unter Hinweis auf Rosa Luxemberg eben «Rosa» heraus. Aber in der Abstimmung fielen sie beide durch. Ratlos saßen sie in der Küche wieder um den Tisch.
Paul war's, der dann sagte: ein großes «S». Genüge doch

eigentlich, oder nicht? Diese Kooperative ziele doch ganz direkt auf Selbstverwaltung. «S» sagte er, wie Selbst. Einverstanden?

Am Schluß der abendlichen Sitzung tippt Blumer dann am Küchentisch folgende, von ihnen allen ohne Gegenstimme beschlossene Grundsätze in die Maschine:

> Die sechs Unterzeichner schließen sich zur Wohn- und Produktions-Kooperative «S» zusammen. Sie tun es mit dem Ziel, ihre Welt da, wo sie sind, um ein Stück menschengemäßer zu machen. Sie fangen im Bewußtsein der Schwierigkeiten dieser Unternehmung bei sich selber an, auch in der skeptischen Hoffnung auf Folgen für die Umwelt.
>
> Alle Mitglieder haben die gleichen Rechte und Pflichten, auch als Mieter.
>
> Beschlüsse, die mit einfachem Mehr gefaßt werden, sind für alle verbindlich.
>
> Kein Mitglied hat das Recht, einen Menschen als seinen Besitz zu betrachten oder zu behandeln.
>
> Sie versuchen, das, was jeder und jede von ihnen braucht, zu erkennen, auszusprechen und zu befriedigen; sie berücksichtigen dabei auch die seelischen Belastungen, unter denen sie stehen. Besitz, soweit es sich nicht um privates Kapital und persönliche Effekten handelt, geht in das Gemeineigentum der Kooperative über; verfügt wird darüber nach dem Grundsatz der Selbstverwaltung. Das betrifft insbesondere jede Art von Produktionsmitteln.
>
> Genossenschafter kann nur sein, wer in der Kooperative mitarbeitet.
>
> Die Arbeiten werden so weit wie irgend möglich nach dem Grundsatz der Rotation verteilt.
>
> Ein Sondervertrag (SV) regelt die Verteilung der Einkommen (gemeinsame Kasse) und die Art, wie über sie und den zu errichtenden Darlehensfonds gemeinsam verfügt wird. Der SV ist Bestandteil dieser Grundsätze.
>
> Die Unterzeichner streben Selbstversorgung an, ins-

besondere durch den Betrieb eines Reparaturunternehmens, das sie als vorläufige Notlösung betrachten.
Einziges Organ ist die Versammlung der Mitglieder.
Sie verstehen die Kooperative als Teil einer sozialistischen Praxis, als eine gewiß kleine Keimzelle einer dereinst brüderlichen und schwesterlichen Gesellschaft. Entsprechend nehmen sie Schutzsuchende auf, regen gleiche und ähnliche Unternehmungen an und unterstützen sie. Sie verpflichten sich, durch glaubwürdiges Beispiel zu wirken.
Diese Grundsätze werden um einen Anhang erweitert, der Mitgliedschaft, Eintritt, Austritt, Verfahren in Streitfällen, Ausschluß, Auflösung der Kooperative regelt.
Jeder und jede der Unterzeichner erklärt die Grundsätze, den Anhang und den Sondervertrag mit seiner Unterschrift als für sich bindend.

Blumer stand auf, zog das Papier aus der Maschine, und laut las er das Ganze noch mal Wort für Wort jetzt vor. Ja, sie waren sich einig, der Text faßte zusammen, was sie gestern und heute besprochen hatten. Was passiert, wenn uns eine Verbesserung einfällt? Oder wir merken, wir haben etwas vergessen?
Dann setzen die Mitglieder der Kooperative sich zusammen und entscheiden. So einfach ist das.
Eins ums andere unterschrieben sie. Ja und jetzt? Leni schaute sie an, – eigentlich ein ziemlich feierlicher Augenblick, nicht? Sekundenlang standen sie ein wenig verlegen da. Ist doch klar, sagte Rosie, jeder gibt jedem einen Kuß. Komm, sagte sie zum neben ihr stehenden Blumer. So kam's, daß sie alle sich kurz nach Mitternacht umarmten. Jetzt erst, und nach einem Gedränge um den Wasserhahn in der Küche – «die Reihenfolge beim Zähneputzen ist noch nicht beschlossen!» – gingen sie, müde, zu Bett. Leni war schon unter der Decke, als Rob, er hatte noch die Türbalken vorgelegt, heraufkam. Er knipste die Lam-

pe aus. Gleich danach lag er da, dicht neben ihr. Sie drehte sich ihm zu. Du. Sie umschlang ihn und preßte sich an ihn. Er spürte, wie sie sich zärtlich bewegte. Geht's dir gut? – Leni lachte, er spürte es mehr, als daß er sie hörte. – Bist du glücklich, fragte sie dicht neben seinem Ohr. Er nickte. Ja, schon. Ja. Nur, irgendwie, ich habe ein wenig – halt ein wenig Angst noch. Verstehst du?

22

Ballade von der Herbeiführung erträglicher Lebensbedingungen für alle 5. Der Ausgang der Abstimmung wirkte als Donnerschlag. Bestürzung auf der einen, Begeisterung auf der anderen Seite. Fünf der sieben Bundesräte traten aus der Regierung zurück. Drei Vertreter der neuen Ordnung, zwei der alten rückten nach. Zwei Jahre später trat das neue Gesetz in Kraft. Soweit selbst die Ältesten zurückdenken konnten, keiner und keine erinnerte sich, je von soviel Solidarität, von soviel begeisterter Hingabe der Menschen an die Erlernung ihrer neuen Rechte getragen worden zu sein. Selbst Presse und Fernsehen brachten nun täglich Lernsendungen in die Neue Schweizer Ökonomie, und selbst Hilfsarbeiter zögerten nicht, ihre Vorschläge zur Verbesserung ihrer Arbeit zu machen. Wie sehr dieses Volk im Umgang mit demokratischen Institutionen erfahren war, erwies sich an der Raschheit, mit der jeder und jede begriff, wie die Regeln des alten jetzt auch auf die Regeln des neuen Systems umzudenken und anzuwenden waren. Wirtschaftsdelikte, insbesondere Flucht von Kapital ins Ausland, wurde gemäß Verordnung der neuen Regierung als schweres Verbrechen geahndet. Jeder und jede spürte, jetzt erst galt seine und ihre Stimme, jetzt erst begann das tiefeingefressene Gefühl der Angst, der Ohnmacht, der Abhängigkeit zu weichen, jetzt erst, so schien ihnen, wurde das menschenwürdige Zusammenleben möglich.

Block B. 8. Stock: Der Mensch denkt, Gott lenkt.

Diese winterlichen Tage und Wochen hatten kaum Schnee gebracht, oder wenn es schon einmal schneite, so blieb nichts haften. Alle paar Tage mußte einer der Männer Holz sägen und spalten, aber allmählich war der

Vorrat, die drei halbverdorrten Baumstämme, die sie im Herbst noch unter das vorspringende Dach neben dem Bau ins Trockene herangeschleift hatten, erschöpft. Zwar sammelten sie weiterhin Dürrholz, davon lag in der Grube noch immer genug herum. Aber das war durchnäßt; nur vom Reisig war genug da, zum Anfeuern, das trocknete unter Dach schnell. Die beiden Öfen in Küche und Wohntrakt mußten jetzt Tag und Nacht zumindest auf Glut gehalten werden. Ein Ster reichte da kaum länger als fünf Tage. Nur gut, daß sie bei Widmer drüben, – ein Gehöft, Rob kannte die Leute von früher – sackweise Scheiter und auch Reiswellen wenigstens kaufen konnten.
Im nächsten Winter, das war allerdings klar, müßten sie sich selbst versorgen können, längst. Unten im Grubengrund hatten sie bereits sieben Aren richtig gerodet. Das brachte Holz für Jahre. Nur eben, es war grün und durchnäßt.
Nachmittags halb vier. Paul kam, die Axt noch in der Hand, den Regenschutz umgehängt, herein. Blumer, du hast recht, sagte er. Wir werden wirklich beobachtet. Kommt, drüben ans Fenster.
Rosie, Blumer und Rob versammelten sich hinter ihm; von hier aus sind sie zu sehen, dort, siehst du?
Bei diesem Sprühregen? Also ein bißchen merkwürdig war das ja schon.
Deutlich über dem Grubenrand zu sehen die beiden Frauen, mit Schirmen, daneben ein anscheinend älterer Mann und drei oder vier Kinder. Man konnte sehen, wie einer der Kleinen neben dieser seltsam unbeweglich herüberschauenden Gruppe etwas aufhob und mit weitem Ausholen in ihre Richtung hier herunter schleuderte. Der Stein, oder was das war, ging auf halber Distanz in die Bäume nieder. Und der Alte wies den Kleinen auch gleich von der Kante weg, das war deutlich zu sehen. Was sollte das alles?
Und wie gesagt diese Schirme. Das mußte ja wirklich spannend sein, – die sahen doch nichts weiter als die

Grube, die Baumkronen, hier den Bau, dazu das bißchen Rauch aus den beiden Rohren.
Sollen sie! Wenn's denen Spaß macht, warum nicht?
Am einfachsten, wir gehen sie fragen, was meint ihr? Kommst du mit?
Drei Minuten danach verließen Rob und Paul die Außentür. Sie gingen, um die zwar kürzere, aber im Regen dreckigere Strecke quer hinüber zu vermeiden, außen herum, vom Grubeneingang aus dann durchs nasse Gras dem Rand entlang drüben aufwärts. Erst fast ganz oben, wo das Gelände flacher wird, sahen sie, die Zuschauer waren weg. Weit drüben auf dem Weg durchs Doggergelände waren sie zu sehen, wie sie, ein kleiner Trupp unter den Schirmen, der Überbauung Brunnmatt zustrebten.
Behauptung: Auf dem Rückweg blieben Rob und Paul gleichzeitig stehen. Keine zehn Schritt halbrechts vor sich sahen sie das Tier. Rob leise: Die Füchsin! Sie stand da am Grubenrand, den Kopf hoch zu ihnen hergedreht, gespitzte Ohren, der Pelz rotgolden. Jetzt drehte sie ab und verschwand. Vom Rand aus konnten sie beide dann sehen, wie sie unten vom Steilhang weg lautlos, ohne Eile, durchs Unterholz nach hinten wegstrich. Tatsächlich, sie war groß. So groß.

Neues vom Tag 7: Die Kommentatoren sind sich einig: wir leisten uns in diesem Land Konflikte, um die uns die Nachbarländer beneiden könnten. Wäre es nicht endlich an der Zeit, daß wir gemeinsam mit Zuversicht in die Zukunft schauen? Während sich anderswo die Inflationsraten noch immer um 6, ja 12 und 18 % bewegen: wir haben sie eingedämmt auf 2 % – ein Weltrekord! Während anderswo die Arbeitslosenrate noch immer über 4 bis 9 % pendelt, ist es unserer Politik des Exports der Gastarbeiter gelungen, die Rate auf unter 1 % zu senken! Und wieder ist unser Franken die härteste Währung der Welt! – Doch nein, statt Zuversicht und Einig-

keit in den Hauptzielen beherrschen Aggression, Unsicherheit, Konfrontation das politische Feld. Geht es uns schon wieder zu gut?
Gewiß, jene Vorkommnisse im Zusammenhang mit der Sternfahrt der Rentner nach Bern stehen für einen Skandal nationalen Ausmaßes. Der Richter wird letztlich zu entscheiden und die Verantwortlichen zur Rechenschaft zu ziehen haben. Gewiß auch, die Verletzung von Mitarbeitern der Fernseh-Tagesschau und die Beschlagnahmung von Filmmaterial hat mit Recht viel zu reden und zu schreiben gegeben; aber auch diese Ereignisse liegen inzwischen um Wochen zurück. Mit dem Rücktritt des stadtbernischen Polizeidirektors müßten sie als geklärt und auch als geahndet gelten können.
Aber es ist wie verhext. Es scheint, als sendeten die beiden Skandale noch immer Impulse aus. Nur auf ihrem Hintergrund ist erklärbar, daß das an sich geradezu lächerliche Faktum der Absetzung des Streifens «Triebunterdrückung und die Familie» vom Programm des Fernsehens DRS zu einem Konflikt geführt hat, der sich anscheinend noch immer weiter verschärft und ausweitet. Noch gestern, nach der Einigung der Konfliktparteien auf den Kompromißvorschlag der parlamentarischen Untersuchungskommission – den Film im 2. Quartal, kommentiert, zu einer spätabendlichen Sendezeit auszustrahlen – sah es endlich so aus, als wäre die Sache geregelt. Zumal die fristlose Entlassung der Studiobesetzer bereits rückgängig gemacht worden war. Aber die heute bekannt gewordene gemeinsame Erklärung der unternehmerischen Spitzenverbände und des «Vororts der Schweizer Industrie» läßt neue Konfrontation vermuten. Deren Sprache ist klar: entweder es bleibt beim Verbot der Sendung und bei den Kündigungen, oder aber unsere Industrie verzichtet zum nächstmöglichen Termin auf jede Form von Fernseh-Werbung. Unsere Unternehmer sind lange genug – zu lange? – politisch zwar nicht im Abseits, aber im Hintergrund geblieben. Sie haben erkannt, daß jeder Angriff auf die Institutionen Ehe und

geschlossene Familie das Zentrum unserer freien marktwirtschaftlichen Ordnung bedroht.

Skizzenbuch: Kannst du im Roman durch Inhalt Tradition aufbrechen, ohne es auch formal zu versuchen? Der Montageroman als der Versuch, den Rhythmus *dieser* Jahre hereinzuholen. Operative Montage als Prinzip, das hart geschnittene Blöcke verschiedenartiger Texte assoziativ zu einander in sich steigernde, sich ergänzende, sich irritierende Beziehungen setzt. Montageroman als Möglichkeit, Co-Autoren einzubeziehen. Möglichkeit, weitausholend knapp zu bleiben, zu spielen, Mischungen auszuprobieren, Aktuelles ins Romanensemble einzubauen. Möglichkeit, kreatives Lesen freizusetzen. Die Behäbigkeit der traditionellen epischen Formen zu bekämpfen. Möglichkeit, die Spielfrau Laura aus der «Trobadora Beatriz» von Irmtraut Morgner zu zitieren: «Das Genre (des Montageromans) baut auf die Produktivität des Lesers.»

23

Rob stieß die Decke zurück, er fuhr auf. Eine ganze Weile saß er da, eh' er begriff, er war im ersten Stock des Baus, in der Zimmermitte lag am Boden das schmale Fenstergeviert aus Mondlicht, Leni atmete neben ihm ruhig ein und aus. Kein Wasser war um ihn, er hatte geträumt, er war am Ertrinken gewesen, so war's. Er hatte bis zum Hals im Wasser gestanden, im Fluß, ganz nah noch beim Ufer, dort, wo in Jammers die Aare durch die Stadt unter der Mittleren Brücke durchzieht. Auf der Brücke über ihm waren massenhaft Leute. Sie winkten. Nur los, nur los! Angeber! Er band sich seine Holzmaske vor, und Schritt für Schritt ging er, das Wasser teilend, auf dem mählich abfallenden Flußboden gegen die Mitte der Aare hinaus. Das Wasser teilte sich tatsächlich, er war ein Moses, der durchs rote Wasser eine Gasse zog. Rasch stieg die Wassermauer links von ihm hoch über ihn hinaus, sie stieg, stieg, er ging weiter, die Menschen da oben klatschten und schrien durcheinander. Dann stürzte die Wassermauer über ihn zusammen, die Maske war fort, er war am Ertrinken gewesen, ja, so war's, er keuchte, noch immer keuchte er. Ihn fror jetzt. Und in seinem Kopf spürte er den Schmerz, der bohrte sich durch die Hirnmasse, und auf einmal fiel's ihm wieder ein.

Er hatte, erstmals wieder seit dem Krach wegen Lenis Verbindung mit Blumer, Leni unter der Decke hier behutsam zu streicheln begonnen. Auch sie hatte ihn zart liebkost, dann waren sie beide, so schien ihm, allmählich und ganz von Zärtlichkeit umhüllt ineinandergeglitten. Wieder war, als ihr Schoß ihn umschloß, dieses ungeheure Glücksempfinden dagewesen, dieses Gefühl, nichts trenne ihn mehr von ihr, – war dagewesen, ganz da drin da, bis er auf einmal spürte, etwas zwischen ihnen war fremd. Und sosehr er sich jetzt anstrengte, die Erregung in ihm sank ab. Er war nur noch erschöpft. Er hatte sich

von ihr gelöst und neben ihr liegend sein Gesicht ins Kissen vergraben. Nichts hatte er mehr verstanden, nichts, außer, bevor er in diesen schrecklichen Traum geriet, von ganz fern her Lenis Flüsterstimme, ängstlich, wie sie «du, Robi» fragte und «was ist?» und «Was hast du denn?»
Sie schlief. Ihn fror. Er zog seinen Schlafkittel über. Halb drei. Er stand leise auf. Anscheinend stieg er im Dunkeln dann doch nicht leise genug die Treppe hinunter; er zog den Mantel an, nahm aus der Schale auf dem Fenstersims eine der frischen Mandarinen, kauend setzte er sich an den Tisch. Lenis Stimme, besorgt, wie sie von oben nach ihm fragte. Dann saß Leni dicht neben ihm am Tisch, streichelte über sein Haar, sagte «Mein Dummkopf», und erstens hole er sich in dieser Kälte den Tod, außerdem rauche sie jetzt auch eine, und übrigens sei sie schuld, sie wisse es.
Rob verstand nicht.
Überhaupt, sagte sie, sollten sie jetzt erst einmal feststellen, das, was ihm da passiert sei, zeige höchstens an, daß sie eben nicht frei seien. Frei, sagte sie. Befreit, sagte sie dann. Wie denn auch? Du bist doch auf Leistung getrimmt. Verstehst du, jedenfalls ich kenn das von mir her doch auch: immer müssen wir etwas beweisen. Wie tüchtig wir sind oder wie gescheit oder wie stark. In der Uni stehen ganze Wände von Büchern über diese Sachen. Dabei kannst du mühelos an dir selber beobachten, wie das funktioniert. An uns allen. Das ist ein Zwang, einer von vielen, sagte sie.
Rob sagte: du redest zuviel.
Sie lächelte ihn an. Ach mein Rob. Und dann sagte sie, daß sie ihn liebe und wahrscheinlich habe er recht. Aber er müsse seinen Schädel anstrengen, ohne gehe es nicht. Für alle nicht. Schlecht sei, wenn er alles, was ihn bedrückt, einfach stumm in sich hineinstopfe. Ohne von sich selber mit jemand reden zu können. Das seien keine Naturereignisse, was da mit ihnen passiere. Wenn du, sagte sie, zum Beispiel verstehen lernst, warum

du schon in deiner frühesten Kindheit, wenn du tüchtiger warst als deine Schwester, belohnt worden bist, – begreifst du: verstehen, warum, – dann – und deshalb red ich jetzt so sehr auf dich ein, dann verstehst du auf einmal auch, was mit dir eben passiert ist. Und verstehst, warum du auf meine Geschichte mit Blumer so verletzt reagieren mußt. Das alles hat mit diesem in uns hineingetrichterten Zwang zu tun. Und damit, daß er und Liebe sich ausschließen. Nicht du hast versagt, du als Person, Robi, überhaupt nicht. Du.

Aber ich schwöre, das ist mir doch noch nicht *einmal* passiert, noch nicht einmal!

Ja und wenn? Leni stand auf. Sie war müde. Komm, liebster Rob, komm jetzt, in drei Stunden schon schellt dein Wecker. Sie zog ihn an der Hand hinter sich die Treppe hoch. Auf ihn einreden half ihm nicht. Fast nichts. Ihre Zähne schlugen vor Kälte aufeinander.

Als Rob wieder neben ihr unter der Decke lag, küßte sie ihn. Und als sie schon merkte, wie der Schlaf sie zu lähmen begann, dachte sie noch, ob sie Sechs sich hier mit ihrer Kooperative nicht doch zu viel vorgenommen hatten. Wie konnten sie zu dieser Keimzelle einer neuen Gesellschaft werden wollen, wenn sie, sie alle, so sehr noch bestimmt, bis aufs Knochenmark bestimmt waren von der alten, die aber doch neu und frei werden sollte? Befreit?

Da ist das Warum. Darauf eine Antwort. Wieder das Warum. Wieder eine Antwort. Wieder warum. Wieder. Und Antwort und immer noch warum. Warum? – Und ein wenig Geschichte: Es ist an der Zeit, aus der Gesamtheit dieser zusammenlaufenden Linien eine neue Folgerung zu ziehen:

Die im Mythos «Tristan», «Romeo und Julia» verherrlichte leidenschaftliche Liebe ist zum Zeitpunkt ihres Auftretens im zwölften Jahrhundert eine Religion in der

vollen Bedeutung des Wortes gewesen, und zwar eine historisch bestimmbare christliche Häresie.
Daraus läßt sich folgendes ableiten:
1. Die in unseren Tagen durch Romane und Film vulgarisierte Leidenschaft ist nichts anderes als das Abebben und das anarchische Einströmen jener spiritualistischen Häresie in unser Leben, zu der wir den Zugang verloren haben.
2. Am Anfang unserer Ehekrise steht nichts Geringeres als der Konflikt zweier religiöser Traditionen, das heißt eine Entscheidung, die wir fast immer unbewußt treffen, ohne uns über Ursache, Wirkungen und einzugehende Risiken im klaren zu sein, zugunsten einer fortbestehenden Moral, die wir nicht mehr zu rechtfertigen vermögen.[7]

Kalendergeschichten Februar 76

91 Arbeiter in Rosé auf der Straße. Das Textilunternehmen Hortex AG hat die ganze Belegschaft entlassen, das Unternehmen wird geschlossen. Die gleiche Firma hat bereits in den vergangenen Jahren über 100 Arbeiterinnen entlassen.
Arbeitslosenkomitee in Rorschach gegründet. Das Komitee stellte einen Forderungskatalog zusammen und schuf bereits einen Solidaritäts- und Notfonds.
Arbeiter von Hortex drohen mit Fabrikbesetzung. Sie verlangen die Ausbezahlung der Gratifikation und des vertraglich zugesicherten 13. Monatslohns. Dem Unternehmen wird verantwortungslose Betriebsführung vorgeworfen.
Polit-Maulkorb für westdeutschen Professor. Peter Brückner, der auf dem Rote-Hilfe-Fest sprechen sollte, erhielt aus dem Furgler-Ministerium ein Einreiseverbot, weil er angeblich Beziehungen zur Baader-Meinhof-Gruppe unterhalten haben soll.
Konzentration geht weiter. Schindler übernimmt die

deutsche Elektrofirma Digitron und deren Tochtergesellschaften in Schweden. Die Maßnahme stellt einen logischen Schritt zur Diversifikation dar.
Expansion geht weiter. Die Schweizerische Kreditanstalt eröffnet eine Filiale in Kairo.
Frauen organisieren sich auch in Luzern. Die bisher nur lose zusammenarbeitenden Frauen von Luzern haben sich zur FBB Luzern zusammengeschlossen.
Arbeitslosen-Demonstration in Biel. Auf der Kundgebung werden die Aufhebung der zeitlichen Beschränkung der Zahlung sowie die pünktliche Auszahlung der Unterstützungsbeiträge gefordert.
36 Arbeiter in Ponts-de-Marte auf der Straße. Die dem amerikanischen Zenith-Konzern gehörende Fabrik wird aus Rentabilitätsgründen geschlossen. Die Arbeiter dürfen, wenn sie einen Umzug oder einen langen Arbeitsweg in Kauf nehmen, in Le Locle arbeiten gehen.
12 Arbeiter in Kienberg auf der Straße. Die Gipsfabrik, die zur Gips-Union gehört, wird geschlossen.
180 Arbeiter in Bülach auf der Straße. Die zum amerikanischen Konzern NCR gehörende Ladenkassenfabrik wird, wegen Umstellung auf elektronische Kassen, geschlossen.
160 Arbeiterinnen in Bern auf der Straße. Die Elektrofabrik Hasler baut kalt ab. Bereits im vergangenen Jahr wurden insgesamt über 400 Arbeiter und Arbeiterinnen portionenweise abgebaut.

Erkennungsdienstliche Behandlung, Frankfurt, Februar 1969: Zwölf Uhr mittags. Es nieselt. Ich friere. Ich gehe schnell. Vor dem «Soziologischen Seminar» in der Myliusstraße stehen zehn, fünfzehn Genossen. Die Eingangstür ist verschlossen. Helga sagt, sie haben uns ausgeschlossen. Es nieselt. Das Haus neben dem Seminar hat einen Baldachin über dem Eingang. Wir stellen uns unter. Es ist kalt. Wir sind dreißig, vierzig Genossen. Wir stehen eng aneinandergedrückt. Einige gehen um das Seminargebäude herum und prüfen die Kellerfenster, den Hintereingang. Der Hintereingang ist verschlossen. Die Kellerfenster sind vergittert. Helga geht dreimal um das Seminar. Sie sagt, es ist nichts zu machen. Es nieselt. Wir warten. Wir sind jetzt sechzig, siebzig Genossen. Die letzten stehen im Regen. Wir brauchen Räume für unsere Arbeitsgruppen. Hans-Jürgen Krahl sagt, ist hier zugeschlossen, gehen wir in das «Institut für Sozialforschung».

«stern» 1969, Nummer 7: «Ich habe ein theoretisches Denkmodell aufgestellt», sagt Adorno (. . .) «wie konnte ich ahnen, daß Leute es mit Molotow-Cocktails verwirklichen wollen.»

Wir stehen vor dem «Institut für Sozialforschung» in der Senckenberganlage. Es ist nicht verschlossen. In der Tür stehen zwei Professoren. Wir gehen in den ersten Stock. Die Professoren überholen uns auf der Treppe. Vor der Tür zum kleinen Hörsaal sprechen sie uns an. Sie sagen, verlassen Sie das Haus! Sie sagen ganz schnell, wir fordern Sie zum ersten, zweiten, dritten Mal auf, das Haus zu verlassen. Wir gehen in den kleinen Hörsaal. Ein Assistent und eine Assistentin begleiten uns.

«stern» 1969, Nummer 7: Diese Bemerkung macht der Professor im gleichen Augenblick, als draußen vor seinem Institut die von Hans-Jürgen Krahl angeführte Schar der aufsässigen Soziologiestudenten anrückt – langhaarige, bärtige Burschen in verschlissenen Jeans und Mädchen, die ihre Reize bewußt verblassen lassen.

Helga sagt, wir kommen hier nicht wieder raus. Ich sage, du mußt zum Arzt, Helga sagt, morgen. Ich sage, geh lieber gleich. Hier verpaßt du sowieso nichts. Wir diskutieren darüber, daß sie uns von Institut zu Institut hetzen. Ein Genosse sagt, wenn wir hier rausgehen, kommen wir nirgends mehr rein. Der Assistent sagt, wenn ihr bleibt, rufen die Professoren die Polizei. Ein Student sagt, wir haben nicht beschlossen, zu bleiben. Ein Student sagt, wir brauchen Räume für unsere Arbeitskreise. Ein anderer Student sagt, gebt uns die Schlüssel für die Myliusstraße, dann gehen wir. Die Assistentin sagt, das ist Nötigung. Ein Student sagt, wir sind leider genötigt. Der Assistent sagt, besetzt was anderes, das hier ist eine Stiftung.

«stern» 1969, Nummer 7: Tags zuvor schon hatte Adornos Kollege Habermas das zum Institut gehörende Seminargebäude an der Frankfurter Myliusstraße für Krahls wilde Schar geschlossen. Der «rote Professor» konstatierte, daß die von ihm einst gestützte SDS-Bewegung Gefahr laufe, Wahnvorstellungen zu erliegen.

In der Tür stehen Journalisten vom «stern», sie fotografieren uns. Die Assistentin geht raus. Der Assistent bleibt bei uns. Er sagt, die Professoren holen die Polizei. Wir lachen. Ein Student sagt, wir sind noch keine zwei Stunden hier.

«stern» 1969, Nummer 7: Die Krahl-Gruppe fühlte sich herausgefordert, eine Gegenaktion mit Hilfe der «Produktionsmittel» des Instituts vorzubereiten. Produktionsmittel sind im wissenschaftlich gefärbten Rotwelsch des SDS institutseigene Telefone, die Schreibmaschinen und der Vervielfältigungsapparat. Habermas aber wollte verhindern, daß die Urheber für spätere Sprechchöre gegen Kiesinger in dem mit großzügigen Stiftungsmitteln ausgestatteten Institut gesucht würden.

Ich sage zu Peter, hörst du die Sirenen? Er sieht mich unwillig an. Er sagt, Sirenen hört man den ganzen Tag. Ich sage, nicht so direkt. In der Tür stehen die Professoren Adorno, Habermas, von Friedeburg. Von Friedeburg sagt, ich bitte die Assistenten, sofort den Raum zu verlassen. Seine Stimme trudelt. Der Assistent bleibt. Von Friedeburg sagt, was jetzt kommt, haben Sie sich selber zuzuschreiben. Ein Student sagt, wenn ich noch rauskomme, gehe ich raus. In der Tür stehen Polizisten. Sie haben Helme auf.

«stern» 1969, Nummer 7: Ihre verstörten ehemaligen Götter, die Professoren Habermas, Adorno und von Friedeburg, holten, nachdem die Politgruppe von der verschlossenen Myliusstraße sich nun in Adornos Institut einquartierte, die Bullen des Frankfurter Polizeipräsidenten Littmann.

Wir springen auf.[16]

Wie mag ein ganz gewöhnlicher Nachmittag in der Kooperative S aussehen? Von Silv her erzählen. Beschreiben, wie sie sich erkältet fühlt, wie sie sich etwa um vier fröstelnd unter die Decke kuschelt, noch mal aufsteht, zwei Aspirin schluckt, Pauls schweren Eisenbahnermantel als zusätzliche Decke übers Bett breitet, wie sie trotz der Helle vom Fenster her und des Hämmerns von Rob und Blumer nebenan fröstelnd einschläft.

Geschätzt, sie träumte von der breiten Unitreppe, und wie sie vergeblich versuchte, ihre bleischweren Schuhe von der einen zur nächsten Stufe zu heben. Noch immer draußen Februar, der Frost war zurückgekommen. Rob hatte erzählt, der Grubensee sei wieder zugefroren. Ergänzen, daß Paul mit einem Blaupunkt-Gerät, das er repariert hatte, zu einem Kunden unterwegs war, daß Leni oben in ihrem Zimmer endlich wieder einmal über ihrer Arbeit fürs historische Seminar saß, daß Rob und Blumer wie gesagt den Wasserschaden in der Decke über dem hintersten Raum auszubessern suchten, daß gleichzeitig Rosie in der Küche an einer ihrer Blusen Einnäher anbrachte und leise dazu pfiff.

Später, halb sieben ist vorbei. Silvs Entdeckung. Benommen legte sie sich nochmal hin, ging dann aber doch, als Paul sie zum Essen rief, langsam und eingepackt in den schweren Mantel, in die Küche. Ihre Hand in der linken Manteltasche umklammerte das zerknüllte Stück Papier. Jetzt nur nicht gleich reden müssen. Wie von weit weg hörte sie, als sie hineinging, die laute, gereizte Stimme von Rosie. Wer? Los, das muß doch heraus! sagte Rosie wieder. Sie stand mit dem Rücken zum Herd und schaute sie alle, wie sie da saßen oder standen, der Reihe nach an. Liebster, dachte Silvs Gehirn immer neu diesen fürchterlichen Worten nach, Liebster, und: Auf Montag! und: Sei umarmt! Erst als sie am Tisch saß, wurde ihr bewußt, hier war so etwas wie ein Streit in Gang.

Sicher, Rosie. Hast ja recht. Und, leider sei möglicherweise er der Täter gewesen. Aber dieser Kleinigkeit wegen bräuchten sie sich hier noch nicht gleich die Köpfe einschlagen. Ein Versehen, ja, wahrscheinlich er, er habe – Rosie: Und die Schnitzel, der Reis, – da brauche man einfach Salz. Sie habe endlich einmal etwas Besonderes kochen wollen, sie habe eigens die besten Schnitzel gekauft. Nein, nein, Blumer, mit Kleinigkeit und Versehen lasse sich das nicht erledigen.
Rob lachte zwar, als er sagte: Sie hat recht, Blumer. Wenn einer hier den Rest aus der Salzdose aufbraucht, sorgt er für Nachschub. Das gehört auf die Tafel geschrieben. Hätt's drauf gestanden, so hätte Paul die neue Packung heut gekauft. Silv hörte Leni etwas von sozialem Verhalten sagen, Lektion eins. Sie hörte Blumers Stimme, von Programmierung war die Rede, von Lektion eins, von Rosies Schnitzeln, von Salz, und Paul sagte, Sozialismus fange in der Küche an. Jemand sagte: im Bett fängt er an, und Worte wie Reproduktion und wieder Sozialverhalten gingen hin und her. Sie wollte das alles nicht wissen, jetzt nicht, sei umarmt Liebster am Montag umarmt, ihre Augen begannen zu brennen.
Paul stand dicht neben ihr: Hei, du, Silvchen, – was denn mit ihr los sei? Seine Hand auf ihrer Schulter schubste sie leicht an. Auch die anderen schauten jetzt her. Sie nahm langsam die linke Hand aus der Manteltasche und reichte Paul, ohne aufzuschauen, den zerknüllten Zettel. Sie wartete seine Reaktion nicht ab. Sie hielt auch die Tränen nicht mehr zurück. Und auf einmal wollte sie, mußte sie etwas tun, jetzt, gleich, sie mußte reden, sie wußte, sie wollte jedem Geständnis Pauls, jedem Argument, jeder Lächerlichkeit vor sich und den andern hier und dem Anwachsen der Stille zuvorkommen. Ich weiß, was er jetzt sagen wird, ich weiß alles und weiß, das ist nur lächerlich – Eifersucht, ich weiß, was ihr sagen wollt, verletzte Eigenliebe, ja, natürlich, Angst, klar, Angst vor dem Vergleich mit der andern, ich weiß, aber ich will's nicht wissen, – hörst du, sagte sie – ich kann nicht, das ist

alles, und da helfe ihr überhaupt nicht, wenn er ihr jetzt seine Gefühle erkläre und wenn Blumer sie frage, ob sie wirklich Liebe meine oder nichts weiter als Treue, nein, alles schön und gut, nein, sie habe satt, längst, da drin zu spüren, wie sie, jeden Tag ein bißchen mehr, ein Teil von Paul werde, immer weiter und bald werde sie nur noch seine Gedanken denken und seine Gefühle fühlen und seinen Pulsschlag spüren hier ganz zuinnerst, sie werde ein Stück von ihm sein, sein Fortsatz, mehr nicht, und jeden Tag ein bißchen weniger und immer weniger sie, sie selber sein, Silvia, sie wollte nicht, nicht, sie wolle ja auch nicht umgekehrt ihn besitzen wollen, überhaupt nicht, und klar, daß Liebe kein festes Quantum sei, das man ausgibt und wenn es ausgegeben ist, gibt's nur noch Teilung, – nein, klar sei ihr das alles längst klar, aber was wollt ihr, was soll ich denn tun? Ich bin nun einmal eifersüchtig, ja, ich hasse dich, Paul, ich hasse deine Scheiß-Barbara, die dich umarmt, ich bringe sie um und mir hilft einen Scheißdreck, daß ich das alles weiß und jetzt könnt ihr, sagte sie immer lauter, noch soviel quatschen und von der historischen Lage reden, Paul, und daß wir eben programmiert und so weiter: alles eingesehen, alles akzeptiert, ich weiß das genauso genau wie ihr, und das hilft mir nicht, sagte sie, das hilft nicht, hilft nicht.
Sie atmete schwer. Sie drehte Paul schräg hinter ihr langsam das Gesicht zu. Und daß du mir eben mit der Hand übers Haar gestreichelt hast, siehst du, das tut mir sogar noch immer gut. Kann jemand so denn noch leben? Laut sagte sie, wieder zu den anderen: kann das jemand?
Von der leeren Salzdose war nicht mehr die Rede. Leni stand auf, sie kam um den Tisch herum, beugte sich und küßte Silv auf die Wange. Rob brachte vom Schrank die Tresterflasche herüber und ein Glas. Er stellte es vor Silv hin. Während er einschenkte, sagte er zu Rosie hinüber: vielleicht, daß du's für heute mit der Streuwürze versuchen solltest.

... und wenn nun aber einige ausbrechen wollen, woraus brechen sie aus oder nicht aus? Aus welchen – beispielsweise – Traditionen? Traditionen wovon? – Auch nach der Ausbildung des Städtewesens im hohen Mittelalter gehörten noch immer 70–90% der Bevölkerung dem Bauerntum an. So war denn der männliche Haushalt «das wichtigste und das tragende Wirtschafts- und Sozialgebilde der damaligen Zeit (...) er umspannte einmal die Generationskette aller lebenden Familienmitglieder, wozu auch blutsfremde Haushaltsmitglieder treten konnten, zum anderen fast die gesamte Aktivität der im Haushalt lebenden Menschen, besonders ihre Arbeit, aber auch ihre meiste Freizeit» (Enger). Max Weber betont, daß das wesentliche Moment dieser Familiengemeinschaft nicht das mit zugrundeliegende Verwandtschaftsverhältnis war. So haben sich denn auch nirgends im mittelalterlichen Recht die Wirkungen der häuslichen Gemeinschaft auf Verwandte beschränkt. Vielmehr existierten auch außerhalb der Familie derartige Gemeinschaftsverhältnisse, welche rechtlich völlig gleichartig behandelt worden sind.
Das Charakteristikum und wesentlichste Element solcher Gemeinschaft des Haushaltes bestand in der damit verknüpften Gemeinschaft der Arbeit. Dieses Faktum des gemeinschaftlichen Produktionsprozesses, in welchen alle Mitglieder integriert waren, prägte denn auch weitgehend Lebensweise und Beziehungen des «ganzen Hauses».
Die innere Schichtung der Bauernfamilie entsprach ganz den Normen der Feudalgesellschaft. Wie der feudale Herr für sein Gut, so wünschte sich der patriarchalische Bauer für seinen Hof möglichst viele Kinder als zukünftige Arbeitskräfte. Der Wunsch nach Kindern entsprang nicht in erster Linie gefühlsmäßigen Motivationen, wie dies beispielsweise heute der Fall ist.
Aber auch die außerhalb des Bauernstandes tätige Bevölkerung, welche größtenteils im Handel und Gewerbe arbeitete, lebte meist im «ganzen Haus». Auch dieser

Großfamilienhaushalt war charakterisiert durch die Einheit von Wohnung und Werkstätte. Er war ebenfalls patriarchalisch strukturiert. Auch hier bildeten alle im Hause eingegliederten Menschen eine natürliche Produktions- und Arbeitsgemeinschaft.
Beide Haushaltungen waren relativ in sich geschlossen und weitgehend autark (Vorratswirtschaft, vielseitige Produktion).[17]

Skizzenbuch: Darf das Leiden krank Genannter für uns normal Genannte eine Hoffnung sein? Der Gedanke verstört mich. Die Zahl der psychisch als krank Bezeichneten, die Zahl auch der psychosomatisch Erkrankten steigt, steigt. Was diese schreckliche Tatsache an verschwiegenem Leiden von Millionen von Menschen in unserer Gesellschaft bedeutet, ist kaum nachzuempfinden. Sie verweist natürlich auf Ursachen. Und aber: sie signalisiert auch eine in den Betroffenen offenkundig vorhandene Kraft zur Selbstbehauptung. Ist diese Deutung zulässig: in Millionen von Fällen nimmt ein Ich den Krankheit genannten Zustand in Kauf, um nicht angepaßt, um nicht in Entfremdung kaputtgemacht zu werden? Welche Leistung der Psyche, vor der Frage: Anpassung oder Selbstbehauptung? das «Verrücktsein» zu wählen! Jenen Zustand zu wählen, der in der Neurose und selbst im Wahnsystem den Kern des Ichs zu schützen sucht. Vergleichbar einem Bauern, der sich von den Grenzen seiner von ihm in Brand gesteckten Felder vor den anrückenden Pfändungsbeamten zurückzieht bis zu den Kühen im Stall, den Stall verriegelt und hier aber zu kämpfen entschlossen ist. Wahnsinn. Wir, die Gesunden, sind schon gepfändet. – Und also die chancenlose Hoffnung, noch eine: daß nicht fünf, nicht zehn kühne psychiatrische Outsider, sondern die gesamte Psychiatrie als Wissenschaft, die Ärzte und Heiler und Betreuer aller Stufen ruhig aufstünden und erklärten: Schluß mit der sexuellen Unterdrückung, Schluß mit Konkurrenzdruck, Rollenwahnsinn, physischer und psychischer Ausbeutung. Eine Hoffnung?

Werkstattszene 3: Längst hatte sich das eingespielt. Zehn vor neun verschwand der Stift, um neun war er wieder da. Er legte den Laib Brot und die Cervelats neben der Tür zum Tankraum auf die Drehbank. Innerhalb von zwei Minuten standen sie alle hier beisammen, jeder mit seinem «Waldfest» – Wurst und Brot – in der Hand. Bier und Mineralwasser, in Harassen, kauften sie gemeinsam ein, das heißt, Gassmanns Frau arbeitete bei einem Engros-Händler, und Gassmann brachte alle vierzehn Tage die vollen Harassen mit, im Sommer manchmal auch schon häufiger. Früher hatte Stocker ein paarmal gegen diese Neunuhrpause protestiert, und Frau Stocker hatte dem Stift das Waldfest einmal aus der Hand genommen, einfach so, und ihn an die Arbeit geschickt. Aber sie alle fünf waren stehen oder auf den Harassen sitzen geblieben und hatten weitergekaut. Jetzt und seit damals verschwand Stocker jeden Tag um neun im Büro; die Alte ließ sich in der Pause ohnehin nicht mehr blicken. Das war gelaufen.
Jecker las den «Blick». Die Sachen, die ihn besonders interessierten, las er laut. Ob das hieß, daß er sie ihnen vorlas, wurde nie klar, weder wartete er mit dem Lautlesen eine Gesprächspause ab, noch kündigte er es an, noch war er auf ihre Reaktion neugierig, er las laut vor, meist irgendwelche Schlagzeilen, meist aus dem Blick in die Wirtschaft, das war sein Hobby, und wenn er fertig war, las er wieder leise weiter.
Kaum, daß zwischen ihnen von Privatem die Rede war. Immerhin, aus Bemerkungen wie «unser Hauswart hat gestern den Arm gebrochen, ich mußte mit ihm zum Doktor fahren» oder «meine Frau geht zu denen nie einkaufen» oder «jetzt zahlst du für einen Gartentisch aus Bambus Fr. 280.–», bekam man allmählich ein Bild über die Verhältnisse eines jeden von ihnen zusammen.

Gassmann war eigentlich der einzige, der immer etwas zum Erzählen hatte, im Sommer redete er bis zur Wochenmitte von den Radrennen vom vergangenen, ab Donnerstag von jenen des kommenden Wochenends. Im Winter waren es die Skirennen, alpin und nordisch. Philippe Roux war sein Top-Favorit. Roux erwischte meist die falsche Wachsmischung, oder es lag am falschen Ski, manchmal war auch einfach die Strecke für Roux technisch zu wenig anspruchsvoll oder Roux hatte, nach der Bestzeit im 2. Training, bei der Einfahrt ins Große S halt ein wenig verkantet und trotzdem hatte er immerhin wieder den 7. Platz herausgefahren.
Jecker las eben etwas vom Bruttosozialprodukt vor und es seien nur 1,0 % zu erwarten, was immer das bedeuten mochte, Jecker kommentierte solche Nachrichten nicht, als Rob an Jecker vorbei sah, wie draußen bei den Tanksäulen zwei Gestalten auftauchten, beide in Trenchcoats, beide vom kalten Regen offensichtlich durchnäßt.
Rob legte den Wurstzipfel ins Papier zurück und ging zu den beiden hinaus. Sie grüßten. Ihre Citrone, ein Deux-Chevaux, sei stehengeblieben, da unten, bei der Turnhalle. Rob fuhr den Opel heraus, zu dritt fuhren sie hinunter. Ob sie noch weiter wollten heute, fragte er unterwegs. Sie wollten nach Frankreich; nach Lyon wenigstens noch, dort könne man weitersehen. Ja also für länger, für Ferien? Nein. Ein paar Monate sei das mindeste, vielleicht länger. Sie seien zu dritt. Meine Freundin noch, sagte der Ältere, Rob schätzte ihn auf etwa fünfundzwanzig. Der Kleine hinten war vermutlich kaum zwanzig, wenn überhaupt. Und du? fragte der Kleine.
Rob ließ sich, während er erst einmal die Kerzen kontrollierte, erklären, wie der Wagen schon immer so ein komisches helles Rattergeräusch von sich gegeben habe. Ausgerechnet heute war es, auf der Autobahn, immer lauter geworden, ein richtiges Gerärre, da sei er, sagte der Ältere, in Jammers-Ost ausgefahren, um zu einer Werkstatt zu kommen. Plötzlich noch ein paar Takte, dann sei Schluß gewesen. Gestorben, sagte er. Rob zeigte ihnen

den Getriebekasten. Wahrscheinlich sei das ganze Getriebe verreckt. Und hier, schau dir den Zylinderkopf an! Kurz, als sich herausstellte, die Maschine Jahrgang 69 hatte 108 000 hinter sich, war klar, daß es nur eine Lösung gab. Neuer Motor. Ja, so ungefähr einen Tausender müßten sie dafür rechnen. Ich breche ein, sagte der Kleine. Iren steckte sich eine Marocaine Super an, sie gab dem Langen, er hieß Jürg, und Rob auch eine.
Ob er da keine Idee habe, fragte Jürg. Was heißt Idee, und Rob dachte für einen Moment an Stocker, aber dann sagte er: wenn du meinst, ob man da etwas schaukeln kann, – er müsse es sich überlegen. Kommt, stoßen wir den Schlitten hier ein bißchen weg. Er nahm sie alle drei dann hinauf mit. Er überlegte, was er Stocker erzählen könnte. Am besten, man blieb bei der Wahrheit, es mußte ja nicht grad unbedingt die ganze sein.
Mittags um eins traf er die drei wie verabredet im Süßen Eck. Hier kannte man ihn kaum, und Stocker kam mit Sicherheit hierher nicht. Er beschrieb ihnen den Weg zur Huppergrube. Sie hatten ja jetzt Zeit. Schon um zwei trafen sie ein. Rob fuhr dann gleich mit Jürg zum Autofriedhof nach Kölliken. Sie fanden eine Maschine, anständig im Zustand, und Jürg handelte geschickt auf 280.– herunter. Abends wurde der 2 CV abgeschleppt mit Lenis Fiat und zum Grubeneingang gefahren. Übernachten konnten Jürg, Iren und Thomas bei ihnen hier, nein, das war, mit den Schlafsäcken, kein Problem.
Wie haltet ihr's, wenn ihr einen Ofen anschafft? Wer entscheidet über die Verteilung der Arbeiten hier im Haus? Was arbeitest du? Habt ihr auch eine Stereoanlage? Habt ihr, mit dem See dahinten, keine Angst vor Überschwemmung? Wie finanziert ihr das Baumaterial? Die drei Gäste erzählten von einer Wohngemeinschaft in Zürich, die sei aufgeflogen, weil drei der zwölf Leute nach Ansicht der anderen zuviel politisiert und zuwenig gearbeitet hätten. Und immer stellten sie neue Fragen.
Rob schaffte es dann am nächsten Tag, unterstützt von Jürg, den neuen Motor bis abends um sechs einzubauen.

Für die Weiterfahrt nach Lyon war's allerdings zu spät. Am Tag danach, einem Donnerstag, fuhren sie wieder nicht los. Sie drucksten so ein wenig herum, bis Iren mit der Sprache herausrückte: sie, sie drei, würden eigentlich ganz gern dableiben und mitziehen. Mit ihrer Photoausrüstung könne sie, Iren, vielleicht ein wenig dazuverdienen. Geld hätten sie zusammen 2800 Franken. Und Jürg sagte, die elektrischen Leitungen im Haus und solche Stecker wie hier, das sei strenggenommen überhaupt nicht mehr erlaubt, er wechsle das alles sauber aus, kein Problem. Leni, Rob, Silv, Paul, Rosie und Blumer zogen sich nach der Rückkehr von Leni und Paul um halb sieben zur Beratung zurück. Sie beschlossen, den drei Neuen einzeln je noch drei Fragen zu stellen: Hältst du für möglich und erstrebenswert, daß es innerhalb unserer Gesellschaft Gruppen gibt, die nach anderen Gesetzen leben wollen als die Welt drumherum? – Ginge es nach dir, welche Maßnahmen würdest du ergreifen, wenn du feststelltest, daß jemand hier in der Kooperative einem andern zehn Franken geklaut hat? – Wie reagiertest du, wenn jemand von uns hier sich in deine Freundin/Freund verliebte?
Provisorisch, zunächst für drei Wochen, wurden sie einstimmig aufgenommen.

Teil 3

25

So wie Blumer als Figur nun einmal angelegt ist, kann es ihm in Zürich besonders gut nicht gegangen sein. Er hatte den Entschluß, die Gastfreundschaft der Kooperativemitglieder zu verlassen, plötzlich gefaßt.
Kälteeinbruch zu Anfang Dezember. Merkwürdig, seit dreißig und zwanzig Jahren zum erstenmal wieder nahm Blumer wahr, wie wichtig Jahreszeiten sind. Wie kurz die kürzesten Tage sind, wie hart geschlossen die Schwarzdornknospen an Neujahr. Dieses Warten, Tauwetter im Januar, neuer Frost mit Naßschnee zu Anfang Februar. Wie die Tage unterschiedlich riechen: die Luft draußen auf einmal nach dem Holzfeuer der Waldarbeiter und wieder nach dem Zementwerkgeruch, der von Jammers herüberkam. Oder fünf Kraniche flogen ein, sie ruhten ein paar Tage, bevor sie weiterflogen, schon wieder nach Norden? Immer wieder ein Rentner, gelegentlich auch deren zwei, oben am Grubenrand; Zuschauer; man gewöhnte sich auch daran. Immer wieder die Debatten über die Autoreparaturwerkstätte. Im Mai würde Rob bei Stocker kündigen, danach ginge es los. Sie rechneten, Rob zeichnete, sie gingen zur Lagerhalle hinunter, um zu sehen, wie Rob sich die Organisation des Raums hier und die Einrichtung vorstellte. Sie fanden schnell heraus, daß sie alle neun von diesem geplanten selbstverwalteten Betrieb nicht würden leben können. Schon gab's auch Pläne für die Ausflüglerspunte, ein Gartenrestaurant, natürlich nur Halbjahresbetrieb, mehr vorerst nicht, für den Sommer. Wer würde den Wirtekurs machen?
Reihum, immer für zwei Tage, übernahm eine oder einer von ihnen die Arbeit in der Küche und die Reinigung. Das spielte sich rasch auch ein, nachdem sie jetzt neune waren. Blumer in der Küchenschürze erntete mit seinem ersten Kochversuch – Suppe, danach Schweinskotelett, Bratkartoffeln, Kopfsalat, alles streng nach Kochbuch, –

Heiterkeit. Rob brachte täglich aus dem Postfach der Kooperative S die Zeitung; Briefe waren selten. Blumer schrieb unter dem Titel «Der Schlagring» jene Geschichte auf, wie Rob hier, als er noch allein den Grubenbau bewohnt hatte, von der besoffenen Gesellschaft überfallen und niedergeschlagen worden war und wie er den Fernseh-Händler Kuhn dann besuchen ging; natürlich unter Auswechslung der Namen. Er schrieb, als autobiografische Skizze, sein «Wiedersehen an der Aare» auf, seinen ersten Abend wieder hier in Jammers, und, immerhin, der «Tages-Anzeiger» und die «Luzerner Neuesten Nachrichten» druckten die Arbeiten und auch ein paar Glossen, die er seinem Skizzenbuch entnahm, ein wenig ausbaute und an die Redaktionen schickte. Er lebte knapp kostendeckend. Alle paar Tage blieb Leni die Nacht über bei ihm; zwei- oder dreimal hatte es sich ergeben, daß er bei Rosie schlief. Rosie hatte einen kleinen Teddybären unter dem Kissen. Einmal brachte sie ihm am Morgen ein Glas Orangensaft ans Bett, sonst, sowie wieder Tag wurde, gab sie sich, als wäre zwischen ihnen nichts weiter als diese ein wenig wortkarge, ein wenig grobschlächtig artikulierte Kameradschaft.

Rob und Jürg hatten ein Floß gezimmert. Alle neun gingen es bewundern. Tatsächlich, und die vier Ölfässer unter dem Balkenboden trugen sie alle, als sie vorsichtig vom Steg aus an Bord gingen und sich hinhockten, und als Rob und Jürg das Floß mit langen Stangen quer hinüber stocherten. Es gab sich, daß Blumer hinter Leni und Rob her den Fußpfad zum Vorplatz hinauf ging und ihnen auch über den Platz zur Tür hin folgte. Leni hatte ihren rechten Arm um Robs Hüfte, er seinen linken Arm um ihre Schulter gelegt. Die Hüften aneinandergepreßt, gingen sie plötzlich im Kreuzschritt, immer so, daß Rob das linke Bein vor sie, und daß Leni das rechte vor ihn hin grätschte, ein Spiel, sie hielten sich aneinander, lachten, Blumer konnte nur staunen, wie gelöst, wie tänzerisch leicht und vergnügt die beiden Körper sich vor ihm bewegten, so als wären sie ein Wesen.

Zehn Minuten danach, er hatte sich mittags wie üblich auf eine knappe Stunde auf sein Bett gelegt, hatte er ihr heiteres Bild sekundenlang nochmal vor sich, gleichzeitig aber war jetzt auf einmal dieser Stich da. Dieses Gefühl, von Leni getrennt zu sein. Von solchen jugendlichen Spielen ausgeschlossen zu sein. Von Rob ausgestochen zu werden, allein schon, weil Rob und Leni ihrer einen Generation angehörten, er gemessen an ihnen beiden allenfalls ein Onkel sein konnte, ein Liebhaber zweiten, dritten Grades.

Er war, mit einem Schlag überfiel ihn diese Einsicht, unfähig, gelöst und frei und spielend mit Leni verbunden zu sein. Schlichte, törichte Eifersucht. Er wollte Leni für sich haben. Es war lächerlich, es war gemein, wie voll seine Gefühle jetzt gegen alle seine intellektuellen Errungenschaften rebellierten. Sie widerlegten ihn. Es war gemein. Für einen Augenblick gab er sich der Vorstellung hin, Rob langsam zu erwürgen. Lächerlich. Verdammich, verdammich.

Die Sache wurde besser auch nicht dadurch, daß seine Verbindung mit Leni für Rob offensichtlich und seit jenem Ausbruch vor nun bald fünf Monaten anscheinend kaum mehr ein Problem war. Gewiß, eine Spur von Spannung, von Konkurrenz lag ab und zu in der Luft, in Winzigkeiten spürbar und erkennbar, etwa, wenn Rob hartnäckig in der Zeitung las oder gerade dann die Küche verließ, um angeblich noch schnell an der Honda die Standgasschraube nachziehen zu gehen, wenn Leni und er von einem Spaziergang oder aus seinem, Blumers, Zimmer zurückkamen. Aber immer wieder und je länger umso mehr, so hatte es geschienen, war's diese umwerfende, diese geradezu vitale Offenheit, diese Herzlichkeit Lenis, die solche Situationen entschärft hatte, sie und die Sicherheit, mit der Leni jeden Besitzanspruch von sich her aus ihren Beziehungen zu Rob und ihm herauszuhalten vermochte.

Am gleichen Februartag noch fuhr Blumer mit seinem ganzen Gepäck hintendrauf nach Zürich. Von der Autobahn-Tankstelle Würenlos aus rief er Gerda an. Danach klapperte er gleich noch seine drei Redaktionen ab, so «im Vorbeigehen hereingeschaut», wie er jeweils erklärte, wenn er in eins der Vorzimmer trat. Schließlich war er hier jahrelang zu Hause gewesen, «Jugend und Sport», Magazinteil, auch Chef vom Dienst. Die Damen in den Vorzimmern hatten sich seit damals wenig verändert. Sie grüßten ihn mit dem alten «Ach» und «unser Herr Blumer», wurden dann aber geheimnisträgerisch: es stellte sich heraus, daß Hugo oder Kari oder die Roth auch nicht mehr da waren.

Auch in der Bodega kannte er niemanden mehr; der Set hatte sich anscheinend aufgelöst oder verlagert. Auch gut. Gerda kam dann schon kurz nach sieben. Er sehe geradezu nicht schlecht aus. Daß er vom Land komme, sozusagen aus einer Grube, hielt sie zunächst für einen dieser unlustigen Blumer-Scherze. Sich selber überging sie wie immer mit Kürzestnachrichten – sie war an ihrer Sprachschule jetzt nicht mehr Hilfskraft, sie war fest angestellt als Fachlehrerin für Deutsch und Englisch, und eine neue, eine Zweizimmerwohnung – neunhundert! – hatte sie seit drei Wochen nun endlich auch, Altbau, Rigiplatzgegend.

Erst als sie sich kurz nach zehn in eben dieser Wohnung schräg gegenübersaßen, er kannte die beiden Clubsessel von früher, erwähnte sie beiläufig noch, sie und ihr Robert würden jetzt wohl doch nicht heiraten. Sie habe ihn gefragt, was er auf die Frage, warum nun wirklich er heiraten wolle, antworte. Nach einem Zögern habe Robert sie dann gebeten, auf die gleiche Frage als erste zu antworten. Kinder? Gut, wär ein Motiv, gewiß, aber wünschten sie beide, noch dazu mit rund fünfunddreißig, mit jener Leidenschaft Kinder, die doch wohl die Voraussetzung für Nachwuchs wäre? Kinder, in diese Welt hier setzen? Nein, einmal so, auf Herz und Nieren befragt, sei weder ihm noch ihr eine plausible Antwort eingefallen.

Und jetzt aber du, mein Blumer, ganz ernsthaft: und

staunend hörte er ihr zu, wie sie sein Portrait entwarf, – Kindheit, Berufsentwicklung, Bucherfolg, gescheiterte Ehe, Aufstieg zum Reporter, der noch vor zwei Jahren von jeder Redaktion mit Begeisterung empfangen wurde, seither als Name aus dem Gazettengarten langsam verschwunden. Und jetzt komme er plötzlich an, erzähle von dieser merkwürdigen Kooperative und seinem Zusammenleben mit Jugendlichen in einer romantischen Wildnis, – Zwischenfrage: du hast, sagte sie, übrigens noch nicht erzählt, wie's heute war, bei deinen Zeitungskollegen. Du arbeitest doch noch?
Das war bald erzählt. Erstens war er zwar überall freundlich empfangen worden, aber je von neuen, ein wenig klebrigen Gesichtern. Zweitens hatte ihm sein alter Copain Max vom «Tages-Anzeiger» nachher bei einem Bier klargemacht, was er schon wußte: daß er mit seinen Themen – er hatte ein Interview mit Santiago Carillo in Paris vorgeschlagen, einen Bericht «Wie leben die Arbeitslosen in Jammers» sowie «Kooperative als Alternative», eine Untersuchung über die Gründe, warum Junge aussteigen, – daß solche Themen vorbei seien. Passé, hatte Max gesagt. Jedenfalls nach Meinung der Zeitungsbosse. Beziehungsweise, hatte er gesagt, der Großinserenten. Und wenn ein solches Thema obendrein von dir vorgeschlagen wird, und du brauchst, weil du sorgfältig arbeiten willst, auch gleich noch zweitausend Franken Vorschuß, – die Mischung sei zu heiß. Bereits zu heiß. Gefragt sei Einschlaflektüre, Skandallektüre, Bestätigung, wie gut, wie positiv wir seien. Wir waren «in», Blumer. Heute? – Ja. Und drittens. Aber das habe er vergessen.
Komm, sagte Gerda, kneif nicht. Ich hab dann nämlich noch eine Frage.
Gut, also. Zunächst: er akzeptiere das sogar. Sein «in»-Sein sei ohnehin ein Mißverständnis gewesen. Im übrigen, warum solle man den Zeitungsverlegern übelnehmen, daß sie sich nach den hier üblichen Grundregeln verhalten? Überhaupt: er sei verliebt.
Nach kurzem Schweigen Gerda: Wie heißt das Mädchen,

hast du nicht «Leni» gesagt? Und: vierundzwanzig? Mein Blumer, mein Blumer!
Und wieder nach einem Schweigen und nachdem sie ihm die Beaujolais-Flasche hinübergereicht hatte, sagte sie: Ergänzen wir also das Bild der Lage wie folgt: als kritischer Journalist hast du Beachtliches erreicht. Seit rund zwei Jahren vertrödelst du deine Zeit und dein Geld, vornehmlich in Paris, beziehungsweise neuerdings mit deinen jugendlichen Grubenbewohnern. Heute nachmittag hast du einen Test deines Marktwerts gemacht. Das Ergebnis: Tendenz sinkend. Nicht schlimm vermutlich, – ein bißchen Anpassung an die Nachfrage, und du bleibst vorerst oben. Vorausgesetzt, du legst dich mächtig ins Zeug.
Und also deine Frage? Sie sah gut aus, noch immer skiferiengebräunt, und diesen verschmitzten Zug in ihrem Gesicht hatte er besonders gern.
Wie wirst du reagieren? Du, der Aufsteiger, der hochdotierte Rechercheur, der gläubige marxistische Sozialist und Verehrer Maos?
Reagieren worauf?
Blumer! Addiere einmal, was dir für die letzten zwei Jahre an positiven und negativen Faktoren bleibt. Die Bilanz zeigt rote Zahlen. Umso mehr ich mir dich als Mann über vierzig so recht noch nicht vorstellen kann, – sofern ich deine neue unglückliche Liebe notabene richtig deute.
Irgendwie werd ich's schon schaffen, Gerda.
Nein, sagte sie, nein, irgendwie eben nicht. Du nicht. Und wenn du meine Antwort hören willst, – entweder, du machst dich gleich und mit aller Energie auf die Socken, arbeitest wieder wie früher, du erinnerst dich, wie ein Ochse, und bist in spätestens einem Jahr wieder da, thematisch angepaßt an die Nachfrage. Oder aber: du landest in nächster Zukunft in einer Krise. Die dürfte dir allerdings schwer zu schaffen machen.
Es blieb eine Weile wieder still zwischen ihnen. Blumer wußte auf einmal, es war zwar ungeheuer anständig von

Gerda, daß sie versuchte, ihm ganz aus seiner Lage heraus zu raten. Aber sie verstand nicht. Konnte wohl nicht kapieren, daß, was sie als die beiden Möglichkeiten für ihn sah, jetzt nicht zur Debatte stand. Die Krise, die hatte er, wenn nicht schon hinter sich, so doch in ihrem gefährlichsten Stadium durchsegelt. Und die renovierte Journalistenkarriere, die interessierte ihn einfach nicht. Es ging nicht darum. Es ging darum, daß er im vielleicht finstersten Augenblick seiner bisherigen Existenz auf eine winzige Hoffnung, nein, auf die winzige Spur einer Hoffnung gestoßen war. Auf die Möglichkeit, daß es Keimzellen einer neuen und befreiten Gesellschaft gab, ganz praktisch, ganz konkret; ungeheuer gefährdet, gewiß, aber da, als Leben. Und gleichzeitig auf die Möglichkeit, daß er darin mitleben könnte und daß er eine Aufgabe hätte, – mitzuziehen, daß die Kooperative als Versuch gelang. Sinn, – blitze da nicht ein Stück jenes Sinns auf, nach dem Leni gefragt hatte, als sie wissen wollte, wo er ihn jetzt wohl hernehme?
Sie brachte das Bettzeug. Sie küßte ihn auf die Wange, und von ihrem Zimmer nebenan wünschte sie ihm durch die offene Tür gute Nacht. Als er auf der Couch lag und die Decke hochzog, hörte er nochmal ihre Stimme. Hat's dich sehr erwischt, Blumer?
Ich glaub schon. Du, ich möcht dir morgen noch ein paar Sachen erzählen. Und wieder Gerda: Ja, sehr gut. Aber dann alles? Auch, wie das mit deiner Krise war? Und daß diese Kooperative jetzt deine Hoffnung ist? Und daß sie ein Floß ist, das hat dich aufgefischt, und jetzt willst du dort mitziehen, damit's auch bei schwerem Wellengang hält? Und daß du dir beim Gedanken, ein Absteiger zu sein, jetzt eigentlich doch ganz gut vorkommst? Und daß diese Verliebtheit natürlich deshalb ein Problem ist, weil du damit, mit deinem Besitzanspruch, deiner Eifersucht, gegen die Gesetze auf dem Floß verstößt, vielleicht sogar das Floß zerstörst? Das alles auch, mein Blumer?
Gedankenleserin! Er lachte. Gut. Alles.
Er erwachte erst um zehn. Auf dem Tisch in der Küche

stand ein Frühstück bereit, in der Thermoskanne war sogar heißer Kaffee. Er ging dann zu Fuß in die Stadt hinunter, kaufte die Zeitungen, saß wie früher im «Select» beim Morgenkaffee, schaute bei seinem Buchhändlerfreund in der Oberdorfstraße vorbei, stöberte ein bißchen in den Neuerscheinungen, kaufte aber Wilhelm Reichs «Einbruch der sexuellen Zwangsmoral», auf dem Rückweg fand er bei Pinkus, oben im Antiquariat, die deutsche Ausgabe von «Die Liebe und das Abendland», von Denis de Rougemont; den Engelsschen «Ursprung der Familie» nahm er für Gerda mit. – Kein Zweifel, die Stadtluft tat gut. Er liebte solche Vormittage, dieses Privileg für Leute wie er. Ob Leni heute ins Seminar nach Bern gefahren war? Ob Rob den Vormittag ohne Streit mit Stocker schaffte? Der einzige Einwand der Kooperative gegenüber: daß sie auf dem Land war. Wär sie möglich auch hier, in diesen dichtbevölkerten Gassen der Altstadt? Warum eigentlich nicht? Warum, umgekehrt, nicht eben doch nur auf dem Land? Solange da nicht die Schollenideologie wucherte, – aber wie auch immer: er wollte das jetzt nicht entscheiden müssen. Als er in Gerdas Wohnung ankam, wußte er jedenfalls eins: daß er in die Kooperative zurückgehen würde, aber erst in sechs, in acht Wochen vielleicht.

Gerda brachte eine Pizza mit. Nach dem Essen mußte er «nun aber wirklich alles» erzählen.

Da Gerda ohnehin vier- oder fünfmal in der Woche bei ihrem Robert übernachtete, überließ sie Blumer die Wohnung. Im übrigen hatte Blumer Max angerufen und ihn gebeten zu klären, ob die Druckerei vielleicht aushilfs- und stundenweise einen Korrektor brauchen könnte; Max hatte erst nicht begriffen. Du als Korrektor? – Er rief wenig später zurück; kaum zu glauben: es klappte. Stundensatz 20,– Franken. Als Gerda wieder einmal in ihrer Wohnung zu Besuch war, – auf Krankenbesuch, wie sie es nannte – sagte sie: Eigentlich müßtest du jetzt nur noch deinen autoritären Charakter ändern und die Eifersucht als Krankheit überwinden, dann könnte man

dich ruhigen Gewissens in dein Kooperative-Abenteuer zurückkehren lassen.
Diese witzelnde Seite hatte er an ihr nicht so sehr gern. Unter der Tür hatte sie ihn aber plötzlich umarmt. Dann hatte sie ihn ernst angeschaut und gefragt: Worttäter? – stammt der Ausdruck nicht von dir? Schreib, sagte sie, hörst du, mein Blumer, schreib.
Der Ausdruck stammte zwar vermutlich nicht von ihm. Gerda war längst wieder in ihrer Schule, die Sonne lag als rhomboider Teppich im Zimmer vor der Balkontür. Das Rauschen von draußen, von der Stadt herauf fiel ihm wieder auf, dieses Gesumm, das entsteht und da ist, wenn Hunderttausende von Menschen auf ein paar Quadratkilometern zusammengedrängt arbeiten, fahren gehen, sprechen, rufen, hupen, klingeln, allein sind, essen, weinen, atmen. Irgendwie gehörte er doch wieder dazu. Wie dazu? Brav ging er mit dem Rotstift die Korrekturabzüge vor sich auf dem Tisch durch, Fahne um Fahne. Adrette Witwe, 36, kath., sucht den Partner, zu dem sie aufschauen kann. Vermögen, auch Grundbesitz, vorhanden. Wo ist die frohe Fünfzigerin, die mein Leben teilt? Bin jugendl. Rentner, hundelieb, 170, mit Haus u. Garten. Ab und zu fehlte ein Buchstabe.
Möglich, und er erinnerte sich jetzt dunkel, er hatte vielleicht gesagt, und auch das wohl nur in alkoholisiertem Zustand, seine Tat sei das Wort. So emphatisch, so ungebrochen waren sie damals, vor fünf, sechs Jahren, noch gewesen. Ja. Er stand auf und begann hin und her zu gehen. Es war merkwürdig. Es war ärgerlich. Er war nach Zürich gekommen, um Abstand zu gewinnen. Sicher, zunächst einmal Abstand von dieser Faszination durch Leni. Lächerlich, in höchstem Maß, daß ausgerechnet ihm eine solche verdammte Verliebtheit passierte, nach dem uralten Muster: Mann in der Lebensmitte, seine Jugend zurückwünschend, verliebt sich in junges Mädchen. Hatte nicht die scharfzüngige Ini festgestellt, als erwachsen lasse sie nur jene gelten, die Libidostreuung zu praktizieren in der Lage seien, und in diesem Stück we-

nigstens müsse sie auch beispielsweise ihn für erwachsen halten? Der Ausdruck «Streuung» hatte ihm mißfallen. Leute, hatte sie gesagt, die sich nicht dem Partner an den Hals werfen und ihn dabei auch gleich noch erwürgen, vielmehr Leute mit der Fähigkeit des Grundvorbehalts gewissermaßen, die ein Reservat von Ich aus der Bindung herauszuhalten und so eben zu mehreren, auch ganz voneinander verschiedenen Partnerschaften gleichzeitig befähigt seien.

Als mögliche Erklärung seines Verhaltens hatte er die Definition zwar akzeptiert. Aber beschrieb sie etwas wirklich Erstrebenswertes? Wenn das Erwachsensein hieß, – nein, da steckte wahrscheinlich die für Ini typische Aus-Schaden-wird-man-klug-Haltung dahinter. Gab's wirklich nur dieses Entweder, oder jene Verliebtheit, die alles drangebende lebensgefährliche Umarmung, lebensgefährlich für die Liebe, die dann obendrein in ewiger Ehe münden will, in diesem Prozeß mit zumeist tödlichem Ausgang, tödlich für die Liebe?

Jedenfalls, er war hergekommen, um Distanz zu gewinnen. Einmal zu diesem lächerlichen Zustand der Verliebtheit, aber auch zu seiner Lage überhaupt. War das überhaupt eine Lage? Das Wort bezeichnete alles und verschwieg, daß er doch gar nicht drum herumkam, mit sich und seinen Zielen jetzt, da er von den Toten tatsächlich auferstanden war, zumindest ins Reinere zu kommen. Und da herein, in diesen tastenden Versuch, neu anzufangen, als Korrektor, der nicht Selbstgeschriebenes abliefern mußte, war Gerda mit ihrem «Schreib, Blumer, schreib!» geplatzt. Noch während er vorsichtig begonnen hatte, sich zu freuen darüber, daß ihm offensichtlich gelang, vom Schreiben, diesem blödsinnigen, nein, schlicht sinnlosen Zwang zur Veröffentlichung wegzukommen, noch während er hier eben erst mit der ehrlichen Arbeit des Korrektors angefangen hatte, – endlich frei von den Ambitionen, die jede öffentliche Schreiberei umgaben, – kam Gerda an und stellte das Schreiben, als wär's die Lösung, sozusagen mitten ins Zimmer. Er würde Tage, vielleicht Wochen verbringen müssen mit diesem dadrin schon bald ewig währenden Ratespiel: Blumer schreibt – Blumer schreibt nicht – Schreibt am alten Manuskript weiter – Schreibt statt daß er lebte – Schreibt Fiktives – Schreibt Autobiografisches – Schreibt nicht, sondern handelt. Gerda hatte genau im falschen Augenblick diesen einen halbverdrängten Konflikt in ihm befördert. Es blieb ihm nichts anderes übrig, als auch damit sich jetzt, wollte er Ruhe haben, auseinanderzusetzen. Ärgerlich.

Ballade von der Herbeiführung erträglicher Lebensbedingungen für alle 6: Noch vor dem Jahrtausendjahr 2000 wurde die Schweiz zum Land der Selbstverwaltung, zum Land der Freiheit. Denn nicht allein die neuen Freiheitsrechte waren garantiert, auch die alten großen Rechte des ehedem revolutionären liberalen Bürgertums konnten erst jetzt verwirklicht werden. Umfragen ergaben nach einem Jahr, daß über 70 % aller Bewohner des Landes die Rückkehr zur alten Herrschaftsordnung der Wenigen über die Vielen keinesfalls wollten. Die Menschen sagten: Nie mehr das Faustrecht! Nie mehr diesen Kampf eines jeden gegen jeden! Das Grundgefühl, befreit zu sein von einem kaum mehr wahrgenommenen Druck, machte die Leute heiter, und gelassen, ja gelöst begannen sie zu erfahren, daß sie selbst in ihren Schlafzimmern und Küchen wieder lachen und einander gut sein konnten. Staunend erlebten sie an sich selbst und ihren Kindern, daß sie anfingen, miteinander großmütig umzugehen und zusammen Musik zu machen und zu tanzen.

Neues vom Tag 8: Tatsachen oder Panikmache? – Wie bereits gemeldet, ist die von jungen Leuten betriebene Klein-Offset-Druckerei «Genossenschaft Info-Print» in

der Hammerstraße in Jammers in der Nacht vom Mittwoch auf den Donnerstag vollständig ausgebrannt. Die der kommunistischen PdA nahestehenden Mitglieder der Genossenschaft haben bereits Anzeige gegen Unbekannt wegen Brandstiftung erstattet. In diesem Zusammenhang kursieren bekanntlich verschiedene Gerüchte in der Stadt.
Gestern abend noch sind nun folgende neue Fakten bekannt geworden: Der namhafte Arzt Dr. A. P. hat kurz vor 23 Uhr zwei Vertreter der Kriminalpolizei sowie den Gerichtsmediziner telefonisch in seine Praxis gebeten. Die Beamten fanden dort zwei Schwerverletzte vor, den 24jährigen K. B. sowie die 19jährige M. R., beide Genossenschaftsmitglieder der «Info-Print», sowie 3 von deren Kollegen, diese hatten die beiden Verletzten in die Arztpraxis gebracht. Der Gerichtsmediziner soll bereits die Diagnose von Dr. P bestätigt haben, wonach K. B. höchstens 12 Stunden zuvor kastriert, seine Freundin M. R. mit schweren Brandwunden im Unterleibs- und Schenkelbereich verletzt worden sein soll. Gemäß Aussage der 3 Genossenschafter waren sie um 20 Uhr 30 von einer ihnen nicht bekannten weiblichen Person angerufen worden mit der Nachricht, ihre beiden «Drecksgenossen» befänden sich in bewußtlosem Zustand auf dem Grundstück X hinter dem Güterbahnhof; dort könnten sie abgeholt werden. Die Stimme habe sich verabschiedet mit den Worten: «Hilf dir selbst, so hilft dir Gott!» Nach Aussagen ihrer Kollegen waren die beiden seit Mittwochabend nicht mehr gesehen worden. Sie hätten die Absicht gehabt, ein Flugblatt, das von einer Wohngemeinschaft an der Wengi-Straße in Auftrag gegeben worden war, in der Nacht zum Donnerstag auszudrucken und zur Ablieferung zu verpacken. Die Mitglieder der Wohngemeinschaft hätten vorgehabt, durch das Flugblatt die Bevölkerung zu «warnen vor dem Wahnsinn des Sexualterrors gegen Kinder».
Die beiden Schwerverletzten befinden sich nach ihrer Überführung ins Kantonsspital weiterhin in Narkose.

Von der möglichen Täterschaft fehlt bisher jede Spur. Immerhin dürfte die These, daß es sich beim Druckerei-Brand um Brandstiftung gehandelt haben könnte, eine gewisse Bestätigung erfahren.

Aus einer alten Geschichte 7: Er hob seine Last in das Schiff und schwang sich nach; er hob sie auf die hochgebettete weiche und duftende Ladung und schwang sich auch hinauf, und als sie oben saßen, trieb das Schiff allmählich in die Mitte des Stromes hinaus und schwamm dann, sich langsam drehend, zu Tal.
Der Fluß zog bald durch hohe dunkle Wälder, die ihn überschatteten, bald durch offenes Land; bald an stillen Dörfern vorbei, bald an einzelnen Hütten; hier geriet er in eine Stille, daß er einem ruhigen See glich und das Schiff beinah stillhielt, dort strömte er um Felsen und ließ die schlafenden Ufer schnell hinter sich; und als die Morgenröte aufstieg, tauchte zugleich eine Stadt mit ihren Türmen aus dem silbergrauen Strome. Der untergehende Mond, rot wie Gold, legte eine glänzende Bahn den Strom hinauf, und auf dieser kam das Schiff langsam überquer gefahren. Als es sich der Stadt näherte, glitten im Froste des Herbstmorgens zwei bleiche Gestalten, die sich fest umwanden, von der dunklen Masse herunter in die kalten Fluten.

Zumindest wahrscheinlich, daß Blumer auch in diesen späten, sicher regnerischen Februar- oder frühen Märztagen früh, viel zu früh, unruhig erwachte, wenig später an Gerdas Schreibtisch saß und, diesmal unter Verzicht auf Beschimpfungen, sich zu systematischem Vorgehen entschloß. Er mußte, was den Komplex Schreiberei anlangte, Klarheit gewinnen.
Aber kaum hatte er das leere Blatt eingespannt und erst einmal «Rekapitulation» als Titel hingetippt, war Leni wieder dagewesen, Lenis Stimme, wie sie fröhlich «Hei, Blumer!» sagte, Lenis Gesicht dicht vor ihm und ihr Satz: «Bleib doch, zieh doch wieder zu uns, dein Zimmer haben wir für dich frei gehalten», oder Leni, wie sich ihr nackter Körper unter der Decke an ihn preßte, sie küßten sich, küßten sich.
Systematisch, Blumer! Schwierig. Die Eindrücke waren noch zu frisch. Er war erst gegen abend von einem zweitägigen Besuch in der Kooperative zurückgekommen. Sie hatten das Dach längst fertig repariert. Ein WC hatten sie eingebaut. Die Wände in allen Räumen geweißelt. Unten am Grubeneingang die alte Lagerhalle hatte unter dem Wellblechdach eine massive Holzdecke bekommen, und die Seitenwände waren roh bereits aufgebaut, auf einer Länge von sechs Metern. Davor blieb ein Platz, jedenfalls unter Dach, von rund 50 Quadratmetern frei. Im Frühsommer, das stand jetzt schon fest, konnte die Kooperative ihren ersten Produktionsbetrieb, die Auto-Reparaturwerkstätte, aufnehmen. Kein Zweifel, seine jungen Freunde machten Ernst.
Aber also Leni. Die geographische Distanz hatte ihn wenigstens einigermaßen wieder nüchtern gemacht. Das änderte nichts an der Bewunderung, richtiger: seinem Respekt dieser Frau gegenüber, die sich so befreit und offen im Gefühlsdschungel bewegte, als wär sie von einem Stern gekommen. Wo hast du nur deine Freiheit

her? Sie hatte über seine Frage lachen müssen. Gelernt, sagte sie dann. Und nicht mal so schmerzlos gelernt. Dreimal zwischen siebzehn und vierundzwanzig sei sie schwer verliebt gewesen, jedesmal sei, wie sie geglaubt habe, die einzige, die eine große Liebe fürs Leben draus geworden. Ja, und jedesmal habe eine ganz üble Krankheit alles kaputtgemacht. Eifersucht, sagte sie. Sie oder auch der Freund seien jeweils an dem Gift erkrankt. Da werde man allmählich nachdenklich. Und da sie gleichzeitig zu Hause und auch ringsum an ihren Freunden und Bekannten immer neugieriger habe studieren können, wie Ehen heute so funktionieren, weißt du, diese ungeheure Masse an verschwiegenem Elend, an verlogener Moral, an Betrug, an Verletzung, an Vereisung zwischen welchen, die sich doch einmal geliebt haben müssen oder wahrscheinlich sogar eigentlich immer noch lieben möchten und es nicht mehr können: schauerlich, sagte sie. Und immer, in der Tiefe, kommt die ganze Trostlosigkeit aus dem einen Zentrum: aus diesem Wahn in uns, der uns zwingt, den andern besitzen zu müssen. Das jedenfalls habe als Ursache sie gefunden.
Sie ging vor ihm immer einen Schritt her durchs alte feuchte Laub. Sie erreichten den Ländeplatz mit dem Steg auf den Fässern. Aber die Dauerbeziehung zwischen einer Frau und einem Mann, sagte er, könne doch auch voller Reichtum, voller, ja, geradezu Wunder sein. Sie stand jetzt nahe vor ihm, und unter ihrem südwesterähnlichen Regenhut blickten ihre Augen ihn voll an. Ja. Ja! Und ob! Und ob er denn glaube, sie sei gegen Zweierbeziehungen? Nur, sie vermute, das könne auf Dauer allein dann gut gehen, wenn die zwei schafften, ein ganz ganz großes – sie suchte nach dem Wort: Zutrauen zueinander zu haben. Und das auch habe wohl dann doch mit Respekt beider voreinander zu tun. Wenn das in einem Verhältnis da sei, dann sei fast alles möglich, selbst in gemeinsamem Ertragen von Enttäuschungen. Ist es nicht so, Blumer? Sag doch.
Und gleich stand in ihren Augen wieder dieses Lachen:

So, jetzt haben wir auch das allerletzte Welträtsel gelöst. Wir beiden Oberwisser! Als stünde nicht an jeder nächsten Kreuzung wieder ein Widerspruch. Als gäb es kein System, das uns zum Besitzenmüssen zwingt. Als gäb's es nicht, dieses irre, du wirklich: dieses verrückte Wesen Leben. Als gäb's den Schmerz nicht, das Phantastische, den Tod. Komm.

Ganz behutsam, er spürte es, berührte sie mit den Lippen seinen Hals, sein linkes Ohrläppchen. Im niesligen Regen gingen sie langsam zurück. Sie erzählte von Rob. Er sei für sie immer neu eine Überraschung. Sie habe ihn gern, ungeheuer gern. Für sie rätselhaft, wie einer so sehr wie er ganz er selber sein könne. So unversehrt, – bei dieser doch reichlich schlimmen Biographie. Nichts vermöge diesen Rob wirklich umzuhauen. Sie erzählte, wie sie beide in dieses Kooperativeabenteuer eher irgendwie geraten als klar geplant hineingegangen seien. Seit er aus dem praktischen Zusammenleben mit anderen hier heraus begriffen, so wie sie selber allmählich begriffen habe, was da an Zusammenleben möglich sei, und daß unbedingt das Zusammenarbeiten dazugehöre, sei er von einer Lebenslust, einer Arbeitslust, daß er sie alle einfach mitreiße. Er sei erwachsen geworden, so, wie sie selber nur hoffen könne, einmal erwachsen zu sein. Auch wie er zu ihrer Beziehung mit ihm, Blumer, stehe, heute, nach den Ausbrüchen am Anfang: sicher, ein wenig eifersüchtig, habe er neulich gesagt, sei er noch immer. Aber er traue ihr. Er habe sich dazu entschlossen. Jetzt würde sie selbst dann, wenn sie etwas ihm Unverständliches täte, ihn nicht verletzen, er bliebe auch dann überzeugt davon, daß es einfach nicht gegen ihn und seine Verbindung mit ihr gerichtet sein könne. Sie brauche Blumer wahrscheinlich, und Blumer, habe er gesagt, brauche, vorläufig wenigstens, sie.

Sie wandte sich halb zu ihm um. Und aber jetzt du? Immer noch verletzt, wenn du siehst, daß Rob und ich fest aneinander hängen?

Zutrauen, – hast du nicht so gesagt? Ich glaube, ich

schaff's jetzt. Im Weitergehen spürte er, wie rauh, wie geradezu rissig die Haut ihrer Fingerkuppen und der Innenfläche der Hand war. Zement, sagte sie. Ob er einmal ein paar Tage lang von bloßer Hand mit Zement eine Wand verputzt habe? Die Säure fresse einem beinah die Finger, die Hände wund. Selbst durch Gummihandschuhe hindurch sei das noch spürbar.

Da, schau! Leni hielt sich an seiner Schulter. Vor ihnen im schmalen Weg zwischen dem Unterholz stand, keine zehn Meter entfernt, die Füchsin. Das mußte sie sein, nicht sehr groß, wie sie ihnen da geduckt und starr entgegenblickte. Lenis Flüstern: sie habe Angst. Du, will die denn überhaupt nicht weg? Auch Blumer spürte, wie sich in die überraschte Neugier ein Frösteln mischte. Bleib, sagte er halblaut, dann ging er langsam auf die Füchsin zu, Schritt vor Schritt, so wie man, wenn's keine andere Chance mehr gibt, auf einen bissigen Hund zugehen muß. Bis auf vier, auf drei Meter kam er heran. Ja, er fürchtete sich. Hau ab, sagte er. Er sah ihre steilgeschlitzten Katzenpupillen. Hau ab! Jetzt erst, mit einem krächzenden, leisen Gebell, bewegte sie sich, noch immer mit diesem starren Blick unter den aufgerichteten Spitzohren, langsam zur Seite, drehte ab und strich, den buschigen Schwanz als Schleppe hinter sich, ins Erlengebüsch weg. Ein-, zweimal ein kaum hörbares Knurren, das Knacken von Ästen, dann blieb's im Unterholz wieder still.

Der Regen hatte aufgehört. Sie gingen den Steilhang zum Vorplatz hinauf. Er blieb ein wenig zurück, er keuchte. Er sah, die Sonne war durchgekommen. Oben an der Kante, im Gegenlicht, Lenis schmal ausgefranste Gestalt. Und über ihr das von einem wilden Purpur eingefärbte, von der Sonne zum Strahlen gebrachte feuchte Knospengeäst des Ahorns.

Biografisches: Iren H., 25, aufgewachsen in Bülach ZH, Sekundarschule, Realschule, dann Lehre in einem Foto-

geschäft in Zürich, Kurs mit Diplomabschluß an der Kunstgewerbeschule, danach ein halbes Jahr in München. Seit vier Jahren in Zürich als Angestellte im Fotolabor einer Werbeagentur. In Zürich hatte Iren zunächst in einer Wohngemeinschaft gelebt; seit einem halben Jahr wohnten sie und Jürg zusammen. Im gleichen Haus hatte übrigens Thomas ein Zimmer gehabt.
Jürg P., 25, Elektromonteuer. Aufgewachsen in Winterthur. Beide Eltern in der Metallindustrie als Angestellte tätig. Im Anschluß an die 4. Klasse des Realgymnasiums Lehre als Elektromonteur mit Abschluß. Zwei Jahre Technikum. Seit zwei Jahren in Zürich als Monteur in einem Fachgeschäft für elektronische Bürogeräte tätig. Jürg P. hat von sich aus gekündigt.
Thomas R., 19, aufgewachsen in Basel. Umzug der Eltern – der Vater ist Prokurist bei der Firma Glöggler & Landolt – nach Thalwil ZH. Bauzeichnerlehre nach drei Jahren abgebrochen. Ursprünglich hatte Thomas Architekt werden wollen. Er müßte jetzt noch seine Lehre abschließen, danach für vier Jahre aufs Technikum gehen. Von Iren und Jürg hat er gehört, daß sie für mindestens ein halbes Jahr nach Frankreich gehen wollten, um dort, möglichst im Süden, eine neue Lebensmöglichkeit zu suchen. Mit seinen Eltern redet er nicht mehr. Aussichtslos, sagt er.

Ausblick auf ein wenig Schweizer Geschichte: Die «Antwort auf die dramatischen wirtschaftlichen Ereignisse der ersten Hälfte der 70er Jahre» steht nach der Meinung des Gatt (Allgemeines Zoll- und Handelsabkommen) zum größten Teil immer noch aus. Die Wirtschaft stehe vor weiteren Jahren der «Anpassung», die teilweise «noch weit davon entfernt ist, bereits vollzogen zu sein» (. . .)
Die Tendenz zur Preisstabilisierung nach einer Periode rapider Inflation hat notwendigerweise eine Veränderung des bisherigen Musters der industriellen Aktivität und der Investitionen zur Folge. Dort wo es einen kurz-

fristigen Wechsel zwischen Inflation und Arbeitslosigkeit gab, wird die sinkende Inflation zu industriellen Verschiebungen von Arbeitskräften und Kapital führen – in Richtungen, die schon früher durch die wirtschaftliche Leistungsfähigkeit angezeigt, aber durch die Preissteigerungen verhindert wurden.
Zusätzlich bedeutet ein Stopp der Inflation die Schließung der hohen Defizite der öffentlichen Hand und die Verminderung oder sogar den Halt des Anwachsens der öffentlichen Investitionen. Das wiederum dürfte zu einer Umverteilung der Mittel zwischen verschiedenen Sektoren der Wirtschaft führen.[18]

Block A. 2. Stock: Hier wohnt Studer, mit seiner Frau. Sie heißt Bertha. Hier gehört Studers Lebensgeschichte hin. Seit Peter Bichsel sie (in den «Jahreszeiten») geschrieben hat, eigentlich ein für allemal, ist sie bekannt. Hier, zur Erinnerung: Er begann mit «ich erinnere mich», erzählte die Geschichte eines Bauernbuben mit knielangen Hosen und Wollstrümpfen, widmete dem Umstand, daß die Wollstrümpfe an den Beinen juckten, einige Sätze, verweilte beim alten Käser, der Geschichten erzählte, der in Kanada war, und damals war das noch etwas. Der Käser brachte ihm auch bei, wie man die Harfe durch den Kessel zieht, halt dich hier fest, wenn ich rühre, man muß es ins Gefühl bekommen.
Die Zuhörer stellten sich unter einer Harfe etwas vor, vielleicht das Richtige. Es hat etwas mit Käse zu tun.
Später sagte man allgemein, man hätte ihm noch lange zuhören mögen.
Und Studer verließ nun den Käser, nannte noch seinen Namen, jetzt erst am Schluß, beschwor ihn noch einmal herauf: August Zemp, ein Entlebucher. Sprach dann vom Auf-dem-Holzscheit-Knien, von der Schule also, sein Vater starb, nun war er ein Bub im Welschland in Saignelégier, wo er Französich hätte lernen sollen, aber der Herr nützte ihn nur aus, er hieß Gerber und sprach

deutsch und hatte eine Mätresse, so nannte man das damals noch, und Studer begann eine Geschichte, wie er einmal dazu kam, und ließ die Geschichte dann fallen, kehrte zurück nach Gossliwil und half im Stall und half den jüngeren Bruder aufziehn, und wenn der Onkel in Leuzigen keinen Bub gebraucht hätte, Studer war jetzt achtzehn, dann wäre er wohl nie ein Schreiner geworden. Aber der Onkel bezahlte nichts für die Arbeit, und das Versprechen, ihn auszustaffieren mit einer Sonntagshose und einem rechten Kittel, hielt er auch nicht. Aber ein guter Meister war er.

Später kam ich zur Bahn. Ich mußte mein Zeugnis von der Gewerbeschule beilegen. Es zahlte sich nun aus. Jetzt bin ich pensioniert und seit 35 Jahren Mitglied unseres Männerchores.

Studer sagte später aus, daß er noch manch Müsterchen hätte erzählen können und ob jemand noch den alten Mauderli gekannt habe – aber das änderte nichts mehr daran, daß ein ganzes Leben auf zwanzig Minuten zusammengeschmolzen war, auch wenn Studer sagte, nicht eingerechnet die frohen Stunden im Kreis meiner Sängerfreunde, auch wenn Studer sagte, meine liebe Bertha, meine Frau.

Zwischen August Zemp und Saignelégier, zwischen Saignelégier und Gossliwil, Leuzigen und der Bahn lag all das, was keine Geschichte hergibt.

Für Liebhaber von Theoretischem – Selbstverwaltung: In dieser komplexen Struktur sind die *technokratischen Tendenzen* die Hauptgefahr für die Selbstverwaltung. (Gewiß kommt, solange es immer noch den Staat und die herrschende Partei gibt, die viel größere Gefahr von der politischen Bürokratie. Wir diskutieren hier aber ein Modell von hochentwickelter, integrierter Selbstverwaltung, in dem die Funktionen des traditionellen Staates und der autoritären Partei von den zentralen Selbstverwaltungs-Organen übernommen wurden.) Eine dauernde Quelle

technokratischer Tendenzen ist die Tatsache, daß die Manager als ausführende Gewalt gewöhnlich besseren Zugang zu den Daten haben und deshalb tendenziell versucht sind, den Selbstverwaltungs-Rat zu manipulieren. Übertriebene Macht der Manager, der Ausführenden, ist gefährlich, weil ihr Verständnis für die sozialen Bedürfnisse begrenzt und ihre Wertskala voreingenommen sein kann, mit Prioritäten für typisch instrumentelle Werte wie Wachstum, Expansion und Ordnung. Im Gegensatz zu dem allgemeinen Vorurteil, daß die moderne Gesellschaft die Führung durch Experten erfordere, dürfte die Wahrheit sein, daß Experten die am wenigsten qualifizierten Kandidaten für gute, kluge, vernünftige Führer darstellen, genau deswegen, weil sie nur Experten sind und ihre Rationalität nur technisch ist.
Die Selbstverwaltung kennt schließlich *drei wirkungsvolle mögliche Maßnahmen*, um der Manipulation durch die Technostruktur zu widerstehen: 1. unabhängiger Zugang zu den Daten; 2. die eiserne Regel, daß das Management seine Vorschläge für das Selbstverwaltungsorgan immer in der Form von Alternativen vorbereitet, zwischen denen zu wählen ist; 3. das Recht, die Manager zu wählen, wiederzuwählen und auszuwechseln.[8]

27

Blumer erwachte. Genau fünf Uhr. In seinem Gehirn, in den Blutbahnen seines Körpers arbeiteten Ameisen. Er hatte den Eindruck, sie trügen ihn inwendig ab. Schief: wohin hätten sie seine Teile getragen? Wahrscheinlich schichteten sie lediglich ein paar Substanzen um, Gehirnmasse in Leber und vice versa. Auch so kann der Wahnsinn beginnen.

Das Kribbeln war heute so stark, daß er gleich aufstand. Draußen war Nacht. Im Pyjama setzte er sich an Gerdas Schreibtisch, spannte den leeren Bogen ein, stand auf, wühlte in seiner Ledertasche, zog das zerknitterte Papierbündel heraus, zerriß die Gummibänder, brachte das Bündel auf den Tisch ins Lampenlicht, ging in die Toilette, kam zurück, suchte nach Zigaretten, las den Arbeitstitel seines Manuskripts: «Am Puls». Darunter das Wort «Roman». Es war durchgestrichen, darunter stand «Autobiografie eines Zeitungsmenschen», er blätterte, griff sich die ersten zwanzig Seiten, zerriß sie, warf die Fetzen hinter sich, verfuhr mit einem nächsten und wieder dem nächsten Papierstoß auf die gleiche, seine Kräfte beinah überfordernde Weise, das verdammte Manuskriptpapier war zäh. Gut. Am Puls. Es war lächerlich.

Er setzte sich wieder an die Schreibmaschine. Ganz deutlich war auf einmal diese Traumszene von eben da. Er stand auf dem Strunk der Steineiche, oben in der Westwand. Unter sich den Grubensee im weiten Rund dieser Wildnis unterhalb der zwölf Meter tiefen Steilwand, und draußen im See ein Floß, darauf standen Rob und Leni und Gerda und Paul und Max und Rosie und Ini und Peter und Schwägli, sie standen, saßen, sie schrien herauf. Spring endlich! Spring, Blumer! Sie lachten. Winkten. Das Kribbeln in seinen Gliedern war jetzt stark, die Knie schlotterten. Er duckte sich, holte aus, irgendwann mußte er durch dieses Loch aus nackter Angst dann doch gesprungen sein, jedenfalls spürte er,

daß er unten war, eine ganz weiche Wasserung, nein nicht Wasser, er war in einem Grubensee, der gefüllt war mit Schnitzeln aus Papier, zerknüllten Fetzen Papiers, Papiergeraschel rundum, seine Schwimmarme und Beine griffen und traten in luftiges Raschelpapier.
Für einen Augenblick tauchte er mit dem Kopf aus dem Papiersee in die Luft auf, er strampelte, er sah das Floß nah vor sich, es schwamm, es schwamm offensichtlich im Wasser, und die lustige Gesellschaft rief ihm Unverständliches zu. Aber schon sank er wieder, sank weg, versuchte nach Luft zu schnappen, sank –
In Großbuchstaben schrieb er jetzt: Ich bin ein Idiot. Jeden Buchstaben hart, deutlich, langsam hingetippt: Ein Oberarschloch. Ich bin ein – er suchte nach dem ihn vernichtenden Ausdruck, tippte dann: Schafseckel. Das war zwar auch längst nicht barbarisch genug. Eigentlich überhaupt nicht. Merkwürdig, wie dieses Wort hierzulande als Beschimpfung überhaupt leben konnte. Genug: Er spürte, das aggressive Kribbeln ging weg. Die alte Schreibtherapie hatte sich wieder bewährt.
Ob Gerda mit ihrem «Schreib, Blumer!» diese seine frühmorgendliche Tippübung gemeint hatte, dieses sicherste seiner Schlafmittel? Undenkbar, daß er ihr von seiner Geheimmethode erzählt hatte. Oder doch? Nein, sie hatte die sozusagen öffentliche Schreiberei gemeint, ganz klar, und er mußte mit der Niederschrift seiner systematischen Klärung endlich anfangen. Schafseckel. Gerda ist eine schwachsinnige Idiotin. Das «schwachsinnig» strich er dann wieder.
Also: Wie war er damals eigentlich überhaupt dazu gekommen, mit diesem Roman oder eben dieser Autobiografie anzufangen? Er tippte: Rekapitulation. 1963 war er in die Redaktion gekommen. «Jugend und Sport», eins von drei Mitgliedern des Ressorts. Später war er im «Magazin», gleichzeitig, 1965, Chef vom Dienst. 1966 dann hatte er in die Innenpolitik gewechselt, von da in die Auslandsredaktion. Dort übrigens hatte er Gerda ken-

nengelernt, sie war für ein paar Monate als Assitentin bei ihnen gewesen.
Dann also jene Manövernacht. Eine großangelegte Truppenübung der 4. Division. Die Presse war eingeladen worden, stellvertretend für Max war er, fluchend, hingefahren, auf vierundzwanzig Stunden.
In Solothurn wurde die Presse durch einen Sprecher des Mot. Inf. Rgt. 11 über die Anlage und den Stand der seit 3 Tagen tobenden Kämpfe informiert. Er fuhr dann nach Wangenried, dort wurde er in den Kommandoposten des Bataillons 49 geschleust, den mächtigen Keller eines Gehöfts. Ein Leutnant weihte ihn in die aktuelle Lage ein. Die roten Truppen hatten sich von Nordost her in die Juraberge vorgekämpft. Mit Panzerspitzen standen sie bereits diesseits, am Jurasüdfuß, auf der Linie Oensingen–Wiedlisbach. Ihr Angriff auf die Stellungen der blauen Truppen im Raum Wangen stand anscheinend unmittelbar bevor. Der rote Feind mußte versuchen, die Aare südwärts zu überschreiten. Blau hatte den Auftrag, dies mit allen Mitteln zu verhindern und die Aare zu halten. Zwei blaue Kompanien standen noch drüben als Brükkenkopf, eine Kompanie hatte, durch das Urteil der Schiedsrichter im Kampfgebiet schon massiv geschwächt, über den Fluß ins Städtchen Wangen zurückgenommen werden müssen. Zwei rote Regimenter gegen dieses eine blaue Bataillon: es sah finster aus.
Vier hohe Kellergewölbe. Er setzte sich zu den Übermittlungsleuten in den Raum, in dem die Funkstationen und Feldtelefone liefen. Zehn Uhr abends, zwölf, eins. Man saß, lag in den Obsthurden, rauchte, trank verstohlen einen Cognac aus einer Feldflasche. Draußen im großen Gewölbe: schneidige Kerle kamen, gingen. Ein Funker von der Ablösung schlug im trüben Licht ein Spielchen vor. Blumer spielte mit. Alarmstufe 1, gewiß. Gegen halb zwei dann also schweres Artilleriefeuer. Der Angriff begann. Pausenlos kamen die Nachrichten von vorn herein, die Zeichner nebenan, vom Nachrichtenoffizier angefeuert, schafften nicht mehr, die Details auf die Lage-

karten einzutragen. Bei den Kompanien nördlich der Aare stand's schlecht. Über Funk war zu hören, wie verzweifelte Zugführer ihre Kommandostelle beschworen, ihnen den Rückzug über die Aare – Schlauchboote – mit den Überlebenden ihrer Züge zu befehlen. Abgelehnt. Befehl: Sie halten.
Er spielte eine Dame aus. Wurde abserviert. Aber mit dem Trumpf Ass konnte er dann doch noch sauberen Tisch machen. Er zitterte vor Kälte, seine Mitspieler saßen in ihren schweren Holzmänteln da. Das Spiel wurde eben neu ausgegeben, als er vorn in der Tür den Nachrichtenoffizier sah. Der schrie. Da draußen verbluten die Kameraden, und sie hier? Die verbluten! Ob sie verrückt geworden seien? Arrest! schrie er. Die etwa zehn verschlafenen Gesichter im Raum hatten sich ihm zugedreht. Einer fragte: Wie? Verblutet jemand? Wo ist der Sanitäter? Leutnant Walter ließ sich auf eine Kartoffelkiste neben der Tür nieder. Er zündete sich mechanisch eine an, sein Blick blieb auf die Kiste gerichtet, die ihnen hier als Spieltisch diente. Er sagte nichts mehr.
Die blauen Truppen hatten dann übrigens doch noch gesiegt. Blumer war im Zug nachdenklich zurück nach Zürich gefahren. Die Geschichte mit diesem Leutnant faszinierte ihn. Erst Max dann brachte ihn drauf: gab's zwischen dem, was sie da auf der Redaktion machten, und der kleinen Geschichte des Leutnants nicht eine gewisse Ähnlichkeit? Tag für Tag, die Meldungen kamen, zumeist wellenweise, herein, über Ticker, Telefon, auch schriftlich in Massen. Agenturberichte. Korrespondentenmeldungen, Kommentare. Nein. Was die alle da aus der ganzen Welt hereinspielten, waren nicht Reflexe aus einem inszenierten, folgenlosen Manöver in Weltmaßstab. Es waren news, sie übermittelten Fakten. Dennoch: sie waren bereits und übrigens nur partiell überprüfbar tatsächlich nur Reflexe auf Leben, das mit und in Milliarden von Menschen stattfand, Reflexe auf Handeln und Gehandeltwerden. Reflexe erst noch in einer von Zufall und deformiertem Bewußtsein in ungeheuerli-

chem Maß abhängigen Auswahl, Reflexe in Sprache und auf Papier, Auswahl einer Auswahl einer Auswahl nach einer Mechanik, die zwar erklärbar, kaum mehr kontrollierbar, steuerbar war. Aus dieser riesigen Auswahl von Papieren schneiderten sie hier in der Redaktion jene Auswahl zurecht, Tag für Tag, die dann gedruckt als «Tages-Anzeiger» hinausging, täglich mit dem unausgesprochenen Anspruch auch der Leser belastet, hier, in dieser Zeitung, finde die Welt, finde das Leben statt. Waren sie nicht in der tödlichen Gefahr, ähnlich jenem Leutnant, ihre Auswahl von Reflexen für die Welt, die wirkliche zu halten? Kein Zweifel, in ein paar Jahren würden, sie wußten es, Computer und Terminals elektronisch Filzstift und Schere in der Redaktion ersetzen. Das Prinzip bliebe sich gleich.

Damals schrieb er die Manövergeschichte abends auf. Er baute sie aus. Er las sie Gerda vor, und im Gespräch kamen sie drauf, daß er daran weiterarbeiten müßte. Eigentlich waren es zwei Geschichten; die seine, die des Zeitungsmachers, parallel geschaltet mit jener des Nof., der Krieg und Manöver nicht mehr unterscheiden konnte.

Ausbauen. Mit dokumentarischem Material unterlegen. Präzise den Alltag in der Redaktion beschreiben. Wie Leben sich in Meldung verwandelt. In Papier. In Papiermeer. In Zeitung. Wie die Wahnvorstellung, da werde authentisch Leben übermittelt, da passiere es, man lebe im Zentrum der Ereignisse, allmählich die Köpfe, die Psyche der Menschen in der Redaktion besetzt. Diesen Prozeß darstellen. Die Bedingungen zeigen, unter denen er zur unbewußten Selbstzensur hin abläuft. Das Umfeld sichtbar machen, die Kräfte benennen, die auf die Leute in der Redaktion einwirken, den Verleger, den ökonomischen Druck, den permanenten Putsch der Inserenten, den Konflikt zwischen Kriterien der Auswahl und dem Ergebnis der Auswahl, die Reduktion der Welt auf Zeichen, auf Signale auf Papier. Auf Jargon, auf Stil. Auf Matrizen. Auf den Eindruck des dokumentarisch Unbe-

zweifelbaren. Als wäre das Dokumentarische mehr als ein Stilmittel im täglich produzierten Roman, der sich «Zeitung», nicht etwa «Roman» nannte.
Er hatte das Ganze erst einmal in Ich-Form zu erzählen begonnen. Er wollte sich selber voll hineinhauen, mit seinen eigenen Ängsten, seiner eigenen Deformation. Das ging, merkwürdig, dann doch nicht. Die Perspektive des Ich blieb zu eng. Er entdeckte für sich die Möglichkeit, mit den Mitteln der redaktionellen Arbeit, den Mitteln der Montage vorgefundener, hereinkommender Texte, die Welt eben dieser Arbeit darzustellen. Das faszinierte ihn. Als Mittelpunktfigur schob er einen ehemaligen frei arbeitenden Reporter vor; der wußte, was «draußen» los war, und der empfand die Differenz zwischen dem Lebendigen und dem Reflex darauf in der Zeitung als besonders kraß. Er schrieb. Zwei Monate lang war er, wie er den Eindruck hatte, in Hochform.
Jener Abend dann. Stimmte, was er da tippte? Läßt sich mit Sicherheit behaupten: am 17. Dezember 67 um elf Uhr abends ging ich ans Telefon, rief Gerda an, und erst während ich die Nummer drehte und das Klingeln abhörte, wußte ich, ich würde mit ihr heute nicht nur zur Guten Nacht zu plaudern haben, sondern ich müßte ihr etwas Bedeutendes sagen, etwas Entscheidendes, eine Lebensentscheidung, ja, so, und jetzt erst, als sie schon abhob und «Bist du's?» fragte, wußte ich: ich hab mich entschlossen, Gerda. Ich kündige zum Einunddreißigsten. Ich will mit Lebendigem zu tun haben, will drin sein, ich hab diese Papierwelt satt. Ich will leben, – läßt sich so etwas acht, neun Jahre später hintippen, ohne daß zumindest ein leiser Zweifel an diesem So-und-nicht-Anders einflöße? Eine Spur von Wissen davon, daß unser Gedächtnis stilisiert, unablässig, und unablässig zu unseren Gunsten? – Gerda lachte. Zusammen rekonstruierten sie den Weg, den diese Entscheidung gemacht hatte, in seinem Bewußtsein überhaupt erst aufzutauchen. Sein Manuskript-Held, so stellte sich schnell heraus, hatte den Punkt erreicht, an dem er eigentlich nur noch die Wahl

hatte, sich als angestellter Redaktor umzubringen oder wieder in die ungesicherte «freie» Reportertätigkeit zurückzugehen. Oder zu versauern? Indem er über diesen Mann und dessen Problem schrieb, schaffte er sich Klarheit über das, was er selber tun mußte. Nicht schlecht, Blumer. Und aber, eh du draußen anfängst, Gerda zögerte: du schreibst doch jetzt erst einmal das Buch zuende? Er schrieb's nicht zuende. Er wollte, nein, er mußte – so jedenfalls kam es ihm vor – zunächst selber erleben, ob diese Entscheidung durchhielt, ob es die Lösung war, die er dann rückwirkend auch seinen Helden treffen lassen könnte. Noch in den letzten Dezembertagen machte er mit dem Chef ein paar Themen aus. Mit drei Aufträgen in der Tasche fing er sein altes neues Leben an. Endlich wieder Leben!

Ja, Gerda, er wollte es aufsuchen und antreffen und festhalten dort, wo es sich als Lebensanfang zeigte. Dort, wo die Schale ihre immer deutlicher sichtbaren Risse hätte. Es mußte sie geben. Es konnte doch nicht alles nur immer papierner werden in diesem Weltei drin; Zeichen wenigstens, Signale für die Existenz neu entstehenden Lebens mußten sich entdecken lassen. Selbst hier.

Rekapitulation: Von 1968 an war er jetzt freier Mitarbeiter gewesen, vor allem für den «Tages-Anzeiger», auch für die «Nationalzeitung», ab und zu fürs Fernsehen. 2000,– Franken im Schnitt pro Reportage, bei jeweils etwa zwei Monate dauernder Recherchier- und Schreibarbeit. Gerda kann es bezeugen. Bis 71 hatte er nach der Auflösung seiner Wohnung bei ihr und mit ihr gelebt, wenn er nicht grad unterwegs war, mit dem alten Morris 1800, in Berlin und in der Schweiz und in Frankfurt und je später, umso länger jeweils in Paris, und immer wieder hierzulande, immer auf jene Entdeckung aus, und je länger je mehr auch begierig drauf, herauszufinden, woran die Leute absterben. Erinnerst du dich, welch ungeheure Entdeckung der Pariser Mai 68 für uns war? Weißt du wirklich noch, wie wir Max angerufen und wie wir nachts getanzt haben, ich war aus Paris herübergekommen, wir tanzten, zehn zwölf Leute, bis fünf Uhr morgens, und um elf hattest du den Vermieter in der Wohnung mit der Kündigung? Damals, für die paar Wochen, hatte ich erstmals auch wieder das Gefühl, das ich gesucht hatte: zu leben und am Leben der Leute um mich her teilzunehmen.

Aber schon auf der Rückreise über Bern nach Paris – ich hatte noch bei Peter, dann bei Ini vorbeigeschaut – kurz nach Pontarlier – befiel mich deine Stimme, Gerda, hinterrücks aus der Erinnerung, und wie du sagtest: Bist du ganz sicher? Das Neue Leben? Ganz sicher, daß es da, in Paris, beginnt? Jetzt? Weder das Neue Leben der Gesellschaft noch das von Blumer hatte begonnen. Das ließ sich leider zumindest allmählich feststellen. Die Wut der Studenten blieb isoliert, sie verkam im kleinbürgerlichen Anspruch. Dennoch: für ein paar Tage und als die Revolte auch auf die Pariser Arbeiter übersprang, gab es zumindest das Signal dafür, – das Neue war möglich. Und zumindest in ihm, Blumer, wirkten das Signal und selbst die pathetischen Parolen und die nächtelangen Debatten in der Rue Duval nach. Sie machten ihm eines immerhin klar: wie sehr er selber und wir alle allein dann eine Chance haben, wenn uns gelingt, gemeinsam die Bedingungen, die Voraussetzungen zu verändern, unter denen wir das praktizieren, was sich hier, übertrieben, Leben nennt. Eine hundertjährige Einsicht, weißgott, weißgott. Immerhin und wenigstens das. Und wenigstens die Hoffnung, sie könnte jetzt über ein paar tausend Köpfe und Münder mehr weitergegeben werden an die nächsten Generationen.

Was aber sein eigenes Neues Leben anlangte? Rekapitulation. Neu daran war zunächst, auch das brauchte er Gerda hier nicht mehr ausführlich darzulegen, daß er buchstäblich verarmte. Hätte es Gerda nicht gegeben, Ini nicht, Madeleine nicht, er wäre mit seinem Jäger-Job finanziell nicht über die Runden gekommen. Jede von ihnen sah ein, daß er da einer für ihn und über ihn hinaus vielleicht für viele Leute wichtigen Sache auf der Spur

war. Oder sahen sie je nur ein, daß er das zu sein glaubte? Und jede von ihnen half ihm dabei, ließ ihn bei sich auf- und untertauchen, nahm ihn, wenn er's brauchte, in Pension für ein paar Tage oder Wochen, jede nicht ohne dieses ein wenig souveräne Lächeln von Frauen, die zuschauen, wie Männer für die Befreiung aller einzutreten vorgeben, ohne daß sie wahrnehmen, wie unbefreit, wie gefangen in den ausgeleierten Mustern ihrer Männerrolle sie selber sind? Bin ich ein Phallokrat, Gerda? Ich hör dich schon: jedenfalls du warst's. Und ob. Ich hab's mit dir damals nicht mehr ausgehalten. Jetzt, immerhin: Ansätze zur Besserung sind sichtbar. Blumer, Blumer. Wolltest du wirklich nichts merken? Du hast unsre Neigung, dankbar die Weiberrolle und Bodenmannschaft für deine Erkundungsflüge zu spielen, ganz schön genutzt. Und im Bett warst du ja dann auch nicht grad immer ein Riese in Zärtlichkeit. Geschenkt! Hörst du? Von uns dich durchschauenden Freundinnen geschenkt. Wann genau wolltest du doch jetzt erwachsen werden? Wir waren lange die Beschenkten. Beschenkt durch eure Gaben, die ihr mild und gewalttätig uns verliehen habt ein paar Jahrtausende lang. Eure Verantwortung für uns, eure Kultur für uns, eure Codes für uns, eure Arbeitsplätze, eure Wohnkäfige für uns und eure dumpf erregten Sexualwerkzeuge: die Nachfrage, Blumer, sinkt. Sie sinkt geradezu rapide. Wir entfernen uns ein wenig von euch, vorerst. Du bist jetzt irritiert. Das ist gut. Irritierte Männlichkeit wär wenigstens ein erster Schritt. Die Zeit der Gegengaben ist sowieso gekommen. Dazu gehört, daß wir euch die zweiten, dritten Schritte auch noch werden lehren müssen. Ein Tip, unter uns: werd lernbegieriger. Denn wenn wir auch Vergewaltigung nicht vorhaben: lernen werdet ihr müssen, so oder so. Und das kann schmerzhaft werden, leider. Für alle Beteiligten.
Neu an seinem Neuen Leben war dann:

- er schrieb nur noch über Dinge, die ihn politisch interessierten, Reportagen über Strafvollzug, über Rocker, über Zensurfälle am Fernsehen, über Pressekonzentration, über den drohenden Numerus Clausus, etc.;

- er schwor nun als Marxist und hintereinander auf die Macht der Sponti-Bewegung, dann auf Proudhon, auf die KPF, auf Trotzkij, auf Mao, auf die PCI;
- er erlebte im September 73 den Sturz und den Tod Allendes durch die Junta zunächst als Zusammenbruch aller seiner Hoffnungen. Schon der Tod seines Freundes und Revolutionärs in Mailand, Giangiacomo, hatte ihn für Wochen ratlos gemacht, aber umso härter, so nahm er sich damals vor, wollte er politisch weiterarbeiten. Jetzt, nach dem Zusammenbruch Chiles, fiel er in Apathie. Erst das Interview mit Ernest Mandel – sie trafen sich in Paris, Mandel hatte für die Schweiz Einreiseverbot – zwang ihn, wieder aufzustehen;
- er verfolgte jetzt auch die Wirtschaftspolitik. Er beobachtete, wie oligarchische Unternehmerpolitik die Preise hochtrieb, wie unter diesem Inflationsdruck die Notenbanken, auch unsere Nationalbank, zu bremsen begannen, wie der Boom dann kippte in die Rezession, Ende 74. Die Arbeitsplätze wurden unter Druck gesetzt. Der Elan der linken Bewegung kam ins Stocken. Die Angst war da, ringsum, der Rücklauf setzte ein. Versteinerung:
- er kam im Juni 75 wieder, wie etwa alle drei Monate, auf ein paar Wochen in die Schweiz zurück. In Bern die Gespräche mit Peter und Ini. Dann sein Abstecher in seine Heimatstadt Jammers. Der verunglückte Selbstmord.

Soweit, Gerda. Pauschal hast du hier die Hauptetappen noch mal schön untereinander.

Aber dieser Selbstmordversuch, Blumer? Verschweigst du etwa das Wichtigste? Und was hat diese Rekapitulation nun also mit dem Schreiben zu tun?

Vielleicht schreib ich dann doch einmal weiter. Aber nicht am Manuskript, unserem alten, zerknitterten Manuskript. Ich hab's hier in deinen Papierkorb versenkt.

Da müßte dann die Rede sein von einem Jäger, der aus

der Papierwelt weggeht und durch Europa zu reisen beginnt auf der Suche nach dem Anfang des Neuen Lebens. Er will hineintauchen. Er will gewissermaßen in Hautkontakt mit Menschen kommen. Er wird ein arrivierter Reporter. Aber eines schönen 5. Juli 75, auf einer seiner Rückreisen über Bern nach Zürich, macht er zu Hause, dort, wo er aufgewachsen ist, Station. Die Geschichte müßte erzählen den Schock, den er bei diesem Wiedersehen an der Aare erlebt, beim Wiedersehen dieser Gesichter. Gesichter von Sterbenden. Und wie er auf einmal mit sich, seiner Jugend von damals und mit der Einsicht konfrontiert ist, daß weder jene frühen noch seine jüngsten Hoffnungen sich erfüllten. Nicht einmal der Hautkontakt hatte stattgefunden: Er war, selbst als Reporter, Zuschauer geblieben. Zuschauer von Mai 68 bis jetzt, er hatte geschrieben über Leben, das irgendwo stattfand, ja schon, immer wieder, er hatte aufgedeckt, er hatte verteidigt, er hatte – nun: halt Papier mit Buchstaben gefüllt. Hatte er, unentwegt beobachtend, unentwegt schreibend und meldend, draußen eigentlich anderes gemacht als seinerzeit in der Redaktion? Er hatte ausgewählt, aus täglich etwa 5 Milliarden Möglichkeiten die eine, und daraus einen ausgewählten Beitrag geliefert zu jener Auswahl der Auswahl. Er blieb Zuschauer und privilegiert wie in der Redaktion. Fest stand: er schrieb nicht *aus* diesem Leben, über das er meldete. Er lebte es nicht. Auch jetzt nicht. Hier wäre dann von jenem Selbstmordversuch zu berichten. Nein, Gerda. Schreiben nicht, jetzt nicht. Da müßte man sichtbar oder hörbar machen können, wie er und warum oder wodurch er von den Halbtoten auferstehen konnte, heraufgerufen von etwas oder jemandem oder jemandes Stimme, mit dem oder mit der für ihn sich neu eine Hoffnung verband. Wie er jetzt, um Klarheit, ein wenig Klarheit wenigstens, zu gewinnen, hier in Zürich lebt, als Korrektor arbeitet und in deinem Schutz ganz langsam auch wieder Mut bekommt. Wie du ihn ans Schreiben erinnerst. Wie er dann endlich weiß und gesteht: Ja. Auch Schreiben. Neu

schreiben. Aber vorher und für den Augenblick wichtiger: ich hab, dort in der Huppergrube, und bisher als Gast, tatsächlich einen Zipfel von Leben entdeckt. Ein ungeheuer gefährdetes Stück des sehr widersprüchlichen Anfangs von Neuem Leben. Anfang eines Aufstands? Ist das schon ein revolutionärer Akt: da beginnen ein paar junge Leute zu kapieren, daß sie nur dann menschenwürdiger zusammenleben können, wenn sie auch die Produktionsweise selber bestimmen, gemeinsam, und sie fangen tastend an, mit dieser simplen, wichtigen Einsicht Ernst zu machen? Mit denen, die den Akt riskieren, will ich jetzt leben und: arbeiten. Mit ihnen, in diesem Anfang drin. Verstehst du? Vielleicht wird aus dieser Hoffnung ein neues Stück Erfahrung, und daraus lerne ich vielleicht die Menschen und Dinge neu sehen und kann, später vielleicht, davon melden, – wenn du so willst, als Zeuge. Schreiben, wie ich es mir jetzt vorstelle, hätte ja damit zu tun, daß einer meldet, der drin ist und mitbeteiligt.
Ich danke dir! Du hörst von mir. Den Schlüssel leg ich unter den Teppich vor der Tür. Ja. Schreiben hat jetzt mit Zeugen zu tun.

Der Ausbruchsversuch. Der Versuch Blumers und seiner jungen Genossen, individuell einen neuen Anfang zu finden. Scheitert er zwangsläufig? Ob ja oder nein: mit welchen Gegenkräften haben sie auch noch zu rechnen? Welche mögliche Antwort (in durchaus didaktischer Absicht) verschaffte ihnen etwa der folgende Aus- und Seitenblick auf Allgemeines? – Während die wirtschaftliche Not nur den einen Teil der Gesellschaft erfaßt, ist die sexuale Not eine alle Schichten der Gesellschaft umfassende Erscheinung. Die sexuelle Not bei der wirtschaftlich entkrafteten Klasse hat eine andere Form als bei den besitzenden Schichten. Die Not des Hungers und der Wohnverhältnisse steigert nicht nur die sexuelle Verelendung unter den Verarmten, sie nimmt ihnen unter den strengen Sexualgesetzen die Möglichkeit, die Misere

durch ernstliche Hilfe zu mildern, deren Inanspruchnahme den Besitzenden uneingeschränkt offensteht. Stellen wir nun die Frage, warum die autoritäre Gesellschaft die Befriedigung des Sexualbedürfnisses (analog der Frage nach der Befriedigung des Hungers) so und nicht anders regelt, indem sie sie nämlich versagt, in bestimmte Formen, etwa in den Rahmen der monogamen Zwangsehe, preßt, bis zu einem bestimmten Alter sogar völlig unterdrückt, wie etwa in der Kindheit und Jugend, so finden wir bestimmte ökonomische Interessen dieser Gesellschaft. Wir sehen dann, daß es nur die auf der Herrschaft des gepanzerten Menschen basierte Gesellschaft ist, die ein Interesse an der Sexualunterdrückung hat, die sie zur Aufrechterhaltung von zwei ihrer wesentlichsten Institutionen, der dauermonogamen Zwangsehe und patriarchalischen Familie, braucht. Daß sie dabei schweres sexuelles Elend, Neurosen, Perversionen, Sexualmorde, usw. und dadurch beträchtliche Einschränkungen der individuellen Arbeitsleistungen erzielt, ist Nebenprodukt, nicht absichtlich von der autoritären Ordnung gewollt, aber von ihr unabtrennbar. (. . .)
In der Geschichte der Menschheit schlug in einem bestimmten Verhältnis zu den wirtschaftlichen Interessen der Gesellschaft die Sexualordnung aus einer ihrem Wesen nach bejahenden, also die sexuelle Ökonomie der Menschen fördernden, in eine sexualverneinende und unterdrückende, die sexuell ökonomische Lebensweise der Menschen bedingende Ordnung um. Dieses historische Ereignis vollzog sich in voller Abhängigkeit von der Umwandlung der mutterrechtlichen in die vaterrechtliche, der ur-arbeitsdemokratischen in die auf Arbeit als Handelsware basierte Gesellschaft.[2]

Block A. 7. Stock: Der Kleine schob den Stuhl unters Fenster. Dann schaute er zu Christa hinüber. Sie kniete noch immer neben dem Fernseher, noch immer drückte sie rote Farbe in die Augen der Puppe. Er holte den Schemel, stieg hinauf, jetzt kletterte er auf den Stuhl. Als er aufstand, konnte er durch die Scheiben den Scheinwerfer der Sonne sehen. Er konnte unten die Straße sehen, den Hund, die zwei Frauen mit den Taschen. Christa sagte: Komm herunter. Die Mutter war unten noch immer nicht zu sehen.
Nein. Er versuchte das Fenster zu öffnen.
Es ist verboten, sagte Christa. Der Kleine sagte: nur Mädchen dürfen nicht. Christa schaute herüber: Komm sofort herunter. Der Kleine wußte, sie kam jetzt gleich und umfaßte ihn mit den Armen und preßte ihn an sich und holte ihn vom Stuhl. Sie war größer als er. Ich darf, sagte er. Der Fensterriegel in seiner Hand faßte sich kalt an. Als Christa kam, trat er nach ihr. Sie stellte ihn auf den Boden und zog den Stuhl weg. Er lief in die Küche. Neben dem Kühlschrank setzte er sich in die Ecke. Christa ist eine Sau. Er wischte sich mit dem Handrücken wieder die Tränen weg. Männer weinen nicht. Er wollte jetzt Corn Flakes haben. Er stand auf, kletterte auf den Hocker, dann bekam er die Packung zu fassen. Er kauerte sich wieder in die Ecke. Für einen Augenblick hatte er Christa ganz nah vor sich, er nahm das große Messer und stach in sie hinein. Christa lachte. Männer sind stärker. Sie weinen nicht. Corn Flakes machen stark. Er kaute, kaute.

Für Liebhaber von Theoretischem: Diese Überlegungen lassen den Schluß zu, daß beide Tendenzen im Menschen vorhanden sind: einmal, zu haben – zu besitzen –, eine Kraft, die letztlich ihre Stärke dem biologisch gegebenen Wunsch nach Überleben verdankt, und: zu sein – die Bereitschaft, zu teilen, zu geben und zu opfern, deren Stärke von den Bedingungen der menschlichen Existenz als solcher abhängt und speziell in dem eingeborenen Bedürfnis wurzelt, durch Einssein mit anderen seine Isolierung zu überwinden. Aus der Existenz dieser beiden gegensätzlichen Anlagen in jedem Menschen ergibt sich, daß die Gesellschaftsstruktur und deren Werte und Normen darüber entscheiden, welche von beiden dominant wird.

Gesellschaften, die das Besitzstreben und damit den Habenmodus der Existenz begünstigen, basieren auf dem einen menschlichen Potential; Gesellschaften, die das Sein und Teilen fördern, wurzeln in dem anderen. Wir müssen uns entscheiden, welches dieser beiden Potentiale wir kultivieren wollen und dabei aber uns bewußt sein, daß unsere Entscheidung weitgehend von der sozioökonomischen Struktur unserer jeweiligen Gesellschaft abhängt, die uns die eine oder die andere Lösung bevorzugen läßt.

Diese meine Annahme widerspricht dem verbreiteten psychoanalytischen Dogma, daß die Umwelt zwar im Säuglingsalter und in der frühen Kindheit entscheidenden Einfluß auf die Persönlichkeitsentwicklung habe, daß jedoch nach dieser Periode der Charakter fixiert und durch äußere Einwirkung kaum veränderbar sei. (. . .) Es gibt jedoch zahlreiche Fälle, in denen ein drastischer Wechsel der Umwelt tiefgreifende Veränderungen des Verhaltens bewirkte; das bedeutet: Wenn die negativen Anlagen nicht mehr gefördert werden, wachsen und gedeihen die positiven Kräfte.

Fassen wir zusammen: Die Häufigkeit und Intensität des Wunsches, zu geben, zu teilen und zu opfern, ist nicht überraschend, wenn wir uns die Existenzbedingungen der Spezies Mensch vor Augen halten. Überraschend ist vielmehr, daß dieses menschliche Bedürfnis so stark verdrängt werden konnte, daß Akte des Eigennutzes in der Industriegesellschaft (und in vielen anderen Kulturen) schließlich zur Regel und Akte der Solidarität zur Ausnahme wurden. Aber paradoxerweise läßt sich gerade dieses Phänomen auf das Bedürfnis nach Einssein zurückführen. Eine Gesellschaft, die auf den Prinzipien Erwerb–Profit–Eigentum basiert, bringt einen besitzorientierten sozialen Charakter hervor, und sobald das vorherrschende Verhaltensmuster etabliert ist, will niemand ein Außenseiter oder gar ein Ausgestoßener sein; um diesem Risiko zu entgehen, paßt sich jeder der Mehrheit an (. . .).[19]

Vier Pfosten eingerammt, die drei Meter lange, dreibahnige Tischplatte draufgeschraubt, jetzt stand der Tisch da, im Freien, auf halber Distanz zwischen Tür und Vorplatzaußenkante. Sonntagvormittag, zum erstenmal läßt sich jetzt in der Aprilsonne der Morgenkaffee gemütlich hier draußen trinken. Ja, der Tisch war in Ordnung. Nur, ihr hättet ihn ruhig um zwei Meter länger machen können, – nur grad ein Platz als Reserve? Und wenn noch zwei Genossen ankommen und wollen Mitglieder werden?
Nach fast zwölf Monaten sind wir neun Leute, sagte Leni. Was ist, wenn's in diesem Tempo weitergeht?
Paul: Im Bau drin ist Platz für höchstens noch drei.
Dann bauen wir eben an, sagte Rob. Also angenommen, sagte Leni, das ginge so weiter, etwa jeden Monat ein Neuer. Klar können wir anbauen –
Und Rob: Auch aufstocken ist noch drin.
Gut, aber wo liegt die Grenze? Heute in drei Jahren wären wir hier schon ein Trupp von immerhin fünfundvierzig, dazu ein paar Neugeborene, macht, sagen wir fünfzig. Was ist dann in vier, in zehn Jahren?
Dann stellen wir eben drei Trakte noch auf, Fertigbauteile, – warum nicht drüben einer, einer noch auf der Schattseite notfalls, und hinter dem Turm hätte mindestens ein Neubau auch noch Platz.
Am besten, wir geben in der ganzen Schweiz Kleinanzei-

gen auf. Oder verteilen Flugblätter: «Blühende Wohn- und Produktions-Kooperative sucht Mitglieder», dann erst geht's richtig los, jede Wette.
Mit fahrbarer Bäckerei aus Armeebeständen?
Ihr blödelt! Leni meinte, über die Frage, wo denn die Grenze liege, sollte man ruhig ernsthaft reden.
Angenommen, das Beispiel hier zöge tatsächlich Leute an – etwa so achtzehn Nasen, schätzte Blumer, wären eine mögliche Grenze. Für einen Clan. Sind es mehr, gründen die Überzähligen einen zweiten. Dann den dritten. Zur Koordination würde ein Ausschuß gebildet etc., – ihr versteht?
Und am Schluß ist der Konsumverein perfekt!
Paul, reg dich nicht gleich wieder auf. Stell dir das doch einmal vor, zwei oder drei Clans hier in der Grube, und in der Stadt drüben oder oben im Jura, überall täten sich Junge zusammen, produzierten zusammen, lebten zusammen, würden sich als Genossenschaften tragen gegenseitig, immer mehr, in Genf, in Zürich, im Emmental, in Gruben wie hier, in alten Wohnhäusern, stillgelegten Bahnhöfen, Bauernhäusern, alten Dampfschiffen, heruntergewirtschafteten kleinen Fabriken, Leni war richtig in Fahrt gekommen, – eine neue Republik in der alten verkommenen, bald wären wir Tausende, Hunderttausende, alle lebten und arbeiteten nach ein paar solchen Grundsätzen wie wir hier, solidarisch und ohne Besitzansprüche, eine vom Prinzip her andere, neue Gesellschaft, dieses Land hier durchwachsen von unten her, sie machte im alten Scheißtrott nicht mehr mit, wäre unauffällig allmählich einfach da, jeder Clan selbstverwaltet, jeder nähme zwei drei Ausgeflippte auf, die einen betreiben eine Beiz, andere mit Ärzten zusammen kleine Spitäler oder Druckereien, alles Kooperativen, – Pferdezucht, Tanzschulen, Mütterheime, Kindertagesstätten, eine Bank und Taxibetriebe und Buchhandlungen, Maurerkolonnen und Kabaretts und – jede und jeder endlich gleiche Rechte, gleicher Lohn, – eine neue Nation, eine Republik, klar sozialistisch, hier, unterhalb der alten

Ausbeuterei würde sie entstehen und wäre da, würde täglich stärker, weil wir etwas praktizieren, was die anderen eigentlich auch, ohne es zu wissen, brauchen, alle: Schwesterlichkeit, Brüderlichkeit. Was meint ihr?
Schön, Leni, schön gesagt. Aber meinst du, ernsthaft, das ist durchführbar? Meinst du, die Menschen können das, von einem Tag zum andern, hier, unter unseren Verhältnissen, wo jeder in seinem Gefühl und seinem Denken ein mehr oder weniger Schwerbeschädigter ist? Neid, Konkurrenzangst, Rivalität, Besitzansprüche allein schon in jeder Zweierbeziehung? Wir erleben doch nur schon unter uns, wie schwierig das ist.
Leni: Wer sagt denn von einem Tag auf den anderen? Klar, du mußt die Verhältnisse ändern, wenn du erreichen willst, daß wir alle anders zu denken und zu fühlen anfangen. Aber das kann doch, in winzigen Bewegungen, auch wechselseitig passieren, – wir verändern ein wenig unsere Wohngewohnheiten und unsere Arbeit in der Produktion und ändern damit ein Stück in unserem Innenapparat. Wir werden ein wenig mutiger, und allmählicher gelingt uns, untereinander auszusprechen, was uns wirklich eigentlich fehlt, zum Beispiel, und das wieder könnte ja vielleicht auf die Verhältnisse so zurückwirken, daß wir ein Stück davon wieder ändern, das könnte doch – ich hoffe jedenfalls, ich – Paul sag doch du, das sind doch Dinge, über die habt ihr doch ganze Bücher gelesen, – Blumer, ist das denn so ganz daneben? Ich weiß schon, du denkst nur: die ist ja wieder ganz schön naiv.
Blumer sagte: Vielleicht sollten wir vorher mit denen da drüben reden. Er zeigte nordwärts auf die andere Grubenseite. Mindestens zwanzig Leute. Sie standen oben über der Kante. Stumm, so schien es, schauten sie herüber.
Paul sagte in die Stille: am besten überhaupt nicht reagieren. Ist da bei euch drüben noch Kaffee im Krug?
Jürg fragte, ob sie denn oft hier Zuschauer hätten, Thomas drehte sich immer nochmal um: was die da nur wollen? Leni sagte dann, diese armen Teufel in ihren

Blocks. Die können sich sicher kaum vorstellen, daß so etwas wie das Leben hier in der Grube überhaupt möglich ist. Gerade diese Eingesperrten kapieren sehr schnell, was wir hier wollen.
Rob kaute. Aber wir müßten uns schon die Mühe machen und es denen erklären.
Unten im Gehölz krachte es. Da habt ihr's. Jetzt fliegen also schon Steine.
Iren: Habt ihr denn Streit mit denen? Jürg sagte: Kommst du mit, Rob? Laden wir sie doch ein, was meint ihr? Eine Tasse Kaffee für jeden, und Mineralwasser ist auch noch genug vorhanden.
Paul: Wären da fünf, sechs Leute, gut, warum nicht. Aber so, dreiundzwanzig Seelenkrüppel, das schlägt um in Neid, Aggressionen, – nur ein falsches Wort, und ihr werdet noch staunen! Silv: Seelenkrüppel sind wir auch! Paul war auf einmal wütend: Und wenn? Wenigstens wissen wir's. Und versuchen, es zu ändern. Aber die da, – du, die sind so kaputt, das kenn ich doch von zu Hause, wer über dreißig ist und nicht das Glück hatte, seine Lage zu kapieren, – ich sag's euch: macht keinen Fehler!
Jürg war für Abstimmen. Silv sagte halblaut zu Paul hinüber, er habe nur Schiß. Sie lachte.
Also, wer jetzt für Einladen ist?
Fünf, dann sechs dafür. Rosie sagte: Wenn die mich sehen, sehen sie rot.
Zugegeben, vielleicht, daß du dich dann besser in dein Zimmer –
Paul stand plötzlich. Ihr spinnt ja! Und zu Silv: Du Quatschtante! Hast nicht die Spur von Ahnung, kennst Leute wie die dort überhaupt nur vom Hörensagen, plätscherst Unsinn daher und notfalls kannst du dich ja wieder in euer Villenviertel zurückziehen. Ach leck mich doch alles – und mit einemmal holte er aus, schwang seine leere Tasse in die Birken hinüber. Höhere Töchterweisheiten! Er drehte sich weg und lief ins Haus.
Laden wir sie jetzt ein oder nicht?
Es dauerte eine Weile, und auch dann sagte Leni nur, grad

sonderlich überzeugend sei, was sie da jetzt aufführten, auch wieder nicht. Und Blumer: Bis zu deiner Republik, Leni, ist's noch ein ziemlich schönes Wegstück.
Drüben löste die Gruppe sich auf. Etwa sieben Leute setzten ihren Weg der Kante entlang abwärts fort. Die anderen, bis auf zwei, verschwanden allmählich in Richtung Brunnmatt. Nur ein paar Köpfe waren eine Zeitlang noch zu sehen, dann tauchten auch sie weg. Die zwei Zurückgebliebenen, anscheinend ältere Semester, setzten sich über der Kante hin. Beide rauchten. Beide schauten weiter herüber, pensionierte Nachtwächter, sagte Jürg, die's nicht lassen können. Thomas fragte: Ja was tun wir jetzt, Blumer?
Blumer sah die ihm auf einmal zugedrehten Gesichter. Nur in Lenis Blick, er spürte es, lag außer der Frage auch Neugier danach, wie er da wohl reagieren werde.
Weißt du, sagte er, da haben wir gleich noch ein Problem. Warum fragst du mich? Weil ich mit Abstand der Älteste bin? Weil wir so getrimmt sind, daß wir, sowie die Sache kritisch wird, glauben, einen Boss brauchen zu müssen? Und zu Silv hin sagte er: Du hast mich einmal gefragt, warum ich der Meinung bin, auf Dauer hier nicht mitziehen zu können. Da hast du einen der Gründe. Verglichen mit euch bin ich ein Oldtimer. Drum funktioniert's in mir drin nach den alten Regeln. Ich kann die vom Kopf her zwar und übrigens längst nicht immer kontrollieren, vielleicht ab und zu einmal sogar außer Kraft setzen, aber das ändert nichts an der Art, wie mein Mechanismus da drin sich dreht. Nämlich so, daß ich jeweils gleich, so wie du eben, versuche, mich an eine Autorität zu halten. Ist sie nicht grad bei der Hand, setz ich mich da ein, irgendwie, und reagiere autoritär. Verstehst du, Thommy?
Und da ist noch etwas. Ich fürchte, so ab dreißig wird das irreparabel. Ihr habt noch eine gewisse Chance. Manchmal hab ich sogar den Verdacht, daß diese sagen wir autoritäre Art zu reagieren bei euch erst ausgelöst wird dadurch, daß sie von mir her auf euch überspringt. Ihr unter euch schafft's ab und zu bereits, ohne sie auszu-

kommen. Ich erst zwinge – gewiß, ungewollt, – sie euch wieder auf, allein schon durch meinen in dieser Hinsicht bereits ziemlich verkalkten Zustand. Ich spiel den verfluchten Ball immer wieder an.
Thomas: Ja, doch, das verstehe er. Aber gleichwohl, er, Blumer, habe viel mehr Erfahrung als sie hier. Und da sei's doch blöde, wenn die Gruppe davon nicht profitiere.
Blumer trank aus. Vorschlag, sagte er, daß wir alle uns vielleicht so um drei herum hier wieder treffen? Er jedenfalls, und er stand auf, hätte gern auf der Schreibmaschine noch ein paar Dinge erledigt. Und was die Erfahrung angehe, so habe er wenige gemacht, ja, und wenn, so sei eine davon, die jeder mal mache: keiner Erfahrung trauen! Der Erfahrung anderer schon gar nicht. Wer übrigens redet jetzt mit Paul?
Mein Vorschlag, sagte Leni: du. Schließlich, er habe angespielt. Niemand widersprach.

Skizzenbuch: Konkret weiter zielen. Selbstverwaltung, zum Beispiel, ja. Aber Selbstverwaltung wovon? Dieser ganzen, uns selbst zerstörenden und uns selbst lächerlich machenden Produktion sinnloser Produkte? Dieser Produktion ihrer selbst? Dieser Produktion von Gerümpel, der uns nicht besser, nur statusgemäßer zusammen leben läßt? Selbstverwaltung der Waffenfabriken? Des Industrialisierungswahns? Die Ziele der selbstverwalteten Produktion selbst: müssen sie nicht neu definiert und gewertet werden, in Selbstverwaltung, nach dem Maß ihres Nutzens für das bessere gemeinsame Leben aller?

Und also Leni, wie sie auf einmal sagte, sie hätte ihnen gern etwas gezeigt, etwas Geschriebenes; Blumer habe es gelesen, der habe natürlich Einwände, klar, aber sollte man's nicht wenigstens versuchen: sich vorzustellen und Bilder zu machen von dem, was kommen sollte, jeder, wie er's halt kann. Jedenfalls: hier, sie könnten sie natürlich auslachen; den unwahrscheinlichen Fall gesetzt, sie zöge aus der Tasche ihres Kleids ein zusammengefaltetes Stück Papier, lege es zögernd auf den Tisch und fragte Iren, ob sie's vorlese. Angenommen, Iren lese dann vor:

Verheißung

Nicht mehr lange, und das Schweigen zwischen uns
wird nicht mehr sein
nur die Stille noch um den, der sie sich wünscht
und der Sturm und die Datenverarbeitung
und der Fluglärm
werden dem Wunsch gehorchen.

Nicht mehr lange, und es wird keine Starre
in unseren Gesichtern mehr sein
allein noch heiteres Leben wird sein
von Gesicht zu Gesicht
und Vertrauen und Gleichmut und Zärtlichkeit.

Nicht mehr lange, und der Haß wird aus aller Augen
verschwunden sein für immer
Zuneigung wird in den Blicken derer stehn
die sich anschauen,
auch wenn sie einander Fragen stellen
brüderlich, schwesterlich.

Nicht mehr lange, und die verkrüppelten Schultern
werden sich überall aufrichten
alle werden wir aufrecht gehen
und wenn wir Lust dazu haben
werden wir in den Straßen und auf den Treppen
und in den Höfen auch der Fabriken tanzen
zögernd noch, skeptisch und ungelenk aber tanzen
auch in den Häusern der Vorsitzenden
wenn es uns grad so paßt.

Nicht mehr lange, sofern wir es wollen
wir alle gemeinsam, und die Produktion
wird sein, was uns gehört und uns Spaß macht
und Spaß wird Produktion sein des besseren Lebens
und die Lichter des Abendhimmels werden
Feste beleuchten und unsere zärtlichen Spiele.

Nicht mehr lange, und die Schüchterne
wird auf den, den sie mag, zugehen
und ihn fragen, ob sie ihn umarmen darf
und auch der Schüchterne wird seiner eigenen Stimme
vertrauen und zu den Mädchen sagen
am Morgen: Wie schön ihr heut wieder seid.

Nicht mehr lange, und von der Lüge
werden wir reden zusammen wie von der Steinzeit
wie vom Dynosaurier und wie vom Krieg
der Bürokratie und ähnlichen Sagen aus Jahrtausenden
da wir noch von Selbstsucht bestimmt waren
noch nicht von der Gewißheit unserer selbst
unserer Selbstachtung
und der Würde eines und einer jeden.

Nur eine kleine Weile noch, und wir werden
alle Häuser innen und außen
mit den Liebesfarben Rot, Grün, Blau bemalen
denn nicht mehr lange, und wir werden
wir selber sein können, jeder und jede
und zusammen werden wir Wir sein, frei assoziiert
und jeder Herrschaft, jeder Staat und jeder Drahtzaun
wird abgestorben sein, gebrochen und zerrissen
von der solidarischen und einzigen Gewalt
unserer Befreiung
zu einem Geschlecht aus Menschen.

Die folgende Passage hat Blumer bei der Lektüre angestrichen. Ist Blumer wissenschaftsgläubig? Erwartet er von der Theorie die Antwort auf seine Frage nach Sinn? Blumer sagt nein. Er behauptet, eingesehen zu haben, daß das Theoretische ihm aber immerhin Anhaltspunkte und Vergleichsmaterial liefere für den Versuch, sich und die «Kooperative S» auch in den allgemeinen Zusammenhängen zu sehen. Er könne darauf heute nicht mehr verzichten. – Der mechanistisch denkende Vulgärmarxist wird annehmen, daß das Klassenbewußtsein, d. h. die Einsicht in die soziale Lage, besondes ausgeprägt dann sein müßte, wenn sich zur wirtschaftlichen Notlage die sexuelle hinzuaddiert. Nach dieser Annahme müßten die Masse der Jugendlichen und die Masse der Frauen weit klassenbewußter sein als die der Männer. Die Wirklichkeit zeigt das gerade Gegenteil; der Vulgärmarxist steht dem völlig hilflos gegenüber. Er wird es unverstehbar finden, daß die christliche (Arbeiter-)Frau sich sträubt, sein Wirtschaftsprogramm auch nur anzuhören. Die Erklärung ist die: Die Unterdrückung der grob materiellen Bedürfnisbefriedigung erzielt ein anderes Resultat als die der sexuellen Bedürfnisse. Erste treibt zur Rebellion, die zweite jedoch verhindert dadurch, daß sie die sexuellen Ansprüche zur Verdrängung bringt, sie dem Bewußtsein entzieht und sich als moralische Abwehr innerlich verankert, den Vollzug der Auflehnung aus beiden Arten von Unterdrückung. Ja, auch die Hemmung der Auflehnung selbst ist unbewußt. Es findet sich beim durchschnittlichen unpolitischen Menschen im Bewußtsein nicht einmal ein Ansatz dazu (. . .).
Die Sexualverdrängung stärkt die politische Reaktion nicht nur durch den beschriebenen Vorgang, der die Massenindividuen passiv und unpolitisch macht, sie schafft in der Struktur des bürgerlichen Menschen eine sekundäre Kraft, ein künstliches Interesse, das die herrschende Ordnung auch aktiv unterstützt. Ist nämlich die Sexualität durch den Prozeß der Sexualverdrängung aus den naturgemäß gegebenen Bahnen der Befriedigung

ausgeschlossen, so beschreitet sie Wege der Ersatzbefriedigung verschiedener Art. So zum Beispiel steigert sich die natürliche Aggression zum Sadismus.[20]

Kalendergeschichten April 76: 18 Arbeiter in Stans auf der Straße. Die Skifabrik Rossignol verlegt die gesamte Fabrikation nach Bière in die Skifabrik Authier. Diese wurde von Rossignol vor drei Jahren übernommen.
10 Arbeiter in Muttenz auf der Straße. Die Küchengerätefabrik Reforma macht wegen Mißwirtschaft (über 5 Millionen Franken) Konkurs.
Zensur am Westschweizer Radio. Ein während der Mittagssendung angekündigtes Gespräch mit Jean Ziegler über dessen Buch «Une Suisse au-dessus de tout soupçon» für die abendliche Informationssendung wurde auf Befehl von oben abgesetzt.
Volksfront im Tessin erfolgreich. Das Zusammengehen aller Linksparteien brachte PSA, PdA sowie Sozialdemokraten bei den Gemeindewahlen deutliche Erfolge.
Maulkorbpolitik in der Armee. Drei Soldaten des Füsilier-WK in Bure im Jura wurden wegen «unerlaubter politischer Tätigkeit» festgenommen.
8 Monate für Dienstverweigerer aus Gewissensgründen durch das Divisionsgericht 10 in Sitten. Der Verurteilte, ein Lausanner Student, hatte das Tragen jeglicher Waffen verweigert. Dienstverweigerer-Prozeß vor Divisionsgericht in St. Gallen. Es erscheinen keinerlei Berichte in der Presse.
Rechtskurs der Offiziere verstärkt. Der offiziellen Zeitschrift der Schweizerischen Offiziersgesellschaft, «Allgemeine Schweizerische Militärzeitschrift», wird eine Sonderbeilage der rechtsradikalen Zeitschrift «Abendland» beigelegt, die für die Rassenpolitik Südafrikas Propaganda macht.
Arbeiter aus politischen Gründen auf der Straße. Bruno Bollinger, Nationalratskandidat der RML in Zug, wurde von Landis & Gyr entlassen.

Lohnkürzung für 450 Arbeiter in Steffisburg. Die Maschinenfabrik Fritz Studer AG hat Löhne und Arbeitszeit um 20 Prozent gekürzt.
Berner Lehrer gründen Selbsthilfeorganisation. Die «Vereinigung stellenloser Berner Lehrer» soll die Interessen der Arbeitslosen gegenüber den Behörden vertreten.
Anti-Repressionskundgebung in Zürich. Was die SP als «Diskussionsveranstaltung» geplant hatte, wurde zu einer deutlichen Demonstration gegen Staatsschutz-Methoden à la Gilgen, Cincera und Konsorten, mit nahezu 1000 Teilnehmern.
Rechtsradikale formieren sich. In Biel fand das erste «Arbeitsseminar» der Vereinigung «Libertas Schweiz» statt. Sie will «in breiter und systematischer Weise alles anprangern, was zu einer kollektivistischen Ordnung führen könnte». Präsident ist François Chaudet, Lausanne.
Fabrikbesetzung in Chavannes zur Lohnsicherstellung. Die Baumaterialienfabrik Interteck wird von 12 Arbeitern besetzt, als diese erfahren, daß die April-Löhne nicht bezahlt werden können.

Dieser Wunsch, daß es so gewesen wäre, an jenem ersten richtigen Frühlingssonntag, Frühlingsmittag, April-Nachmittag. Draußen die Überraschung, daß ein Käfer vorbeisurrte. Daß die Schwarzdornsträucher weiße Blüten hatten, jetzt, auf einmal waren sie da und riskierten, in der Sonne sich aufzutun. Sie zitterten. Hinten auf dem See das neu eingeflogene Bleßhuhnpaar mit dem weißen Fleck auf der Stirn, und das plötzlich herüberschallende Geschnatter der beiden im Streit mit dem Wildenterich um den Nistplatz hinter dem löchrigen Schilfvorhang.

Daß es so hätte sein können: im ganzen döslige Stunden. Von Dingen wie Geborgenheit, von Sichgutsein reden, von Dingen wie Vertrauen untereinander, die sich ausbreiteten im Grubenbau von Raum zu Raum wie die warme Luft durch die offenen Fenster herein. Den einzelnen Bewohnern in ihren Räumen oder der Küche oder draußen Tätigkeiten vorschlagen, wie man sie eben so macht, wenn endlich einmal ein Tag nach Befreiung und Holzfeuer und fast schon Sommer riecht und jede und jeder hat Zeit genug und Atem genug und genug an Kraft frei, um ganz für sich und die anderen, wenn sie Lust danach haben, dazusein. Tätigkeiten, die nichts einbringen müssen: einen Karton mit Schrift bemalen; zu zweit auf dem Bett liegen und sich wortlos streicheln; eine Glasscheibe mit Wasserfarben bedecken; Wallraffs Bericht über die Aufdeckung von Spinolas Verschwörung im «stern» lesen; mit dem Rücken an die Außenwand gelehnt die Sonne im Gesicht spüren und mit dem einen Fuß wippen zur leisen Mike Osborn-Musik aus dem Transistor; zum See hinunter nachschauen gehen, ob diese Bleßhühner eigentlich verrückt geworden sind und ob sich oben vor dem Fuchsloch in der Wand neue Spuren finden lassen. Oder in ein Skizzenbuch schreiben. Wenn die Verwirklichung einer neuen Gesellschaft auf

demokratischem Weg erreicht werden soll, und wenn aber das herrschende System unser Bewußtsein etc., wenn es uns so restlos vereinnahmt wie hier, ist mir doch wieder schleierhaft, wie sich etc. Und das Buch wieder weglegen und in die ruhige Stunde hinein weiterdösen.
Aber das Bild vom Vormittag, diese Gestalten der Blockbewohner drüben über der Kante, und wie Paul die Teetasse in die Sträucher schleuderte und ins Haus lief, – das hing herum, das ließ jene Stimmung von Geborgenheit so ganz nicht aufkommen. Als Blumer in die Küche kam, halbdrei, saßen Rosie und Thomas am Tisch, und Leni fragte Thomas, ob er denn ernsthaft glaube, dort mehr als zwölf- oder dreizehnhundert im Monat verdienen zu können.
Rosie: als Ungelernter? Mit jeder Sicherheit würden die ihn drücken. Dreizehnhundert, höchst!
Thomas wollte also weg. Er hatte sich den Kauf eines Farbfernsehers in den Kopf gesetzt, Mietkauf, 4300,– Franken. Er suche sich eine Stelle, notfalls als Hilfsarbeiter. Irgendwie werde er das schon schaffen, und dann zahle er monatlich 300,– ab. Blumer hörte zu, wie die beiden Frauen ihm vorzurechnen versuchten, wieviel oder eben wie wenig Geld ihm verbleibe, wenn er hier ausziehe und, allein dann draußen, alle seine Unkosten zusammenzähle, vom Heizungszuschlag auf die Miete bis hin zur Verpflegung, zu Versicherungen und Steuer. Viel bleibe da nicht. Und die ganze tägliche Achtstundenschinderei mit der Hilfsarbeit, alles für den Fernseher? Ja, den wolle er. Den brauche er, er war davon nicht abzubringen. Übrigens, sagte er, ich habe gestern den Kaufvertrag unterschrieben.
Leni, nach einer Pause zu Blumer gewandt: was er zum folgenden meine, – angenommen, die Kooperative stimme zu und trete in den Vertrag ein, zahle vorerst die Raten, spare aber sechs Monate lang zusätzlich 2000,– Franken zusammen und kaufe den Apparat danach bar, um dann aus dem Vertrag herauszukommen, – etwa 3000,–, irgendwie so?

Nein, andersherum, sagte Rosie. Thomas teilt den Herren mit, daß er noch nicht volljährig ist. Der Vertrag ist ungültig. Und wir gehen gleich mit und bestellen mit Thomas zusammen den Fernseher zum Barpreis. Dann sei die Sache nochmal ein wenig billiger. Bei wem er da übrigens unterschrieben habe?
Kuhn & Co, in der Löwengasse.
Kuhn? – Wenn Rob das hört, dreht er durch. Weißt du nicht, was zwischen ihm und diesem Kuhn los war? Den Rob hat diese Geschichte drei Monate in gefilterter Luft gekostet. Aber gut. Jedenfalls Vorschlag: Thomm, du annullierst den Vertrag. Die Kooperative kauft irgendwo, sicher nicht bei Kuhn, den Kasten, ja, und dann aber suchen wir dir mit dir zusammen eine Stelle, du machst dort ein Jahr lang noch deine Lehre fertig, und hier weiter wohnen kannst du auch. Ich red mit den andern, Blumer, nicht wahr? Und du überlegst's dir. Wär doch immerhin ein Angebot.
Durch die offene Tür waren Rob und Jürg neben dem Tisch in der Sonne zu sehen. Sie stellten sich eben mit einem Abstand von etwa zwei Metern frontal zueinander auf, jeder stellte sein rechtes Bein so vor, daß die beiden Schuhe einander seitlich berührten. Jeder gab dem andern die rechte Hand, und jeder versuchte jetzt, den anderen aus seinem Stand zu sich herüber zu ziehen. Für einen Augenblick sahen sie in ihrem angestrengten Gleichgewicht und den nach hinten hochgehobenen linken Händen wie vom Schlag getroffene Fechter aus. Langsam gingen die beiden ineinandergeschraubten Fäuste zwischen ihnen bis fast zum Boden, langsam näherten sie sich Jürgs Oberschenkel, kamen wieder höher, dann ein Ruck, ein Gegenruck, und Jürg fiel vornüber, aufs Knie.
Übrigens, Blumer hatte, bevor sie alle sich um drei da draußen wieder trafen, mit Paul doch noch reden wollen, nicht wahr? Er ging nochmal nach hinten, er klopfte an die Zimmertür, er öffnete. Silv halbnackt auf dem Bett, noch immer oder wieder mit verheultem Gesicht; Paul

kniete vor einem geöffneten Koffer auf dem Boden. Über die Schulter zurück sagte er: Ja, wir kommen gleich. Schon gut, Blumer. Aber es hat keinen Sinn, daß wir hier zu dritt bereden, was alle angeht. Blumer sah die beiden neben der Tür schon bereitstehenden Koffer. Er machte zu und ging hinaus.

Vermutlich saßen und standen sie alle wenig später dann also wieder da draußen am Tisch. Auf der Tischplatte lagen zwei Pappschilder in der Größe etwa eines mittleren Fensterflügels. Rob anscheinend hatte mit dicker rotbrauner Farbe auf eins der Schilder geschrieben: «Einladung an alle: kommt morgen Montag abend zu uns in die Huppergrube, zu Wurst, Tee oder Bier. Ab 18 Uhr. – Kooperative S.»

Blumer sagte, Paul sei der Ansicht, sie sollten alle gemeinsam diese Sache bereden. Paul entschuldigte sich für seinen Ausbruch vom Vormittag. Und dann sagte er, und es war seiner Stimme anzumerken, wieviel Mühe ihn das kostete: Silv und er könnten eins nicht oder nicht mehr glauben, – daß ein Leben hier in der Kooperative für sie beide auf Dauer einen Sinn habe. Sicher, was sie hier gemeinsam schon erreicht und noch geplant hätten, sei schön, sei wichtig – für sie selber. Ein Stück solidarische Praxis, gewiß, ein Stück Freiraum, in dem sie besser, eben menschenwürdiger leben und sich entwickeln könnten. Aber doch nur eine Insel, mehr nicht, für sie selber, für Privilegierte. Tag für Tag jedoch würden drumherum, hier, in diesem Land, in jeder Stadt, in jedem Dorf, in jeder Fabrik, in jedem Büro, in jedem Haus, jedem Schlafzimmer Menschen von Menschen ausgebeutet, mit zumeist subtilen Mitteln, würden psychisch krank gemacht, erpreßt, gefoltert, von Ehepartnern, Vermietern, Bürochefs, Unternehmern, Minikapitalisten und Großkapitalisten jeder Farbe, Progressiven und Reaktionären. Machtkämpfe, Catch-as-catch-can, Faustrecht, Ausbeutung, Vermarktung der Beziehungen zwischen den Leuten, immer im Namen irgendwelcher Heiligtümer. Im Namen dieser schönen faschistoiden schweizerischen

Sondermischung aus Christentum, Freiheit der Mächtigen und Liberalismus.
Wenn ich das sage, geht's mir nicht um persönliche Schuld. Unter objektiv falschen Voraussetzungen können wir uns nicht richtig verhalten, nur mehr oder weniger falsch. Nehmt mein Durchdrehen, heut vormittag. Wie falsch es war, steht außer Frage. Warum passiert es mir? Das hat doch zu tun mit einem Konflikt, den ich nicht einfach durch freien Willensentscheid auflösen kann. Der hat doch mit der Art zu tun, wie hier seit Jahrhunderten produziert wird und was uns entsprechend eingetrichtert und eingebrannt wurde. Klar, daß ich alles tun muß, um den Schaden zu beheben oder in Grenzen zu halten, – ich hab immerhin das Vorrecht einer anständigen Bildung, entsprechend zumindest die Voraussetzung, meine Art, mit mir und euch zu leben, einigermaßen kritisch zu sehen. Aber da sind Grenzen. Die könnten sie selbst innerhalb ihres Inseldaseins, sagte Paul, nicht sprengen. Auch hier, auf der Insel, seien sie Produkte der Ausbeutergesellschaft, die Insel selbst stehe doch Tag für Tag unter deren Einfluß. Natürlich wünschten sich mindestens 90 % der Menschheit ein egalitäres, ein wahrhaft brüderlich-schwesterliches Zusammenleben. Allein hier in Europa gäbe es Hunderte von Religionen und Sekten mit diesem Ziel. Täglich, er sei überzeugt, würden sich hier in der Schweiz ein paar tausend Menschen entschließen, von Grund auf anders, besser, menschlicher zu werden. Fast ebenso oft scheiterten solche Entschlüsse. Warum nur, warum? Weil eben die Menschen von Natur aus schlecht seien? Oder zumindest schwach? – Es sei ihm peinlich und er entschuldige sich dafür, daß er nicht anders könne, als die alte Platte zu wiederholen; bei Marx, bei Engels, ja, bei Lenin sei nachzulesen, warum solch schöne, privaten Entschlüsse aussichtslos idealistisch seien, und warum dieses System, in dem sie hier lebten, das patriarchalische, das kapitalistische, sie alle daran zu hindern suche, die Ursachen für das Scheitern der Entschlüsse zu erkennen. Und

warum Kapitalismus in der Tendenz jede Demokratie ebenso kaputtmache wie die Beziehungen der Leute untereinander. Er macht alles zum Ding. Zur Ware. Auch uns. Das alles haben wir diskutiert. Das ist nicht neu. Aber wenn du es einmal voll kapiert hast, und wenn du obendrein siehst, welch mächtigen Institutionen wir gegenüberstehen, dann gibt's – jedenfalls für Silv und mich – nur eins: Eintritt in eine revolutionäre, eine kommunistische Partei. Und gemeinsame Arbeit, Stadtteilarbeit, Aufklärungsarbeit.
Rob fragte: In die PdA?
Nein, wahrscheinlich nicht. Wahrscheinlich in die POCH. Die hat noch die Chance, eine autonome sozialistische Partei zu werden wie etwa in Italien die PCI oder wie die PSA im Tessin.
Und warum, sagte Jürg, bleibt ihr nicht hier und macht eure Parteiarbeit von hier aus?
Ganz unmöglich wär's vielleicht nicht. Silvs Freundin in Bern ist mit einer Gruppe zusammen, die haben in einem Haus in der Altstadt im Parterre als Genossenschaft eine Druckerei, und im 1. und 2. Stock wohnen sie zusammen. Die würden mich als Metteur anlernen, und Silv könnte halbtags im Büro arbeiten.
Silv: Weißt du, wir haben gedacht, wenn schon, dann mußt du voll einsteigen. Dann mußt du wohnen und arbeiten in der Stadt, auch politisch, ganz direkt da. Da, wo du etwas bewirken willst.
Euch wird's also zu idyllisch hier. Blumer schaute sie nachdenklich an. Und ob sie wenigstens bleiben könnten bis nach dem Besuch der Brunnmatt-Leute? Ja, doch, das ging.
Für eine Weile surrte laut eine Wespe über dem Tisch herum. Aber auch die Zusage vermochte nicht mehr, die Stimmung zu heben. Da sahen also zwei von ihnen nicht mehr ein, daß das Weitermachen hier einen Sinn hätte. Was gab's schon gegen ihre Argumente zu sagen?
Vielleicht, sagte Jürg, sollten wir in dem, was ihr vorhabt, und dem, was wir wollen, keine Gegensätze sehen? Mög-

lich sogar, sagte Blumer, daß sich das ergänzt?
Dieser Wunsch, daß es an diesem Frühlingssonntagnachmittag dann doch etwa so noch gewesen wäre. Vom Grubensee herüber jetzt kein Bleßhühnerlärm mehr. Allmählich doch noch das Gefühl der Zusammengehörigkeit. Gemeinsames Beraten, wie sie oder ein paar von ihnen die Bewohner der Brunnmatt-Überbauung einladen gehen könnten. Wie's morgen abend wäre, wenn dann vielleicht dreißig und mehr Leute tatsächlich herkämen zu Wurst und Bier. Ob man Kartonteller einkaufen und eine Vorbestellung in der Metzgereiabteilung des Coop-Einkaufscenter machen sollte. Ob es einen Sinn hätte, zwei Faß Bier zu holen, und wo sich, hier auf dem Vorplatz, ganz auf der Hangseite, eine Grill- und Kochmöglichkeit einrichten ließe. Und ob man den Leuten den Bau auch im Innern zeigen und wer es übernehmen könnte, ihnen zu erklären, warum sie hier so zusammenlebten. Daß über den Fernseher von Thomas geredet und dessen Kauf durch die Kooperative beschlossen worden wäre. Daß die neun sich einen Text für Robs zweites Pappschild überlegt hätten, etwa so: «Ihr habt Fragen und Bedenken. Wir auch. Kommt morgen abend um 18 Uhr. Wir wollen darüber reden zusammen.» Und daß sie kurz vor sieben unten beim Grubeneingang losgefahren wären, Leni und Iren im Fiat 124, mit den beiden Pappschildern rechts und links am Gepäckträger, Rob und Blumer als Eskorte, jeder auf seiner lärmigen Maschine.

Neues vom Tag 9: Die «Freiwillige Aktion zur nationalen Sicherheit der Schweiz ASS» hat zu ihrem ersten nationalen Delegiertenkongreß (auf das Wochenende vom 27./28. April) nach Jammers eingeladen. Die erwarteten 2200 Delegierten werden über 400000 Mitglieder aus 633 Lokalsektionen vornehmlich der deutschsprachigen Schweiz vertreten. Die ASS ist mit dieser Zahl innerhalb Jahresfrist zur größten überparteilichen Organisation (nach Vereinsrecht) der Schweiz geworden. Als Eh-

rengäste werden u. a. Vertreter der Landesregierung und zahlreicher Kantonsregierungen, der Schweiz. Offiziersgesellschaft, der Schweiz. Hochschulkonferenz, des Vororts der Schweiz. Handels- und Industrie-Vereins sowie des Schweiz. Unteroffiziersvereins begrüßt werden.
Im Mittelpunkt des Programms steht die Festansprache von Herrn Prof. Dr. Marius Beck. Thema: Moralische Erneuerung und Rechtsstaat. – Der Kongreß wird über drei Anträge des Landesvorstands zu beschließen haben betreffend Familie und Schule, Familie und Medien sowie Landesverteidigung als freiwillige moralische Aktion.
Der Festumzug – Besammlung ab 14 Uhr hinter dem Bahnhof, Abmarsch Punkt 14 Uhr 30 – wird sich durch die Frohburgstraße zum Bastianplatz und von dort durch die Hauptgasse zur Schützenmatte bewegen (Festhütte). Die Bevölkerung der Stadt wird gebeten, Fenster und Balkone zu Ehren der Gäste zu beflaggen.

Mit viel realistischem Inventar die Fiktion in folgenden Abläufen weiterführen: Der winzige Konvoi versammelt sich unten am Grubeneingang. Leni, Iren, Rob und Blumer besprechen kurz, wie sie nach der Ankunft in der Überbauung Brunnmatt vorgehen wollen. Sie blödeln ein wenig und fahren los, im Fiat 124 die beiden Mädchen, dahinter die Motorräder. Halb sieben. Dieser fast hochsommerliche Abend. Durch den Staub, den der Fiat macht, die Fahrt über das Doggergelände. Als Hintergrund die untergehende Sonne, davor in Umrissen die Stadt, im Vordergrund die Silhouetten der beiden Brunnmattblocks. Rob, der Blumer etwas Unverständliches durch den Motorenlärm – sie fahren 50 – zuruft. Und also Blumer, wie er auf einmal denken könnte: Ob ich vielleicht spinne? Ob ich längst durchgedreht habe und weil ich durchgedreht habe nicht merken kann, daß ich spinne? Fahre ich da mit diesen Kindern auf die Scheißwohnblocks zu, was geht mich das an, was interessiert mich

hier, warum fällt mir nicht auf, daß ich ein alter Mann bin, gemessen an denen, warum ist mir wohl hier, warum hab ich keine Gleichaltrigen, Ini und Gerda und Madeleine und Peter einmal ausgenommen, keine, die ich gern hätte so, wie ich die Kinder hier mag, Leni natürlich, aber irgendwie auch sie alle, so ein panerotisches Grundgefühl, Regression, mein alter Hemingway, die reine Regression, – etwa so? Und Überlegungen am Rand zur Frage, auf wie viele Arten sich Gedanken erfundener Figuren heute noch wiedergeben ließen.
Die geteerte Straße löst den geschotterten Weg ab. Breit führt sie mit dem Trottoir rechts in die Überbauung. Dieses Mini-Satellitenquartier, rechts die beiden Hochhäuser, Block A und Block B, links die zwei Dreifamilienhäuser aus den dreißiger Jahren, die geschlossene Firma Wagner, Baumaterialien, das Coop-Einkaufscenter. Rob dreht leicht auf und fährt dem Fiat vor, Blumer hängt sich an, im Vorbeifahren lacht er Leni und Iren zu. Er nimmt Fahrt weg, auf 40, und bleibt jetzt, Rob zehn Meter halbrechts vor sich, vor dem Fiat mit den Kartons. Leni beginnt wie besprochen mit den ganz kurzen unregelmäßigen Hupsignalen. Blumer hupt auch. Rob kurvt vorn in die leere Straßenmitte, hält sich gradaus, und Blumer sieht, wie Rob plötzlich auf seiner Honda kniet, wie er, immer in Fahrt, den einen, dann den anderen Fuß vor und unter sich auf den Sattel hochzieht, wie er vornübergebeugt und auf dem Sattel jetzt kauernd weiterfährt und sich mit einemmal aufrichtet. Er steht, die Arme waagrecht, in Balance auf der fahrenden Maschine. Wirklich ganz große Klasse, wie er das macht, wie er's anscheinend mühelos durchhält, immer weiter jetzt, mitten auf der Straße, Blumers und Lenis Huperei hinter sich. Für eine halbe Sekunde dreht er ihnen das lachende Gesicht halb zu. Eine richtige irre Nummer. Die Fenster in den Blocks fliegen auf. Entsetzte, staunende, lachende Gesichter, rasch immer mehr, Zurufe. Blumer und Leni hören mit dem Hupkonzert auf. Rob sitzt plötzlich wieder im Sattel, er holt aus, dreht über die Straßenbreite

eine Kurve und hält, den rechten Fuß auf den Randstein gestützt. Er lacht Blumer entgegen. Sie stehen nebeneinander, jetzt in umgekehrter Fahrtrichtung. Während auch Leni in zwei Anläufen wendet, zeigt Rob im ruhigen Lärm der beiden Öfen auf seinen linken Handgriff. Aus Draht hat er da irgendsoeine Art von Klammer befestigt. Blumer kapiert. Die Klammer hat während der freihändigen Fahrt verhindert, daß sich das Handgas automatisch zurückgedreht und die Honda ihre Fahrt verloren hätte. Auf die Idee wäre er, Blumer, wieder einmal nicht gekommen. Er haut Rob leicht die Linke auf die Schulter.
Zweiter Durchlauf. Diesmal langsamer noch. Die Gesichter in den Fenstern haben sich vermehrt. Auch vor den Eingängen stehen jetzt Schaulustige. Langsam fahren sie, vorn die beiden Motorräder, der Fiat dichtauf, zurück. An zwei, drei Fenstern wird in die Hände geklatscht. Jemand ruft: Kommunistenschweine, haut ab! Der Applaus verstärkt sich. Eine Stimme, die sich überschlägt: Terroristen! Ein Fenster knallt zu, sonst: freundliche, fragende, lächelnde, ernste Gesichter, achtzig, hundert und mehr.

Ein wenig Schweizer Geschichte: Dreizehn von hundert Arbeitsplätzen der Industrie sind in den letzten drei Jahren in der Schweiz verlorengegangen. Der Trend zu einem weiteren Beschäftigungsrückgang hält an. Der Aufschwung der Konjunktur läßt auf sich warten, und der Rationalisierungstrend, Arbeitsplätze durch Kapital und Energie zu ersetzen, geht weiter.
Die Uhrenindustrie steckt noch immer in einer Strukturkrise. Die Beschäftigung in dieser Branche ging in den letzten drei Jahren um mehr als ein Fünftel zurück (— 23 %). Die chemische Industrie meldet neue Exportrückgänge und rechnet in der Schweiz nicht mit einer Erhöhung der Arbeitsplätze. Mit ihrem stabilen Beschäftigungsstand trug die Chemie allerdings wesentlich dazu

bei, daß der Rückgang in der Gesamtindustrie nicht noch viel markanter ausgefallen ist.
Die für die Arbeitsplätze weitaus wichtigste Industriebranche der Schweiz, nämlich die Maschinen- und Metallindustrie, schlittert trotz großer Widerstandskraft verspätet in die Rezession. Von allen Branchen war die Maschinenindustrie von der weltweiten Rezession am längsten verschont geblieben.
1974 und 1975 zehrte die Maschinenindustrie noch voll von den Bestellungsvorräten aus den Jahren 1970 bis 1973 und bekam den Rückgang der Neubestellungen nicht sofort zu spüren. Dieser beginnt sich erst jetzt richtig auszuwirken.[21]

Aus einer alten Geschichte 8: Das Schiff legte sich eine Weile nachher unbeschädigt an eine Brücke und blieb da stehen. Als man später unterhalb der Stadt die Leichen fand und ihre Herkunft ausgemittelt hatte, war in den Zeitungen zu lesen, zwei junge Leute, die Kinder zweier blutarmen zugrunde gegangenen Familien, welche in unversöhnlicher Feindschaft lebten, hätten im Wasser den Tod gesucht, nachdem sie einen ganzen Nachmittag herzlich miteinander getanzt und sich belustigt auf einer Kirchweih. Es sei dies Ereignis vermutlich in Verbindung zu bringen mit einem Heuschiff aus jener Gegend, welches ohne Schiffleute in der Stadt gelandet sei, und man nehme an, die jungen Leute haben das Schiff entwendet, um darauf ihre verzweifelte und gottverlassene Hochzeit zu halten, abermals ein Zeichen von der um sich greifenden Entsittlichung und Verwilderung der Leidenschaften.

30

Es war sechs Uhr abends. Sie hatten alles vorbereitet. Das Wetterglück hatte angehalten Die Ereignisse dieses letzten Abends und deren Abläufe, erfunden oder nicht, lassen sich in folgenden Szenen unterteilen:
Szene 1, aus der Perspektive Blumers gesehen: diese arglosen Gesichter am Tisch, acht Gesichter, und dann seines, Blumers Gesicht dazu, jedes über einem Glas Bier, auf jedem eine leicht unruhige Erwartung. Für einen Augenblick vom Grubensee jetzt nach langem wieder die Füchsin: dieses heisere Gebell, und Jürg, wie er fragt: Ob die auch noch Hunde mitbringen? Rob dann, wie er ihm erklärt – er macht's vor – daß im Unterschied zu den eigentlichen Hunderassen der Fuchs in dieser ganz merkwürdigen Mischung bellt, scharf, ganz trocken, ganz hell. Zwei-dreimal, dann dieses langgezogene heisere Klagen und wieder das Geknurre dazwischen, so, hörst du sie? Jetzt!
Szene 2: Blumer stellt seine seltsame Frage. Ob sie das kannten: dieses Mit-allem-eins-sein-Gefühl? Einmal, vor hundert Jahren, habe er hinten in der Grubensteilwand auf dem Strunk der Steineiche in der Sonne gestanden, noch keine vierzehn Jahre alt. Tief unten im Wasser hätten die Sommerwolken geglitzert. Zwar, er habe für eine Sekunde die heraufschauenden Gesichter seiner Schulkameraden gesehen, so wie sie am Tag zuvor seinen Absprung – vergeblich – erwartet hätten. Aber sie verschwanden. Er war allein. Allein mit dem Wandvorsprung und dieser Tiefe vor sich und dem Wasser. Er zitterte vor Angst. Dann sprang er kopfüber ab. Diese Ewigkeit, bis sein Kopf in den Wasserspiegel einschlug. Er schwamm ans Ufer. Und jetzt sei dieses mächtige Gefühl auf einmal dagewesen, eine Art von Meergefühl, davon sei er geradezu überflutet gewesen, er habe zu allem, was ihn da umgab, dazugehört, sei ein Teil gewesen davon und gleichzeitig sei er auf eine ganz irre Weise

glücklich gewesen, ganz er selbst, ganz und zur gleichen Zeit mit allem da um sich eins, den Erlenzweigen über sich, ja, so etwa, mit den Menschen der ganzen Welt und den Vögeln unter den weißen Sommerwolken und den alten Anlagen der Huppergrube und dem Wasser, – fünf, sechs, zehn Sekunden lang, dann sei das langsam weggegangen. Oder eben nur noch als ein Stück intensiver Erinnerung geblieben. Das falle ihm jetzt wieder ein. Ob sie so etwas irgendwann auch erlebt hätten?
Rosie und alle schauten ihn an, und Rosie neben ihm: warum er sie frage, sie meine: jetzt frage, hier? Und während Jürg dann sagte: Ja, jetzt, da du's sagst, ja, dieses Meergefühl kenne er, und jemand, vielleicht Leni, fragte, wahrscheinlich sei das, was er erzählt habe, ganz einfach das Glück? schaute er Rosie an, sie saß an der Schmalseite des Tischs ihm schräg gegenüber, nur die Tischecke trennte ihn von ihr, und als er jetzt plötzlich das Verlangen hatte, die Hand auszustrecken und mit den Fingerkuppen langsam ihre linke Schläfe zu berühren, tat er es, tat es sanft und scheute sich nicht einmal, Rosie zu sagen, er möchte gern mit ihr schlafen, heut nacht noch. Er war nicht sicher, ob sie jetzt spaßte oder zunächst ablenken wollte, – jedenfalls, für eine Sekunde war ihr Gesicht ganz offen, ganz heiter, ihm zugewandt, dann war sie mit einemmal ernst, nahm, ohne ihn aus den Augen zu lassen, seine Hand herunter und sagte: Genosse, erst einmal werden wir aus deiner Hand lesen. Vielleicht bist du nur ein großer Lügner? Jetzt lachten alle, und Leni zu Silv hin: Da sind wir beide jetzt aber eifersüchtig, nicht, Silv? Rosie zog Blumers Kopf zu sich hinüber, momentlang preßte sie ihr Gesicht an seine Wange.

Die Widersprüche bleiben. Warum? Frag weiter. Die Voraussetzungen als Thema. Voraussetzungen wovon. Der Liebe, der Utopie, einer radikal humanen Gesellschaft? Nimm den Scheinwerfer. Schwenk in die Jahrhunderte hinter uns, kurz und noch einmal. Auch auf die

Mythen. Gehören sie noch immer tatsächlich dazu, holen sie, abgewrackt, uns noch immer ab und zu ein? Ihre Relikte in Asterix oder Barbarella oder im wilden Duft der Limonen. Weis auf sie hin, auch auf sie. Und schwenk zurück. – . . . – Von Shakespeare selbst wissen wir fast nichts, aber wir haben von ihm «Romeo und Julia», die einzige höfische Tragödie und die schönste Auferstehung des Mythos, vor Wagners Tristan.

Da von Shakespeares persönlichem Leben alles unbekannt ist, ist es müßig, die Frage zu stellen, ob er die geheime Tradition der Troubadoure gekannt habe. Aber folgendes darf man hervorheben: Verona war eines der Hauptzentren der Katharer in Italien. Nach den Aussagen des Mönches Ranieri Saccone, der siebzehn Jahre lang selbst Häretiker gewesen war, gab es in Verona an die fünfhundert «Vollkommene», ohne die «Gläubigen» dazuzurechnen, die in sehr viel größerer Anzahl dort beheimatet waren . . . Wie sollten die Sagen aus jener Zeit keine Spuren der heftigen Kämpfe bewahrt haben, die die «Patariner» in der Stadt den Orthodoxen lieferten?

Am Rande der Religionskämpfe des Jahrhunderts, die die alten Häresien tiefer als je in Finsternis hüllten, erscheint die Tragödie der Liebenden von Verona wie ein für einen Augenblick gelüfteter Schleier, der unseren Augen nur die Erinnerung an das Negativ eines Blitzes hinterläßt, an die «schwarze Sonne der Melancholie» (G. de Nerval).

An der Schwelle des Grabes von Mantua erhebt sich der Mythos von neuem im Scheine der Fackel, die Romeo in den Händen hält, emporgestiegen aus den Tiefen der Seele, die nach verklärenden Martern dürstet, nach der abgrundtiefen Nacht, in der der Blitz der Liebe hin und wieder ein unbewegliches, faszinierendes Antlitz erleuchtet – jenes furchterregende und göttliche Selbst in seiner vollen Größe auferstanden, wie betäubt von seiner herausfordernden Jugend und trunken von Rhetorik.[7]

Blocks A und B: Seien Sie verliebt in die Idee des Erfolgs. Vergewissern Sie sich, daß Ihr Talent auf das lohnendste Ziel gerichtet ist. Konzentrieren Sie sich auf das, was zählt. Lassen Sie sich von Ihren Gefühlen nicht vom geraden Weg abbringen. Umgehen Sie Hindernisse. Versuchen Sie nicht, alles wissen zu wollen. Verlassen Sie die Verliererstraße. Bilden Sie Ihr Image. Lassen Sie sich von anderen nur dann benutzen, wenn Sie dadurch Ihren Zielen näherkommen. Behalten Sie die Konkurrenz im Auge. Halten Sie sich auf der Gewinnerseite. Vergessen Sie nicht, wo Ihr Weizen blüht.

31

Szene 3 oder unwahrscheinliches Ende der Geschichte: Dann tauchten im Eingang zum Vorplatz die ersten Block-Bewohner auf, sieben, acht Leute, darunter zwei Kinder. Begrüßung, noch etwas verlegen. Und gleich schon marschierte mit Hallo eine zweite Gästegruppe ein. Bier und Limonade wurden ausgeschenkt, man unterhielt sich, stand herum, lachte die Schüchternheit weg, ein lustiger Mann sagte: So, ihr seid also die Bombenleger? Und: Ah, da ist ja auch unsere Rosie Wagner, wie geht's, wie geht's?

Wenig später standen je etwa acht Besucher, sechsundzwanzig insgesamt, in Gruppen um immer zwei Mitglieder der Kooperative herum. Wem die Huppergrube eigentlich gehöre? Wovon sie lebten? Ob sie alle einen Beruf hätten? Ob stimme, daß sie Kommunisten seien? Wer hier eigentlich der Chef sei? Ob sie auch Krach hätten untereinander? Je mehr die Grubenbewohner von sich erzählten, umso mehr Fragen fielen den Gästen ein. An der Backsteinwand waren die «Grundsätze unseres Zusammenlebens» ausgehängt, daneben hatte Thomas mit Tesastreifen Lenis «Verheißung» geklebt. Auch dort standen die Gruppen, fragten, diskutierten; gleichzeitig wurde jeweils eine Gruppe durch den Bau geführt, und als Thomas und Rosie von der Feuerstelle her bekanntgaben, die ersten zwölf Bratwürste seien gegrillt und könnten abgeholt werden, und als die Schüsseln mit Kartoffelsalat auf den Tisch kamen, saßen und standen bald die inzwischen über dreißig Leute aus der Brunnmatt mit ihren Gastgebern vergnügt am Tisch und drum herum, Papierteller und Wurst in der Hand, oder nahmen ab und zu einen Schluck aus dem Becher. Holzfeuergeruch, Geruch von angebrannter Bratwurst hing in der Luft, und man konnte nur staunen, wie die Gäste jetzt auf einmal von sich zu erzählen begannen, wie sie die eine Art zu leben hier mit der ihren zu vergleichen suchten, wie sie

von ihrer Arbeit redeten, von engen Zimmern, vom Notendurchschnitt der Kinder, vom Mietzins, den Lärmvorschriften, von Spielplatzmangel, Zimmerpflanzen, Heizrechnung etc.
Zu erzählen bliebe, wie der Abend gemütlich ausging mit Plaudern, Trinken, Tanzen, mit wir wollen uns doch du sagen und ihr müßt unbedingt bald einmal zu uns kommen.
Und wie die Kooperative weiterlebt, mit den Sorgen ihrer Mitglieder und einer ungesicherten Spur von Glück, oder sagen wir: Hoffnung.

Ballade von der Herbeiführung erträglicher Lebensbedingungen für alle 7: Im ersten Jahr stieg das Wirtschaftswachstum auf 5 %, im zweiten Jahr auf 8 %. Kein Zweifel, die neuen Rechte hatten auch neue Pflichten gebracht. Nie zuvor war soviel gearbeitet und auch in abendlichen Sitzungen geschuftet worden. Immer wieder auch waren Rückfälle da in die alten Muster, und erst allmählich begriffen die Bewohner des Landes, daß Kapitalismus mehr als nur eine Wirtschaftsform gewesen war. Und dann aber kam der Tag, an dem die Transportunternehmer zu streiken begannen. Unternehmer, immer mehr und mehr, versäumten, die in gemeinsamen Gremien zwischen ihnen und den Arbeitnehmern beschlossenen Anteile an den Investitionen zu zahlen. Das in der Schweiz lagernde ausländische Fluchtkapital war längst abgewandert. Die Aufträge des kapitalistischen Auslands an die Schweizer Industrie gingen rapide zurück. Trotz schwerster Strafen wurden die großen Privatvermögen nach den USA «in Sicherheit» gebracht. Jener Streik breitete sich aus. Die Fluglotsen folgten, durch Schmierprämien verführt. Nestlé, Ciba-Geigy, Hoffmann-La Roche, Brown Boweri, Bührle, Sulzer und die Größten der Uhrenbranche verlegten ihre Hauptsitze und Steuerdomizile ins Ausland. Am 11. September des dritten Jahres wurden die Sender vom Radio und Fernsehen, am gleichen Tag wurde auch das Bundeshaus in Bern durch ad hoc zusammengesetzte Einheiten von Panzergrenadieren und der IMP besetzt. Aufgerufen durch Arbeiterräte, marschierten 20000 bewaffnete Arbeiter in Bern, 30000 in Zürich ein. Der Ruf: Alle Macht dem Volke! ging unter im Lärm der ersten MG-Garben. Auf dem Bildschirm erschienen die Kommandanten der 4., der 6., der 9. Division der Schweizer Armee. Sie erklärten, als Garanten der Ruhe und der Ordnung hätten sie sich verpflichtet gesehen, die Macht zu übernehmen. Sie trugen ihr Notstandsprogramm vor. Es trete, so erklärten sie, um 24 Uhr in Kraft.

Szene 5 als das wahrscheinliche Ende: Der Bratgeruch war verraucht. Auf dem Tisch brannten Kerzen. Einige der Blockbewohner waren mit den Kindern nach Hause gegangen. Vom Grubeneingang her war Motorenlärm zu hören, Gelächter, das Zuschlagen von Autotüren. Eine Männerstimme sang «Wir wollen nie mehr auseinandergehn». Von den Besuchern, – sie saßen auf den Bänken und den Küchenstühlen um den Tisch, einige Männer und die Bewohner des Grubenbaus standen, man unterhielt sich zu dritt, zu viert – von ihnen achtete niemand darauf. Aber Blumer sah am Kopf seines Gesprächspartners vorbei und über den Tisch, wie Rob sich drüben aus einer Gruppe löste und langsam zum unteren Tischende hinschlenderte. Er redete kurz mit Leni, dann kam er außen herum herüber. Der etwa vierzigjährige Bauzeichner neben ihm fragte Blumer eben: und ihr meint wirklich, man kann auch einen Betrieb so organisieren wie eure Kooperative hier? als Rob Blumer halblaut fragte, ob er diesen Sänger da höre? Schläger, sagte er. Ich kenn die. Auch eine Frauenstimme johlte jetzt mit, und der Bauzeichner und auch die andern wollten wissen, was da vorn denn nun los sei. Da sind ein paar schon besoffen oder wie?
Nicht provozieren lassen. Rob tauchte weg. Ja, doch,

Blumer bestätigte, er sei dieser Meinung, und übrigens, sagte er, sie hier würden nächstens mit einem selbstverwalteten Betrieb anfangen. Klein natürlich, Autoreparaturen, zunächst, vorn am Grubeneingang, eine Werkstatt, primitiv, klar, für den Anfang, dann sehe man weiter – ja, gewiß, in der alten Lagerhalle, da unten. Die Pläne, die Betriebsrechnung, alles liege vor. Später komme ein Gartenrestaurant dazu, für Ausflügler im Sommer, mit Kegel- und Bocciabahn und einem Spielplatz für Kinder.
Nichts geht über Gemütlichkeit. Die Stimme des Neuankömmlings war laut. Sie schaffte sich Platz. Drei Burschen tauchten im Lichtkreis auf. Für einen Augenblick blendete einen die Taschenlampe der Neuen. Die Frau war dann auch zu erkennen, neben ihr ein großer Kerl, der sich nach vorn ans Tischende schob. Aha, die Kommunisten geben einen aus. Nicht schlecht! Und wir, was meinst du, Jimmy, sind wir hier etwa nicht eingeladen?
Klar sind wir. Jimmy fischte sich eine Bierflasche vom Tisch. Niemand sagte etwas. Zwei der Frauen standen auf. Also denn, und schönen Dank nochmal. Sie verschwanden. Für eine Sekunde war das Gesicht des Großen zu erkennen, mit dieser Narbe am linken Unterkiefer. Gleich jedoch blitzte der Scheinwerfer in seiner Hand wieder auf, das Gesicht war weg, der Schein blieb auf Rosie gerichtet.
Ja wen haben wir denn da, Jimmy? Ist das nicht unsere allerliebste Rosie? Und Jimmy, deutlich besoffen, sang: Vögeln sollst du dreimal täglich frisches Wasser geben. Prost zusammen! Und der Bursche neben ihm: Wir wollen nie mehr auseinander –
Moment jetzt! Blumer spürte das Hämmern in den Schläfen und in der Kehle diesen Krampf, aber er versuchte dennoch, ruhig zu sprechen: Wir sind hier eine friedliche Runde, und wer mit uns reden will, kann's tun. Aber wer hier ankommt, um Streit zu suchen, also, ich weiß nicht – das geht doch wohl nicht? – Richtig! Auch die Besucher aus den Blocks stimmten zu, und eine Frau fragte: Wer

seid ihr überhaupt? Der Bauzeichner neben Blumer sagte: Los jetzt, trinkt ein ruhiges Glas mit, und die Sache geht in Ordnung. Oder ihr wollt Krawall machen, schön: wir wären hier dann immerhin so rund fünfzehn Mann, nicht wahr?
Red du, wenn du gefragt wirst! Und wenn ich Rosie bürsten will – Jimmy und er lachten, er konnte kaum weiterreden, – also nicht wahr, Rosie, für 50,– Franken die Schenkel gespreizt, wir sind zwölf Mann, macht immerhin ein kleines Vermögen, nicht? Und die Kommunistenweibchen da bringst du gleich mit. In Gruppensex habt ihr ja schließlich Erfahrung? Tut doch nicht so! Nicht wahr, Jimmy, wir haben da unsere Informationen. Und wollten jetzt nur kurz vorbeischauen, ob das denn auch stimmt.
Aufhören! Haut doch ab! Also das geht doch überhaupt nicht! Auch die Frauen am Tisch standen auf, und wieder war für ganz kurz diese Stille da. Am oberen Tischende blitzte eine Taschenlampe auf, und ganz deutlich waren die Gesichter der neu Angekommenen in deren Kegel jetzt vorhanden. Auf dem Gesicht des Großen blieb der Lichtkegel stehen. Herr Kuhn, sagte Rob, jetzt erst einmal klare Verhältnisse. Dieser Herr Kuhn dort, sagte er, war schon einmal hier. Zusammen mit seinen Kollegen hat er mich bewußtlos geschlagen. Die Narbe im Gesicht dort, das ist eine Quittung von meinem Schlagring. Und damit auch das klar ist: Wegen diesem Herrn Kuhn hab ich in Thorberg drei Monate durch die Gitter gelinst.
Kuhn drehte leicht den Kopf nach links und rief in die Dunkelheit: Pitsch, alles klar? – Alles klar! Gleichzeitig gingen drüben dem Hang entlang sechs starke Scheinwerfer an, vom Eingang bis zum Bau hin verteilt. Kommt einmal alle ein paar Schritt näher! Die Scheinwerfer kamen vor, zehn Schritte vielleicht, sie verhielten dann.
Ladies and Gentlemen, sagte Kuhn. Klare Verhältnisse, genau richtig, Allemann. Also, wir haben da natürlich ein bißchen Spaß gemacht. Spaß, sag ich immer, nicht, Jim-

my? muß schließlich sein. Entschuldigung die Damen, – soll nicht wieder vorkommen.
Er legte, leicht schwankend, den Arm um die Schulter seiner Begleiterin. Wir sind friedliche Leute. Und ihr, sagte er in die Runde, oder wohl besser: einige von euch sind's auch. Wir sind, um genau zu sein, friedliche Bürger von Jammers, und weil wir das sind, legen wir Wert auf Sauberkeit, klar? Und weil das gewissermaßen – er lachte, machte aber gleich wieder gespielt feierlich weiter – so ist und weil man so dies und das hört von den Bewohnern dieser Kommune hier, so das und jenes also wie gesagt, und auf die Polizei, haben wir festgestellt, kannst du dich heutzutage auch nicht mehr verlassen, kurzum, folks, wir haben uns gesagt, wir sorgen hier jetzt selber dafür, nicht wahr, Schätzi, ja, und was wollt ich eigentlich noch sagen?
Mach's kurz, sagte Jimmy. Wir sind hier im Namen der ASS, Jammers, wir wollen endlich eine saubere Stadt, wir – er hatte sich verschluckt, er hustete, lachte.
Richtig, Jimmy, und ihr, sagte Kuhn, ihr hier, aus der Brunnmatt, ihr seid den Kommunistenschweinen doch nicht etwa auf den Leim gegangen? Ob sie eigentlich wüßten, wo sie hier seien? Mit wem sie's zu tun hätten? Er und seine Kollegen wüßten Bescheid. Eine der berüchtigten «roten Zellen» sei das hier, das Zentrum dieser subversiven Organisationen, von hier aus werde im Auftrag Moskaus, und unsere schweizerische Ordnung, und Maulwürfe seien das, gäben sich nett und friedlich und er und seine Kollegen, und systematisch untergraben und jetzt werde hier endlich Schluß, und Selbsthilfe, was bleibe dem Bürger anderes übrig und jetzt werde hier ausgeräuchert und übrigens auch ein anarchistischer Vöglerclub sei das, hier bürste jeder jede, aber doch hier nicht in Frage, doch nicht auf dem Gebiet dieser anständigen Stadt.
Drei, vier und mehr Gäste zogen sich langsam in die Dunkelheit zurück, sie verschwanden aus dem Lichtkreis der Handlampen da hinten.

Ist doch der reine Blödsinn! Der Stimme des Bauzeichners war die Erregung anzuhören. Er finde die Jungen hier prima. Endlich fängt jemand an, ganz praktisch, bei sich selber. Wir alle machen Sprüche, die Parteien, die SP, die Gewerkschaft, – hier: endlich ein Anfang, nein, nein, kommt, die hier sind in Ordnung, und wir lassen nicht zu, daß ihr da einfach –
Kuhn, laut: Pitsch, hier dreht einer durch. Kommt doch kurz her.
Der Protest der Runde half nichts. Jimmy und zwei aus Kuhns Reservemannschaft zerrten den Bauzeichner weg, auf den Vorplatz hinaus. Sechs oder sieben Gestalten im Handgemenge. Jürg, wie er zu Boden ging und liegenblieb. Und wieder Kuhn jetzt, mit der Stimme eines Stiers: Los, weg da, haut ab! Schlagstöcke trieben die am Tisch Verbliebenen auseinander. Und: die Terroristen weg, in den Bau, los!
Ein paar Minuten später: Die Mitglieder der Kooperative, versammelt in der Küche, dazu zwei Frauen, und ein Mann aus den Blocks war auch geblieben, stämmiger Arbeitertyp. Er sagte: Hat jemand hier ein Brecheisen? Jürg mit rot und blau geschlagenem Auge. Die Braue war geplatzt. Leni und Iren versuchten, das Blut zu stillen.
Noch vier Minuten! Die Tür stand offen. Sinnlos, sich hier auf einen Kampf einzulassen. Kommt, sagte Blumer, holen wir die Koffer mit dem Nötigsten drin. Los jetzt!
Silv, Paul und Rosie und Iren und Thomas kamen mit nach hinten. Blumer warf, was ihm grad so in die Hände kam, in den Koffer, mit der umgehängten Tasche, der Schreibmaschine und dem Koffer stand er dann in der Küche.
In der Tür sah er Rob stehen, den Rücken ihm zugedreht. Was ist los! Rob? – Der drehte sich halb um. In der Hand hielt er seine Schrotflinte. Er sagte, du gehst mit den andern jetzt erst einmal hinüber und bis zu den Wagen. Dann holt ihr hier noch die beiden Maschinen, solange bleiben wir zwei da. Er deutete zum Herd hin. Dort

stand der Dagebliebene, vor sich das Brecheisen, das ihm bis zur Brust reichte. In Ordnung, Chef! sagte er.
Eine halbe Minute noch! Die Stimme von draußen überschlug sich. Auf dem Vorplatz loderte ein Feuer hoch. Die mußten Benzin mithaben. Dann räuchern wir die Bude aus!
Blumer spürte, wie die Angst ihm den Atem beinah abschnürte, als er an Rob vorbei hinausging. Hinter ihm mit Jürg eine der Brunnmattfrauen, dann Iren, Thomas, Rosie, Silv, die andere Frau, und Paul. Auf der Höhe des Feuers rief Rosie: Leni, komm!
Blumer schaute zurück. In der Tür stand Rob, neben ihm Leni, hinter ihm war der Arbeiter mit dem Brecheisen zu sehen. Leni winkte.
Sie gingen an der Bürgerwehr vorbei. Die schienen sie nicht zu sehen. Sie starrten auf den Eingang. In einer der Hände sah Blumer eine mit Lumpen umwickelte Flasche. Einer der Männer hantierte an seiner Pistole herum.
Wir gehen ja. Komm jetzt, das genügt doch wohl. Niemand beachtete Blumer. Sie gingen mit ihrem Gepäck weiter. Am Turm, vor dem Eingang zum Hohlweg blieb Blumer stehen. Geht erst einmal weiter, sagte er. Während sie an ihm vorbeizogen, stellte er die Schreibmaschine und den Koffer hin. Aus der umgehängten Tasche kramte er Peters Pistole heraus. Zu Paul sagte er: Ich warte hier, bis ihr die beiden Maschinen holen kommt. Sauhunde, sagte er.
Am Feuer vorbei sah er die Männer auf den Eingang zugehen. Ein Schuß war zu hören. Auf der Rückseite des Baus ging Feuer auf. Jetzt wieder ein Schuß, hell, das war Robs Flinte. Und während Blumer schon losspurtete, noch einer dieser trockenen Reserveschüsse. Wahnsinn! Hier war der Wahnsinn los. Vor und in der Tür lagen Menschen am Boden, darüber war ein Knäuel sich schlagender Männer. Er blieb stehen, entsicherte. Halt! rief er, zwei-, dreimal. Einer drehte sich um. Das war Kuhn, kein Zweifel, und Blumer drückte durch. Aber nichts passierte, nur dieses Klickgeräusch war für eine Zehntel-

sekunde da und die zittrige Hand und das Gefühl, nichts ausrichten zu können gegen Dinge wie die hier.

Als Blumer ganz heran war, waren die Männer verschwunden, in den Bau hinein oder in die Dunkelheit. In der Tür lagen Lenis und Robs tote Körper. Lenis Kopf ruhte an seiner Schulter. Robs Oberkörper lehnte am Türpfosten, das Gesicht vornüber in Lenis Haar. Liebende, die schlafen.

Der Mann aus der Brunnmatt saß drin auf der Treppe. Sein Gesicht war übel zugerichtet. Ich wollte doch nur, sagte er zu Blumer, ich wollte doch. Er hatte sein Brecheisen noch immer in den Händen. Blut rann ihm aus dem Haar über die linke Gesichtshälfte. Eine schwere Schlagwunde zog sich über seinen Schädel. Der mußte gleich zum Arzt, das war keine Frage. Komm, sagte Blumer, er half ihm auf die Beine. Er führte ihn an Lenis und Robs Körpern vorbei. Wenig später saßen sie auf Blumers Maschine. Als sie auf den Grubeneingang zu hinunterrollten, hörte Blumer, wie der Mann hintendrauf, der sich an seinen Schultern festhielt, neben seinem Ohr durch den Motorenlärm schrie: Aber wir machen doch weiter, du he! – wir machen doch weiter?

Quellennachweis

1 Ditfurth, Hoimar v., Der Geist fiel nicht vom Himmel, Hamburg 1976

2 Reich, Wihelm, Der Einbruch der sexuellen Zwangsmoral, Köln 1972

3 Keller, Gottfried, Romeo und Julia auf dem Dorfe, Stuttgart 1972;
alle in diesem Buch unter dem Titel «Aus einer alten Geschichte» wiedergegebenen Texte sind Zitate aus dieser Novelle Kellers.

4 Zeitdienst, Zürich; auch die folgenden «Kalendergeschichten» stützen sich auf diese Zeitschrift.

5 Ziegler, Jean, Eine Schweiz, über jeden Verdacht erhaben, Darmstadt 1976

6 «Neues vom Tag»: Alle Texte unter diesem Titel sind Erfindungen des Autors.

7 Rougemont, Denis de, Die Liebe und das Abendland, Köln 1966

8 Markovic, Mihailo, Ist Selbstverwaltung Utopie? in Nationalzeitung, Basel, 12. 4. 75.

9 Splitter, Mai 1975 (herausg. Schweiz. Volksbank)

10 Häsler, Alfred A., Das Ende der Revolte, in Die Tat, Zürich 26. 3. 76.

10a Aussage einer Augenzeugin über die Ausschreitungen vom 29./30. 6. 1968 in Zürich, in Dokumentation 1, herausg. v. «Zürcher Manifest».

11 Borneman, Ernest, Das Patriarchat, Frankfurt 1975

12 Nationalzeitung, Reuter-Meldung, Basel, 27. 11. 76.

13 Horkheimer, Fromm, Marcuse, Autorität und Familie, Sozialpsychologischer Teil von Erich Fromm, 1936

14 Cooper, David, Von der Notwendigkeit der Freiheit, Frankfurt 1976

15 Meienberg, Niklaus, Das Schmettern des gallischen Hahns, Darmstadt 1976

16 Novak, Helga M./Karasek, Horst, Wohnhaft im Westend, Neuwied 1970

17 A. Christen, W. Dick, P. Schmid, M. Studer, Familie und Gesellschaft, in «der jugendpsychologe» Nr. 2, Biel 1976
18 Reyhl, Erich, in Nationalzeitung, Basel 4. 11. 76
19 Fromm, Erich, Haben oder Sein, Stuttgart 1976
20 Reich, Wilhelm, Massenpsychologie des Faschismus, Kopenhagen 1933
21 Gasche, Urs P., in Nationalzeitung, Basel 30. 11. 76

Nachbemerkung: Die in diesem Buch wiedergegebenen Zitate aus wissenschaftlichen Werken (vor allem jene über das Matriarchat, von Reich, von Borneman) stellen Thesen dar; als wissenschaftlich gesichert können sie (noch) nicht gelten.

Mai 1973 – Dezember 1976

Otto F. Walter

Wo andere sich in die neue Innerlichkeit und Resignation zurückgezogen haben, gibt es in seinen Büchern noch Aufbruch, Widerstand, Hoffnung, Utopie. Geboren wurde **Otto F. Walter** 1928 in der Schweiz. Nach einer Buchhändlerlehre und Tätigkeit als Verlagslektor lebt er seit 1973 als freier Schriftsteller.
«Eigentlich gehört Otto F. Walter von seinem ganzen Wesen her eher zu den Stillen im Land. Er ist kein Barrikadenkämpfer und kein Volkstribun und doch in seiner leisen Hartnäckigkeit einer der wichtigsten, der wirkungsmächtigsten Schriftsteller in der deutschen Schweiz: literarisch ebenso wie gesellschaftlich und politisch.» *Frankfurter Allgemeine Zeitung*

Herr Tourel *Roman*
(rororo 1847)
«Ein Roman, der zur Weltliteratur gehören wird.» *Walter Widmer*

Das Staunen der Schlafwandler am Ende der Nacht *Roman*
(rororo 5780)
Eine Liebesgeschichte und eine Auseinandersetzung mit der Zerstörung unserer Welt.

Der Stumme *Roman*
(rororo 12639)
Im Mittelpunkt steht die Frage des stummen Sohns, ob der Vater mit der Schuld leben kann, eine Familie zerstört zu haben.

Die Verwilderung *Roman*
(rororo 4871)
Otto F. Walter erzählt in einem Montageroman von dem Journalisten Blumer, der die Bilanz seiner gescheiterten politischen Hoffnungen zieht.

3282/2

rororo Literatur

Wie wird Beton zu Gras *Fast eine Liebesgeschichte*
(rororo 5060)
«Ich kenne keinen Schriftsteller, der das Lebensgefühl der jungen Generation so ernst nimmt und so in Bilder zu übersetzen versteht wie Otto F. Walter.» *Lothar Baier, Süddeutsche Zeitung*

Zeit des Fasans *Roman*
(rororo 12940 und gebunden)
Die Familiensaga eines großbürgerlichen Clans, eine Chronik des fragwürdigen Verhaltens der Schweiz von 1933 bis in die fünfziger Jahre und ein bewegender Liebesroman.

Im Rowohlt Verlag ist außerdem erschienen:

Die ersten Unruhen *Ein Konzept*
204 Seiten. Gebunden.

Nahaufnahmen

Carola Stern
In den Netzen der Erinnerung
Lebensgeschichten zweier Menschen
(rororo 12227)
«Wie konnte man, als Deutscher, Nazi oder Kommunist – also mit (vielleicht) treuestem Herzen einem verbrecherischen System dienen? – Wie schwer sich zwei höchstgebildete, gewissenhafte Menschen mit der Bewältigung der Vergangenheit tun, das hat Carola Stern nun jedermann klargemacht. Nicht nur deshalb: ein liebenswertes Buch.» Gerd Bucerius in «Die Zeit»

Erwin Leiser
Nahaufnahmen *Begegnungen mit Künstlern unserer Zeit*
(rororo 12673)
Erwin Leiser, international bekannt geworden durch seine politisch brisanten Filme, porträtiert Persönlichkeiten wie Isaac B. Singer, Marc Chagall, George Tabori, Marilyn Monroe, Bertolt Brecht, Marlene Dietrich u. a.

Ernst Toller
Eine Jugend in Deutschland
(rororo 4178)
Als begeisterter Freiwilliger zog er in den Ersten Weltkrieg und als humanitärer Pazifist kehrte er heim. Er schlug sich auf die Seite der Aufständischen und erkannte früh die tragische Grenze der Revolution. Das wahrscheinlich bedeutendste Werk des expressionistischen Autors Ernst Toller, der in Dichtung und Politik keinen unversöhnlichen Gegensatz sah.

rororo Literatur

Edith Piaf
Mein Leben
(rororo 859)
Die Autobiographie der Piaf, deren Stimme für die Welt zum Inbegriff des französischen Chansons wurde. Die Beichte eines Lebens, gezeichnet von Alkohol, Rauschgift und Liebe. Der Abschied eines großen Herzens – mit dem Fazit: ‹Je ne regrette rien.›

3297/1